TÉNÈBRES FATALES
LES MYSTÈRES DE MOLLY SUTTON
TOME VIII

NELL GODDIN

❦ I ❧

— **A**ttention ! cria Molly, alors qu'elle levait les yeux de son désherbage de la plate-bande juste à temps pour voir un désastre imminent : Constance sur son vélo, Bobo la chienne, et une petite camionnette convergeant tous à grande vitesse au bout de l'allée.

Le conducteur de la camionnette pila net. Constance fit une embardée avec son vélo et atterrit dans le fossé ; Bobo courut vers elle et lui lécha le visage.

— Ça va ? demanda Molly en accourant.

Elle fit un signe de la main et sourit au chauffeur, qui, elle l'espérait, apportait le premier chargement de matériaux pour un nouveau projet de rénovation à La Baraque, son activité de gîtes âgée de deux ans.

— Ouais, mais pas grâce à ce type, grommela Constance en époussetant son jean avant d'examiner la roue avant de son vélo, qui n'était plus parfaitement circulaire.

Ses cheveux étaient tirés en une queue de cheval serrée, sa

coiffure habituelle pour se mettre au travail, et son jeune visage frais était dépourvu de maquillage.

— Va à l'intérieur, prends quelque chose à boire et détends-toi. Je dois juste parler à Boris deux secondes et je serai tout à toi.

Constance fit la moue.

— Je suis censée être en excursion avec Thomas, tu sais. Il voulait m'emmener en voiture à Bordeaux pour me montrer à tout le monde. C'est ce qu'il a dit, n'est-ce pas *trop* adorable ? Mais je lui ai dit qu'il n'était pas question que je rate le jour du changement, Molly compte sur moi.

— Et j'apprécie ça, Constance. Rien de cassé, pas d'entorse ? Allez, entre, j'arrive dans deux secondes. Ensuite, on va papoter un peu avant de se mettre au travail.

La perspective d'un peu de commérage et de passer du temps dans le salon de Molly égaya un peu la femme de ménage, qui rentra sans plus ronchonner.

— Alors, dit Molly en se tournant vers Boris, qui attendait patiemment dans la cabine de sa camionnette. Bonjour ! Vous m'avez presque donné une crise cardiaque à l'instant. Ma chienne – comme la plupart des chiens, je suppose – n'est pas très maligne quand il s'agit de voitures et de camions.

— Bonjour, comment allez-vous ? dit Boris.

Sans attendre que Molly lui dise comment elle allait, le mot adéquat sur le moment étant plutôt agacée, il ajouta :

— Attachez-la, alors, en faisant un geste vers Bobo.

Elle ouvrit la bouche pour lui dire ce qu'elle pensait des gens qui n'aimaient pas les chiens, mais la referma aussitôt, réalisant que son opinion ne changerait guère son avis. Elle prit une inspiration et essaya de reprendre pied.

— Je fais reconstruire la vieille grange en pierre, c'est par là-bas, dit-elle en pointant du doigt, derrière la maison... ce serait peut-être mieux pour vous de retourner rue des Chênes et de traverser le pré depuis la route. Bien sûr, plus vous vous rapprochez du chantier, mieux c'est.

— Il y aura une allée séparée pour la grange ?

Elle n'y avait pas pensé.

— Non. Du moins, je ne crois pas. Le bâtiment sera divisé en trois gîtes, et le parking est ici, dit-elle en montrant le grand espace entre sa maison et le cottage.

— Les gens ne voudront pas porter leurs bagages aussi loin, dit Boris.

Comme c'est agaçant quand les gens qu'on n'aime pas disent des choses sensées ! pensa Molly.

— Très bien, je m'occuperai de tout ça plus tard. Pour l'instant, prenez la route à gauche, en vous éloignant du village, et faites environ deux cents mètres. Vous pouvez voir la grange en ruine depuis la route, même si elle est tellement couverte de vignes qu'elle ressemble à une grosse bosse verte. Si vous arrivez au petit bâtiment en pierre près de la route, vous êtes allé trop loin. Il a fait assez sec et le pré se draine bien de toute façon, donc je ne m'inquiète pas que le camion s'embourbe ou même fasse des ornières.

Boris fit un salut et recula dans la rue des Chênes. Ce salut – il devait être ironique, n'est-ce pas ? Narquois ? Molly avait envie de courir après Boris et de lui dire ses quatre vérités, mais elle redressa les épaules, appela Bobo, et alla retrouver Constance. Elles étaient de vieilles amies à ce stade, Molly ayant embauché la jeune femme pour l'aider au ménage quand Molly était arrivée dans le village quelques années plus tôt.

La maison principale de La Baraque était très vieille, selon les standards américains, et labyrinthique, ayant été agrandie au fil des siècles de manière désordonnée. Mais Molly était instantanément tombée amoureuse de son charme désordonné lorsqu'elle l'avait vue sur un site immobilier sur Internet, et elle s'était précipitée à Castillac pour acheter la propriété sur un coup de tête. Ce qui avait suivi avait été, jusqu'à présent, les années les plus heureuses de la vie de Molly : elle s'était fait de bons amis et avait résolu une poignée de crimes, et une romance inattendue – et non recherchée − avait fleuri dans cette atmosphère gauloise sensuelle.

Constance était allongée sur le canapé, un verre de limonade à la main.

— C'était *qui* ce type ? demanda-t-elle, en se frottant le genou de manière quelque peu théâtrale et en gémissant doucement.

— Je ne l'ai jamais rencontré. Il livre des matériaux pour les travaux de la grange. Hé, je croyais que tu connaissais tout le monde, dit Molly en se versant une autre tasse de café même si elle en avait déjà bu deux.

— À peu près, dit Constance. J'ai des nouvelles à ce sujet, d'ailleurs, ajouta-t-elle en lançant un petit appât et en souriant.

— À quel sujet ? À propos de Boris ?

— Mais non, idiote, à propos de quelqu'un de nouveau à Castillac. Deux personnes, en fait. Non, disons *trois*.

— Mon Dieu, les vannes sont ouvertes ! Tu as rencontré ces nouvelles personnes ?

Constance haussa les épaules et sirota sa limonade, ce que Molly interpréta comme un non.

— Eh bien, qui sont-ils ? Qu'est-ce que tu as entendu ?

— Je n'arrive pas à croire que tu ne sois pas plus *connectée*, dit Constance, voulant prolonger le plaisir de l'ignorance de Molly.

Bobo se tenait près de la chaise de Molly et celle-ci jouait avec ses oreilles douces tout en attendant patiemment que Constance en vienne au fait.

— D'accord, dit Constance, incapable de se retenir plus longtemps, je vais te le dire même si tu ne veux pas supplier. Ben n'a rien dit du tout ?

— Constance !

— D'accord, d'accord ! Ce que j'ai entendu, c'est que : Maron s'en va, et on va avoir un nouveau chef !

Les yeux de Molly s'écarquillèrent.

— Quoi ?

— Eh bien, ce n'est pas une grande surprise. Tu sais que les employés de la gendarmerie tournent tout le temps. Ils ne veulent pas que les gendarmes deviennent trop copains avec les gens qui vivent dans leur district ou je ne sais quoi.

— C'est vrai. C'est juste que... je commençais enfin à sentir que Maron et moi étions en assez bons termes.

— Tu veux dire qu'il te laissait fouiner dans toutes les affaires intéressantes, dit Constance avec un rire moqueur. Tu auras beaucoup de chance si la prochaine personne te laisse t'en tirer comme ça.

— Tu as probablement raison, dit Molly, son moral chutant. Je ne pense pas que ce soit une bonne nouvelle pour Dufort/Sutton Investigations.

— Pourquoi ton nom n'est pas en premier, d'ailleurs ?

— L'ordre alphabétique. Et parce que Ben est celui qui connaît tout le monde, donc ça semblait juste plus évident.

— Ça te dérange quand même, d'être en deuxième ?

— Non ! Je te jure, Constance, parfois j'ai l'impression que tu travailles dur juste pour semer la zizanie.

Bobo sauta sur les genoux de Molly, faisant renverser du café sur l'accoudoir du fauteuil.

— Franchement, Bobo, tu n'es plus un chiot ! Bon, qui d'autre ? Tu as bien dit trois nouvelles personnes ?

Constance se tapota le menton alors qu'elle réfléchissait.

— Je n'en suis pas certaine. Il pourrait y en avoir plus. Disons : trois avec un astérisque. Parce que c'est une famille et il pourrait y avoir des enfants. Mes informations sont un peu floues pour le moment. Tu connais ce manoir sur la rue de Fallon ? Il est en retrait de la route derrière des arbres, donc tu ne l'as peut-être pas remarqué. Un très bel endroit même s'il a besoin d'un peu d'amour.

— C'est la maison de la nouvelle famille ?

— Est-ce qu'il est si difficile de me suivre ? Pour une détective hors pair, tu peux parfois être un peu lente à la détente, Molls.

Molly se leva et arracha la housse tachée du fauteuil, l'irritation qu'elle avait ressentie envers Boris revenant avec force.

— D'accord, très bien. Je commence. Il est déjà dix heures, et tu sais comment sont les hôtes, ils peuvent arriver à des moments imprévisibles.

Constance finit sa limonade, se sentant tout aussi agacée. C'était décevant quand on avait des petits ragots juteux et qu'ils passaient complètement inaperçus.

— Tu as entendu quelque chose sur qui sera le nouveau chef ? demanda Molly, alors qu'elles rassemblaient seaux, aspirateur et serpillière.

— Pas encore. J'aimerais vraiment que Ben reprenne le poste. Je veux dire, je ne détestais pas Maron. Mais il n'était pas sympathique non plus, tu vois ? On n'avait jamais l'impression de savoir ce qu'il pensait.

Molly haussa les épaules. Dufort/Sutton Investigations avait résolu une affaire importante en juin, mais il ne s'était pas passé grand-chose depuis. La nouvelle du départ de Maron la mettait de mauvaise humeur, et elle se jeta dans le nettoyage comme si enlever la moindre trace de saleté d'une fenêtre allait magiquement amener un chef sympathique au village, quelqu'un joyeusement disposé à collaborer avec elle et Ben.

Mais elle était bien consciente, même en y pensant, que ce n'était qu'un souhait, peu susceptible de se réaliser.

C'ÉTAIT la même routine chaque samedi, du moins quand Molly avait de nouveaux locataires qui arrivaient, ce qui était le cas la plupart des samedis maintenant que les affaires étaient stables. Le nettoyage de rotation était pénible, comme tout travail dont on ne pouvait pas se soustraire et qui se répétait en boucle sans fin. Mais c'était aussi satisfaisant, en partie parce que les nettoyages du samedi donnaient un rythme aux semaines qui passaient, et aussi parce que Molly trouvait que rendre les espaces propres et accueillants procurait un plaisir distinct. Dans un monde qui pouvait être difficile, avec tant de tragédies dans les nouvelles jour après jour, au moins elle pouvait offrir à ses hôtes le bonheur d'une chambre avec des fleurs fraîches et une bouteille de vin, des draps propres et des surfaces étincelantes.

La performance de Constance avec l'aspirateur s'était améliorée depuis que Molly l'avait embauchée pour la première fois. Il était encore nécessaire, la plupart des semaines, que Molly lui demande de passer à nouveau dans quelques pièces, où lors de l'inspection finale on trouvait encore des moutons de poussière qui se cachaient. Mais les pièces n'étaient plus jonchées de chiffons usagés ou de bouteilles vides de produit de nettoyage jetées et oubliées.

La plupart des semaines, les deux femmes appréciaient la compagnie l'une de l'autre, mais ce samedi-là, Molly était contente de voir Constance sortir de l'allée en vacillant sur son vélo, et Constance était tout aussi contente de partir. À ce stade, c'était presque comme si elle faisait partie de la famille, pensa Molly, en faisant une dernière vérification des chambres avant l'arrivée des locataires. Et la famille devait forcément vous énerver de temps en temps, c'était ainsi.

Molly n'était plus nerveuse le jour du changement, à s'inquiéter de savoir si quelqu'un allait venir et comment se comporter avec eux. Tout cela était du déjà-vu, et elle se surprenait plutôt à attendre avec impatience de rencontrer les nouvelles personnes. Voyons voir, se dit-elle en s'asseyant devant l'ordinateur pour vérifier les réservations afin de connaître le nom de tout le monde.

Elle entendit le taxi dans l'allée, accompagné des aboiements de Bobo, et après avoir passé un peigne dans ses cheveux roux emmêlés, elle sortit pour accueillir les nouveaux hôtes de La Baraque.

Christophe conduisait une Peugeot, et pas une grande. Mais

alors que Molly s'approchait, de plus en plus de personnes en descendaient jusqu'à ce qu'il y en ait cinq au total, presque comme si on regardait une voiture de clowns au cirque.

— Bonjour, dit-elle en tendant la main pour serrer celle d'un homme de grande taille. Je suis Molly Sutton. Vous êtes... vous vous êtes tous rencontrés à la gare ?

Christophe se contenta de secouer la tête en souriant et alla vers le coffre pour commencer à sortir les bagages.

— C'était juste un coup de chance, dit une petite femme dont la prononciation du français était très précise. Todor et moi venions juste de quitter la gare et nous n'avons vu qu'un seul taxi, mais ce monsieur ici - excusez-moi, *Monsieur*, j'ai déjà oublié votre nom...

— Arthur, dit un jeune homme en époussetant son pantalon.

— Oui, bien sûr, Arthur. Comme je disais, Arthur avait déjà appelé le taxi mais nous l'avons entendu dire « La Baraque », et donc, même si nous savons que c'est impoli, il n'y avait qu'un seul taxi, alors nous avons demandé au jeune homme - Arthur, oui, je m'en souviens maintenant - et juste au moment où nous mettions nos bagages dans le coffre, voilà que les Jenkins sont arrivés et eux aussi se dirigeaient vers La Baraque, et donc...

— En d'autres termes, dit le mari de la petite femme, nous avons partagé le taxi.

— Merveilleux, rit Molly. Elle se tourna vers Mme Jenkins. Je pensais que vous alliez conduire une voiture de location ? Je me suis trompée ?

— Non, non, nos plans ont changé. En fait...

Le visage agréable de Mme Jenkins rougit légèrement.

— En fait, j'ai perdu mon permis juste avant notre départ des États-Unis. Je conduisais pour aller à une réunion, j'étais en retard, j'allais trop vite...

— Et les flics l'ont attrapée, dit son mari joyeusement. Ma femme a un casier aussi long que le bras, et cette dernière fois elle a franchi une sorte de ligne rouge, et ils ont suspendu son permis.

Il secoua la tête mais souriait.

— Si vous êtes pressée un jour, mettez la vieille Deana au volant. Mais si vous voulez rester du bon côté de la loi, peut-être pas.

Le visage de Mme Jenkins rougit davantage.

— Billy, dit-elle. Tu n'as pas besoin d'étaler tout notre linge sale dès que nous rencontrons quelqu'un.

Avant qu'une dispute n'ait le temps d'éclater, Molly intervint.

— Je suis si contente que vous soyez tous là ! M. et Mme Jenkins, vous serez dans le pigeonnier, par là-bas. Si vous pouviez patienter un moment, je vais installer les autres avant de vous y accompagner.

— S'il vous plaît, appelez-nous Billy et Deana, dit M. Jenkins.

—Je n'y manquerai pas, répondit Molly.

La vue des Américains la rendait un peu nostalgique, même si elle devait reconnaître que ce n'était pas au point d'avoir un petit pincement au cœur. Quelque chose dans leur façon de s'habiller et leurs expressions faciales était si américain et familier - Billy portait un pantalon kaki avec des chaussures bateau de chez L.L.-Bean, et Deana une jupe portefeuille imprimée d'ananas. Pendant ce temps, le Français commençait à s'impatienter de devoir rester si longtemps dans l'allée.

— Vous êtes Arthur Malreaux ? Vous serez dans l'annexe atte-nante à la maison principale. Et vous devez être M. et Mme Mertens ?

Todor et Elise Mertens acquiescèrent, leurs bagages à leurs pieds. Ils étaient tous deux assez petits et semblaient avoir dans les soixante-dix ans, avec des joues rosées et des cheveux blancs. Tous les invités étaient impatients de voir leurs chambres, et en une demi-heure bien remplie, Molly avait installé les cinq loca-taires dans leurs logements.

Jusqu'à présent, personne n'avait de demandes spéciales, ni n'avait oublié quoi que ce soit d'essentiel à la maison, ni ne présentait de problème quelconque à résoudre pour Molly. C'était un début prometteur pour un groupe relativement important. Tandis que Molly se tournait vers des tâches ménagères en retard dans la maison principale, elle songeait à inviter les nouveaux arrivants pour un apéro, peut-être le lendemain soir, et elle savourait l'absence de drame et le calme d'un beau mois de septembre à Castillac.

Il y avait bien la question du nouveau chef de la gendarmerie, et l'importance d'entretenir de bonnes relations avec la personne occupant ce poste pour Ben et Molly... mais inutile de s'inquiéter de l'avenir, pensa-t-elle en polissant une table d'appoint dans le salon. De toute façon, que pourrait-il arriver de si terrible ?

❁   2   ❁

B en Dufort était levé tôt comme d'habitude, et avait fait son jogging et pris sa douche avant que la plupart des habitants de Castillac n'aient ouvert un œil. Ce n'était pas un homme très grand, mais plutôt athlétique, avec une coupe en brosse que Molly aimait caresser, et de légères pattes d'oie sur son visage perpétuellement bronzé. Ben était souvent l'un des premiers au marché du samedi, et cette semaine ne faisait pas exception. Il avait acheté quelques articles qu'il savait que Molly apprécierait : des pruneaux fourrés au foie gras ne manquaient jamais de la faire crier de joie et danser dans toute la pièce, et un nouveau marchand lui avait vendu une collection de sels aromatisés dans de petits contenants en verre qui, il en était presque sûr, allaient être un succès. Il avait rendez-vous avec un nouveau client potentiel au Café de la Place, et il prit place à une table en terrasse, cherchant du regard Pascal, le serveur exceptionnellement séduisant dont la mère faisait la cuisine au café.

Le café était bondé comme d'habitude à la fin du jour de marché. Ben reconnaissait la plupart des autres clients et remarqua quelques étrangers, toujours heureux de voir Castillac honoré par quelques touristes puisqu'ils apportaient des liquidités bien nécessaires au petit village. Pascal riait avec une table d'adolescentes qui célébraient quelque chose devant des coupes de glace. Une grande famille terminait un petit-déjeuner tardif à la table voisine, les enfants sages et assis à leur place.

Adossé à sa chaise et regardant dans le vague, Ben passait mentalement en revue ses notes sur le client potentiel. Bernard Petit venait de Bergerac. Il avait accepté les honoraires sans hésitation, mais avait refusé de fournir le moindre détail sur la nature exacte du travail en question. Ben ne savait pas s'il devait être encouragé par cette preuve de discrétion ou inquiet de ce qu'on pourrait leur demander de faire, à lui et à Molly.

Pas la peine de s'en inquiéter de toute façon, puisque l'homme devait arriver d'une minute à l'autre et comblerait sûrement les blancs. L'esprit de Ben sauta ensuite à son compte en banque qui s'amenuisait et il ressentit un léger frisson, bien que la journée fût ensoleillée et chaude. Molly avait un cœur d'or jusqu'à la faute, donc le frisson n'était pas tant lié à la peur de mourir de faim qu'à la fierté. Ce n'était pas un genre de fierté insensé qui pousse un homme à vouloir être non seulement autonome mais aussi capable de subvenir aux besoins d'une épouse, se dit-il, en regardant un homme corpulent marcher sur le trottoir et en devinant correctement qu'il s'agissait du mystérieux client potentiel.

Ben se leva lorsque l'homme se dirigea vers la terrasse du Café.

— Monsieur Petit ? dit-il, et quand l'homme acquiesça, Ben se présenta et tendit la main.

Mais Monsieur Petit ignora sa main et Ben la laissa retomber, se demandant ce qui pouvait bien offenser l'homme.

— C'est terriblement... public, dit Monsieur Petit. Est-ce vraiment le meilleur endroit pour une conversation personnelle ?

Il était vrai que les habitants de Castillac étaient réputés pour être de vraies commères, et Ben reconnut intérieurement que Petit n'avait pas tort.

— Profitons du déjeuner, dit Ben, et après nous pourrons faire une promenade ensemble et discuter de ce que vous voulez que je fasse. Nous ne voulons certainement pas gâcher la délicieuse cuisine de Madame Longhale avec des discussions de travail.

Monsieur Petit haussa les épaules. Il sortit un cigare et se lança dans l'élaboration du processus de le couper et de l'allumer. Après quelques bouffées profondes, il souffla la fumée bleutée au-dessus des têtes de la grande famille à la table voisine. La mère lança un regard noir à Petit, rassembla ses enfants et partit.

L'homme ricana.

— Ça marche à tous les coups, dit Petit.

Ben garda un visage impassible mais grimaçait intérieurement. Il n'y a pas de règle qui oblige à apprécier le client, se dit-il, même si cela ne le faisait pas se sentir mieux.

Pascal s'approcha de la table et prit leur commande de boissons, mais il avait trop de tables à servir pour s'attarder à bavarder.

— Est-ce qu'il y a quelque chose de bon ici ? demanda Petit.

Ben prit une profonde inspiration.

— Madame Longhale est très douée en cuisine. Son confit est excellent, tout comme le cassoulet...

— Il fait bien trop chaud pour manger quoi que ce soit de ce genre. On est peut-être en septembre, mais il n'y a pas le moindre frisson dans l'air. Ce serait ridicule de manger un ragoût chaud par une journée comme celle-ci.

Ben prit une autre profonde inspiration, pour essayer de dissimuler son irritation en tenant brièvement le menu devant son visage.

— Évidemment, commandez ce que vous voulez. Je vais prendre le cassoulet suivi d'une salade et du fromage.

Il n'avait pas eu l'intention de commander le cassoulet - et en effet, il aurait été d'accord pour dire que le temps ne s'y prêtait pas particulièrement - mais Monsieur Petit avait été si suffisant dans son rejet du plat de Madame Longhale qu'il était maintenant déterminé à le prendre.

— Alors, comment vous êtes-vous retrouvé avec l'Américaine, au fait ? demanda Petit.

— À Castillac, comme vous pouvez l'imaginer, il est facile de rencontrer les gens qui y vivent. Au bout d'un moment, tout le monde finit par se croiser.

— J'ai entendu dire qu'elle vous avait coiffé au poteau. Qu'elle avait résolu une affaire sous votre nez, alors qu'elle parlait à peine français qui plus est.

Il n'était généralement pas si facilement irritable, mais Ben dut se retenir de bondir et de frapper Petit en plein nez.

— Molly est une détective très compétente, dit-il, utilisant beaucoup de volonté pour éviter de serrer les dents. J'ai beaucoup de chance que nous soyons dans la même équipe.

— Et son français maintenant ? Il s'est amélioré ?

— Je dirais que oui. Ça fait presque exactement deux ans qu'elle est ici.

— Bah, on connaît tous des gens qui sont venus et n'ont fait aucun progrès en autant de temps. Ils restent entre eux, à regarder des émissions de télévision en anglais, ils ne font aucun effort du tout.

— Je ne suis pas sûr de connaître qui que ce soit comme ça. Mais vous ne décrivez certainement pas Molly. Elle s'est jetée dans la vie du village avec beaucoup d'enthousiasme.

Petit plissa les yeux d'une manière que Ben interpréta comme sceptique. Le client potentiel n'avait pas tout à fait insulté Molly, pas assez pour justifier de quitter la table en trombe. Mais il était à la limite, et Ben attendait, espérant perversement que Petit dise quelque chose de si horrible que cela justifierait complètement que Ben l'envoie paître et s'en aille.

À ce moment-là, Pascal apparut avec une assiette de crudités, de petits toasts et un généreux bocal de pâté de sa mère.

— Merci beaucoup, Pascal, dit Ben. Je pourrais manger le pâté de ta mère tous les midis et être un homme heureux.

Pascal sourit et fit une gracieuse révérence.

— Je le lui dirai. Désolé de filer, mais nous sommes bondés aujourd'hui et la nouvelle serveuse ne s'est pas présentée...

Petit, comme Ben s'y attendait, poussa un grognement désapprobateur à propos de la serveuse manquante. Puis il trempa le petit couteau dans le pâté et en étala une épaisse couche sur un morceau de toast.

Ben s'occupa avec une branche de céleri en attendant son tour pour le couteau, prenant soin de ne pas demander à Petit ce qu'il pensait du pâté. Les deux hommes irrités ne prirent même pas la peine d'engager une conversation polie.

— Oh, au diable tout ça, dit Petit la bouche pleine. Je vais juste parler assez bas pour que ces gens là-bas ne puissent pas m'entendre.

Ben se pencha vers lui, curieux malgré lui.

— J'ai une très belle maison à Bergerac. Juste à quelques pas de l'église. Un grand jardin à l'arrière avec un potager et une petite piscine. L'une des plus belles - sinon *la* plus belle - maisons de la ville, si je puis dire.

Ben réussit à peine à ne pas lever les yeux au ciel.

— Quelqu'un vole dans ma maison. Chaparde, devrais-je dire, si ce mot connote des vols de moindre valeur monétaire.

Ben avait besoin de finir de mâcher avant de demander :

— Quels types d'objets ont été volés, et depuis combien de temps cela dure-t-il ?

— La première fois, c'était il y a environ six mois. J'ai remarqué que les embauchoirs dans mon placard avaient disparu. J'ai des paires de chaussures très chères et j'en prends grand soin. Ça ne sert à rien de dépenser tout cet argent pour simplement les jeter par terre et les laisser se déformer et devenir inesthétiques. Il suffit d'un peu de soin et d'attention, vous comprenez, pour les ranger avec les embauchoirs insérés.

Il serait impossible de détester cet homme plus que je ne le fais déjà, pensa Ben.

— Et combien d'embauchoirs manquent ?

— Sept paires.

— D'accord, et ensuite ? Quand le vol suivant a-t-il eu lieu ?

Ben avait sorti un petit carnet et notait les informations avec un stylo-plume.

— J'ai omis de noter les dates exactes de tout cela, ce qui était une erreur, je m'en rends compte. Mais je n'avais aucune idée que cela en arriverait là, qu'une véritable enquête par un professionnel serait nécessaire. Je suppose que je pensais qu'une fois que j'aurais renvoyé la vieille mégère qui nettoyait la maison et que j'aurais trouvé quelqu'un de nouveau, avec des références impeccables, les choses reviendraient à la normale.

— Mais ça n'a pas été le cas ?

— Non. Probablement trois semaines plus tard, je suis allé me coucher et j'ai constaté que ma taie d'oreiller avait disparu. Quand j'ai regardé dans les autres chambres, les taies d'oreiller des lits d'invités avaient également disparu. Elles n'étaient ni dans la lessive ni nulle part ailleurs.

— Étrange.

— C'est même plus qu'étrange !

— Est-ce que quelqu'un vit avec vous dans la maison ?

— J'ai deux enfants, un fils et une fille. Ils sont adultes maintenant et étudient dans des universités loin de Bergerac.

— Et leur mère ?

— Est-ce que vous devez vraiment fouiner de manière aussi indiscrète ? Leur mère et moi avons divorcé il y a longtemps. Je ne suis plus ses mouvements.

— Savez-vous si elle vit à Bergerac ?

— Non, ce n'est pas le cas. La dernière fois que j'ai eu de ses nouvelles, elle était en train de *se trouver* au Tibet, ou une quelconque absurdité du genre. Si quelqu'un voulait la trouver *elle*, il suffirait de suivre l'odeur d'encens quand elle passe, et au bout du compte ça mènera jusqu'à elle. Le dernier endroit où je l'ai vue empestait cette odeur.

Ben hocha lentement la tête, observant attentivement Petit. Il avait une grosse tête, un gros nez, une large bouche et des oreilles qui faisaient presque la moitié de la longueur de sa tête. Tout chez cet homme était surdimensionné, comme un personnage de dessin animé. Ses sourcils étaient foncés et épais, ses lèvres charnues... seuls ses yeux étaient plutôt petits, bien que cela ne soit peut-être que l'effet d'être submergé par de si grands traits.

Ben essaya d'imaginer cet homme chez lui, avec une femme et des enfants, mais peina à donner vie à cette image.

— Très bien, dit le détective, affichant soudain un sourire à la vue de Pascal qui se dirigeait vers eux avec un lourd plateau.

Il attendit d'avoir fini sa réflexion jusqu'à ce que Pascal les ait servis et soit parti s'occuper des adolescentes.

— Très bien, donc si je comprends bien, vous voulez que nous trouvions qui vous vole, et si possible que nous récupérions les objets ?

— Oui. Brillante conclusion, dit Petit alors qu'il arrachait une feuille d'artichaut avec un certain degré de sauvagerie. J'aimerais que vous accordiez toute votre attention à cette affaire, et je paierai en conséquence.

Dufort s'autorisa un sourire intérieur à cette nouvelle, même si la perspective de travailler avec Monsieur Petit était pour le moins peu attrayante.

Je vais probablement sentir le cigare jusqu'à la fin de l'affaire, pensa-t-il. Mais au moins, je serai motivé pour la boucler le plus rapidement possible, et avec un peu de chance, d'autres affaires se présenteront bientôt.

Et avec un soupir plutôt satisfait, il plongea dans le bol de cassoulet fumant, l'eau lui venant à la bouche à la vue de plusieurs morceaux de confit de canard, le tout recouvert d'une fine et délectable couche de graisse d'oie.

3

— Simon, je ne comprends *vraiment* pas pourquoi tu insistes pour entrer dans la maison dans cet état. Tu sais que ça me perturbe. Ce serait vraiment si gênant de te rincer d'abord ?

Simon Valette sourit à sa femme. C'était un bel homme aux yeux bleu vif, ses pattes-d'oie lui conférant un air de sagesse ou de bonté. Ses cheveux étaient épais, foncés et indisciplinés. Le long d'une joue, une cicatrice lui donnait un air mystérieux.

— Oh, Camille, dit-il en faisant un geste pour lui toucher le visage, mais elle s'écarta. Je me plais vraiment ici, ajouta-t-il, toujours souriant.

— Apparemment, répondit Camille, avec l'ombre d'un sourire. Je suis heureuse que tu aies trouvé une occupation qui te plaise, vraiment. Je n'aurais certainement jamais deviné quand nous vivions boulevard des Capucines et que tu travaillais chez Byatt Industries que tu te mettrais à construire des murs en pierre comme un ouvrier ordinaire, mais c'est ainsi, et je n'ai rien à y redire. Sauf que tu ramènes un nuage de poussière à chaque fois que tu entres pour boire un verre d'eau, et les allergies des filles vont être absolument incontrôlables, sans parler de qui, à ton avis, va devoir passer l'aspirateur toutes les cinq minutes pour essayer de suivre ?

— Dis-moi, demanda Simon sérieusement. Tu te sens mieux ? Je sais que nous venons à peine d'arriver et qu'il nous reste encore des cartons à déballer. Mais j'espère... j'espère que tu te sens déjà... moins stressée ? Dieu sait que Castillac semble être un endroit décontracté, d'après ce que je peux voir.

— Oh, décontracté, ça c'est sûr, marmonna Camille.

Elle portait un long cardigan en cachemire d'une nuance particulière de gris-brun qui était populaire cette année-là chez les grands créateurs parisiens. Son pantalon était bien coupé et ses bijoux discrètement impressionnants, sans ostentation. Elle était jolie, de cette façon dont beaucoup d'argent peut polir une personne, mais son chignon sévère lui donnait un air strict et son expression était tendue. Tandis qu'elle parlait à son mari, ses doigts tiraillaient l'un des boutons de son cardigan.

Simon voulait prendre sa main et la tenir pour l'empêcher de répéter ce geste, mais il avait appris que cela ne faisait qu'aggraver les choses.

— Eh bien, jusqu'à présent, je pense que la décision de quitter Paris était brillante. Mon père semble plus calme, tu ne trouves pas ? Et les filles s'amusent comme des folles ! Qui aurait deviné que jouer dans un petit bosquet de bambous avec quelques bâtons et une vieille couverture serait si amusant ?

Camille agita la main en l'air comme pour effacer cette vision particulière.

— Si Andrea pouvait les voir...

— Mais c'est exactement le but, chérie. Nous avons quitté la ville en partie pour nous éloigner des gens comme Andrea.

— Andrea est ma meilleure amie.

— C'est une vipère, Camille, bon sang.

Le visage de Simon rougissait et il frappa ses mains poussiéreuses l'une contre l'autre.

— Enfin, nous en avons parlé cent fois. Nous sommes ici

maintenant, c'est ce qui compte, et je pense que ça va être bénéfique pour nous tous.

Camille se tenait les bras croisés, en train de regarder une tache au plafond.

— Je n'avais pas remarqué ça quand nous sommes venus voir la maison. Est-ce que c'était dans le rapport de l'inspecteur ? Regarde ça, Simon ! Il y a clairement une fuite dans le plafond, nous allons probablement devoir tout arracher et recommencer. Ça va coûter une *fortune*. Et toi sans emploi.

Elle resta plantée là, les yeux fixés sur la petite tache, une traînée grise qui s'étendait sur environ dix centimètres le long du mur, salissant le papier peint.

— Ce n'est pas un souci, ma chérie. Oui, c'était dans le rapport - c'est un ancien dégât et le toit a été refait il y a seulement quelques années. Nous pouvons repeindre le plafond, mettre un nouveau papier peint, tout ce que tu veux.

Camille secoua la tête, fixant toujours la tache.

— C'est de l'histoire ancienne, dit Simon d'un ton apaisant. Les dégâts sont terminés, et nous n'avons pas à nous en inquiéter. Et pas seulement ça - si une tempête éclatait ce soir et que le toit était complètement arraché ? J'ai suffisamment d'argent, Camille. Je nous achèterais simplement un nouveau toit et voilà.

Des cris se firent entendre par la fenêtre ouverte et le couple regarda dehors. Leurs deux filles, âgées de dix et six ans, passèrent en courant comme si elles étaient poursuivies par des démons.

— Je ne pense pas qu'elles devraient courir avec des bâtons, dit Camille. Elles pourraient facilement perdre un œil en jouant comme ça. Où est Violette ? Elle devrait les surveiller de plus près.

— Je vais leur parler, dit Simon, heureux d'avoir une excuse pour retourner dehors et n'ayant aucune intention de dire quoi que ce soit aux filles.

Camille passa encore quelques minutes à inspecter la tache avant de monter dans sa chambre. La maison était un vieux manoir, bien que pas particulièrement grandiose pour un manoir. Le rez-de-chaussée se composait d'un salon, d'une salle à manger, d'une cuisine, d'une bibliothèque, d'une buanderie et d'une minuscule salle de bains ajoutée. À l'étage, il y avait quatre chambres, deux salles de bains et un grand palier où les filles avaient déjà donné plusieurs spectacles de marionnettes sous la direction de la nounou, Violette Crespelle. Au troisième étage se trouvait la chambre de Violette et un grand espace au plafond bas utilisé pour le stockage.

Le père âgé de Simon était dans sa chambre, assis sur une chaise, en train de regarder le sol. L'une des raisons du déménagement de Paris était que Simon n'était pas satisfait des soins que son père recevait dans son établissement de résidence ; leur appartement sur le boulevard des Capucines était assez spacieux, mais n'importe quel appartement finissait par sembler exigu avec deux jeunes filles et un parent atteint de démence. Après des mois de conversations stratégiques, Simon avait finalement convaincu Camille de laisser son père venir vivre avec eux, dans un endroit calme et paisible, un lieu qui ferait du bien à toute la famille, qui souffrait à divers degrés du stress de la grande ville.

— Bonjour, Raphael, dit Camille, qui n'avait pas encore vu son beau-père ce matin-là.

Monsieur Valette ne leva pas les yeux et ne répondit pas.

Camille poussa un soupir et entra dans sa chambre, si ordonnée qu'elle ressemblait à une chambre d'hôtel. Une coiffeuse antique se dressait entre deux grandes fenêtres ; dessus, s'alignaient parfaitement des flacons de parfum, puis une brosse à cheveux et un peigne, ainsi que plusieurs rouges à lèvres aux teintes classiques. Debout dans sa chambre, elle sentit un petit noyau de quelque chose s'épanouir au plus profond de sa poitrine et commencer à se répandre dans tout son corps. C'était une anxiété familière (mêlée d'appréhension), cette fois déclenchée par l'absence d'un agenda rempli de courses et d'obligations sociales, et par le silence du téléphone puisqu'elle n'avait encore rencontré personne dans le village. Camille ne savait absolument pas quoi faire d'elle-même jusqu'à ce que, dans un éclair de gratitude et d'agacement, elle se souvienne de toute la poussière que Simon avait ramenée et redescende pour chercher l'aspirateur.

Elle avait toujours eu des femmes de ménage, toute sa vie ; jusqu'à ce qu'ils en trouvent une à Castillac, Camille faisait le travail elle-même, ce qu'elle trouvait exotique et un soulagement bienvenu quand elle ne savait pas où diriger son énergie autrement.

Pendant ce temps, Simon était retourné au bâtiment en ruine sur le côté de la propriété où il travaillait d'arrache-pied depuis leur arrivée la semaine précédente. On ne savait pas exactement à quoi servait ce bâtiment autrefois, ni à quoi il servirait à l'avenir ; pourtant, Simon s'appliquait à reconstruire les murs comme si la survie de sa famille en dépendait.

Il n'en était pas encore au stade de la véritable maçonnerie, mais démontait patiemment les décombres au sommet des murs, faisant des tas de pierres de différentes tailles. Cela impliquait d'arracher le vieux mortier, parfois de briser des pierres qui étaient collées ensemble, puis de les hisser dans une brouette pour les transporter jusqu'au tas approprié. C'était un travail épuisant et exaltant. Il enleva sa chemise et laissa le chaud soleil de septembre baigner son corps, qu'il imaginait avec une certaine complaisance semblable à celui d'Adonis, maintenant qu'il s'adonnait à tant de travail physique. Tout en poussant la brouette pleine de pierres vers les tas, il guettait les filles et Violette, mais ne vit personne.

Et c'était l'un des meilleurs aspects de leur nouvelle demeure en bordure de la ville : chaque membre de la famille avait de l'espace pour s'étendre, en privé, sans se heurter aux autres. Une personne pouvait poursuivre les intérêts qui lui plaisaient, sans que quelqu'un d'autre regarde par-dessus son épaule, et pour Simon, cette perspective était la plus délicieuse de toutes.

❦ 4 ❦

Le dimanche matin commença assez paisiblement à La
Baraque. Les deux derniers clients de la semaine, Darek et
Emilia Badowski, étaient arrivés de Pologne tard samedi et
avaient été installés dans la grande chambre de l'annexe. Tout le
monde dormait encore ou du moins ne bougeait pas, et Molly
savourait une deuxième tasse de café en surfant sur Internet
pendant que Ben était sorti courir.

Une chose qu'elle adorait à propos des dimanches à Castillac :
il y avait un accord tacite que c'était un jour pour la famille et les
amis, pour un grand repas au milieu de la journée, et c'était à peu
près tout. On pouvait mettre de côté toutes les ambitions qu'on
avait pour à peu près n'importe quoi pendant cette journée. Peu
importait qu'on soit religieux ou non, c'était un jour de repos
pour le corps et l'âme.

Ce n'était pas le cas à Boston, où Molly avait passé ses
dimanches à essayer frénétiquement de prendre de l'avance sur les
tâches ménagères et les courses avant que la semaine de travail ne
recommence. Assise à boire son café (et se demandant comment
diable elle pouvait être à court de pâtisseries), elle repensait à la
personne qu'elle était à cette époque avec un peu de tristesse.

Peut-être que Boston n'était pas le problème - c'était moi, pensa-t-elle. Mais peu importe, elle était à Castillac maintenant, et en était très reconnaissante.

Elle était tellement plongée dans ses souvenirs que lorsque quelqu'un frappa à la porte d'entrée, elle sursauta comme si elle avait été prise en train de faire quelque chose de mal. Secouant la tête, elle alla ouvrir la porte, Bobo sur ses talons.

— Boris ! Bonjour !

Le chauffeur de camion de la veille se tenait sur le pas de la porte, un bloc-notes en main.

— Votre entrepreneur, Monsieur Gradin, m'a demandé de finaliser cette liste de matériaux. Est-ce que je peux avoir votre signature, s'il vous plaît ?

Il tendit le bloc-notes et un stylo.

— C'est dimanche.

— Oui. Monsieur Gradin a l'intention de commencer les travaux demain matin, et pour que cela se produise, je vais devoir charger le camion cet après-midi pour qu'il soit prêt à partir dès la première heure.

— Vous travaillez généralement le dimanche ? Je ne pensais pas que quiconque...

Elle s'interrompit, ne sachant pas s'il valait la peine d'argumenter.

— Et... je ne comprends pas pourquoi je signe pour une liste de matériaux. Monsieur Gradin sait ce dont il a besoin, pas moi. Je n'ai aucune idée de ce qui devrait figurer sur cette liste. Ce ne serait pas plutôt à lui de signer ?

— Cela aurait du sens, acquiesça Boris. Mais c'est vous qui payez. Donc...

Il tendit à nouveau le bloc-notes.

Le fait que quelques secondes plus tôt, Molly se délectait de la tradition française des dimanches relaxants rendait cette intrusion absurde très agaçante.

— D'accord, Boris, dit-elle avec un soupir, voulant juste en finir.

Elle signa et dit au revoir. Les derniers jours avaient été contrariants sans aucune raison. Peut-être pourrait-elle convaincre Ben d'aller dîner Chez Papa ; elle avait l'impression d'avoir besoin de se remonter le moral, même si rien de vraiment grave ne s'était produit.

Molly venait de se réinstaller dans le fauteuil avec un magazine de jardinage, son café rafraîchi, quand elle entendit des cris. Bobo courut instantanément dehors par la porte de la terrasse en aboyant, suivie par Molly.

Les Jenkins accoururent du pigeonnier et regardèrent Molly avec de grands yeux.

— Vous avez entendu quelque chose ? demanda Molly.

— Quelqu'un qui criait, dit Billy Jenkins.

Deana acquiesça.

Molly regarda en direction du cottage mais ne vit aucun signe de mouvement de ce côté. Elle marcha vers l'annexe juste au moment où les cris éclatèrent à nouveau.

— Et je vous remercie de rester hors de ma chambre et de vous tenir à l'écart de moi entièrement !

Molly entra rapidement et pénétra dans une grande pièce qui servait de salon pour les deux chambres de l'annexe. Arthur se tenait dans l'encadrement de sa porte, ses cheveux ébouriffés et dressés de façon plutôt comique, tandis que Darek était devant sa femme Emilia, un bras tendu comme pour la protéger.

— Quel est le problème ? demanda Molly, d'une voix qu'elle espérait apaisante.

— Je l'ai surprise dans ma chambre, voilà le problème ! dit Arthur en pointant Emilia du doigt.

Emilia secoua la tête.

— Oui, oui, j'étais dans sa chambre, mais j'ouvrais seulement une fenêtre pour qu'on puisse avoir de l'air.

Elle était grande et mince, avec un nez proéminent et un air dédaigneux.

— Vous pouvez ouvrir votre propre fenêtre si vous voulez de l'air ! N'entrez pas dans les chambres des autres sans invitation. D'accord ?

— Ne soyez pas brutal avec ma femme, dit Darek en faisant un pas vers Arthur, qui faisait la moitié de sa taille.

— S'il vous plaît, tout le monde, dit Molly. Je vais avoir un mot avec Emilia, dit-elle à Arthur, espérant qu'il rentrerait dans sa chambre et fermerait la porte, ce qui calmerait peut-être les autres.

Au lieu de cela, Arthur ferma et verrouilla sa porte et se tourna vers Molly.

— Est-ce que vous avez un coffre-fort ? J'ai des objets de valeur avec moi et je vois maintenant que je ne peux pas considérer la confidentialité de ma chambre comme acquise. Je suis très contrarié, Mademoiselle Sutton, comme vous pouvez bien le comprendre.

— Elle vous a dit que c'était juste pour avoir de l'air, dit Darek. Personne ne s'intéresse à vos misérables « objets de valeur ».

Oh là là, pensa Molly.

— D'accord. Emilia, est-ce qu'un ventilateur aiderait ? Il fait plus chaud que d'habitude cette semaine, et je peux facilement vous en apporter un.

Emilia acquiesça à contrecœur.

— D'accord, très bien. M. et Mme Badowski, si vous voulez vous rafraîchir davantage, pourquoi ne pas aller nager ? La piscine est au bord du pré en marchant vers le pigeonnier. Arthur, pourquoi ne venez-vous pas avec moi et nous pourrons trouver une solution pour la sécurité de vos objets de valeur. Allez, Bobo ! J'espère que le reste de votre dimanche se passera bien, M. et Mme Badowski.

Elle prit Arthur par le bras et le conduisit dehors et dans sa partie de la maison par la porte de la terrasse.

— Je suis vraiment désolée. Rien de tel n'est jamais arrivé auparavant. J'aimerais pouvoir balayer ça d'un revers de main et espérer que son excuse est légitime, mais pour être honnête, nous n'en savons rien, n'est-ce pas ?

— Non, dit Arthur d'un air sombre.

— Est-ce que vous avez une raison de penser qu'elle était dans votre chambre pour une autre raison ?

— Je n'ai aucune preuve. Si je devais deviner, je dirais qu'elle fouinait. Peut-être qu'elle essayait de voir si j'avais quelque chose qui valait la peine d'être volé. Je me fiche de sa raison - peut-être qu'avec du recul, ça ne semble pas être une grosse affaire, mais je vous le dis, quand je suis revenu d'une courte promenade dans le pré pour la trouver dans ma chambre comme ça, ça m'a... ça m'a choqué !

— Non, ne vous inquiétez pas, je comprends. Elle n'avait absolument rien à faire là-dedans. Maintenant, voyons pour vos objets de valeur. De quelle taille sont-ils ? J'ai un petit coffre-fort, mais tout ce qui est très grand ou même de taille moyenne ne rentrera pas.

— J'ai des papiers qui sont très importants pour moi. Ce serait pratique si je pouvais les laisser dans votre coffre-fort pendant que je suis dehors dans la journée, pour ne pas avoir à les porter avec moi.

— Certainement, je serais ravie de faire ça, dit Molly, très soulagée qu'au moins un petit problème ait été réglé correctement.

Arthur remercia Molly et retourna dans sa chambre.

— Bobo ? dit Molly, et Bobo s'assit en remuant la queue, les oreilles dressées. Allons chercher des lapins. J'ai le pressentiment que d'autres choses vont mal tourner et j'aimerais être hors de la maison quand ça arrivera.

***

LA SOIRÉE ÉTAIT SI agréable que Molly et Ben décidèrent d'aller à pied Chez Papa pour dîner.

— Tu sais comment parfois on ne peut pas supporter quelqu'un dès le premier instant où on le rencontre ?

— Oui, je vois.

— C'était Petit. Il est horrible. Mais je ne devrais pas me plaindre, au moins c'est un client qui paye, et ils se font un peu rares ces derniers temps.

— Eh bien, ils l'ont toujours été, pour être honnête.

— Pourquoi tu ris ?

Voir Molly rire fit sourire Ben sans raison.

— Je ne sais pas ! Peut-être parce que c'est une si belle soirée de septembre ? Parce que j'ai été d'humeur maussade pendant deux jours, même si rien de mal ne s'est produit ? J'ai l'impression qu'un gros nuage vient de se lever, ou d'être balayé par cette belle brise.

Ben prit la main de Molly et la serra.

— Alors, dit Molly, tu jures que tu ne savais rien du départ de Maron ?

— Rien du tout. Pourquoi est-ce que je l'aurais su ? Ce n'est pas comme si la gendarmerie s'intéressait à mon opinion sur quoi que ce soit. Et non, je n'ai aucune idée de qui l'a remplacé. Il y a de fortes chances que je ne connaisse pas la personne de toute façon.

Ils marchèrent en silence devant le cimetière, essayant tous deux d'imaginer le nouveau chef et priant pour qu'ils l'apprécient, qui que ce soit... ou à défaut, qu'ils soient capables de travailler efficacement avec la personne qui finirait par occuper le poste.

Ben soupira et chassa ce sujet de son esprit.

— Dis, Molly, ça fait des mois maintenant. Et si on annonçait nos fiançailles à tout le monde ce soir ?

— Non !

Ben rit.

— Un homme moins confiant pourrait mal interpréter cette réponse.

Molly lui donna une légère bourrade.

— C'est juste que c'est tellement amusant d'avoir ce secret, rien qu'entre nous deux. Je ne veux pas dire que ce n'est pas important pour les autres, ce n'est pas ça. Mais... gardons-le encore un peu entre nous ?

— Tout ce que tu veux, chérie. Pas de pression de mon côté.

Cette fois, ce fut Molly qui serra la main de Ben.

Lorsque les lumières scintillantes de Chez Papa apparurent, elle tira Ben devant elle et l'embrassa, plus qu'un simple bisou mais pas assez fort pour que quelqu'un en train de regarder par la fenêtre en soit scandalisé.

— Bonsoir Molly, bonsoir Ben ! cria un chœur quand ils entrèrent enfin dans le restaurant.

L'endroit était bondé d'amis - Frances, de retour de sa lune de miel avec Nico, qui était derrière le bar à son ancienne place. Lawrence était perché sur son tabouret habituel, Lapin et sa nouvelle épouse Anne-Marie étaient assis à une table, même Rémy, le fermier bio était là, ce qui était inhabituel puisqu'il se couchait avant la tombée de la nuit. Molly et Ben firent le tour, embrassant les joues et saluant tout le monde, pour finir par s'installer au bar à côté de Lawrence.

— Tu t'es fait scandaleusement rare ces derniers temps, dit-il à Molly. Je suis sur le point d'avoir le cœur brisé.

— Allons donc, dit Molly. Pas du tout. Et tu es parfaitement capable de venir quand tu veux, tu le sais bien. J'ai tous les ingrédients pour un Negroni, donc tu ne peux pas utiliser ça comme excuse non plus.

— Eh bien, qu'est-ce que tu as fait de ton temps ? Je pensais que tu serais ici dès l'annonce du nouveau chef.

— Attends, il y a eu une annonce ?

Ben haussa les épaules.

— Ne me regarde pas, j'ai démissionné il y a plus d'un an, tu te souviens ?

Lapin se leva de la table, incapable de résister à l'envie d'être le centre de l'attention.

— J'ai rencontré la nouvelle, dit-il, en bombant le torse et en faisant une pause pour l'effet.

— *La nouvelle ?* dirent environ six personnes à l'unisson.

— Oui, la nouvelle, dit Lapin. Je ne sais pas pourquoi vous êtes tous dans cet état, vous n'avez jamais vu une femme policière avant ? Elle s'appelle Charlot, Chantal Charlot je crois. Un nom plutôt élégant pour une chasseuse de crimes, si vous voulez mon avis. On dirait qu'elle devrait être actrice ou quelque chose comme ça, vous ne trouvez pas ?

Molly ignora Lapin et se tourna vers Lawrence.

— Tu étais au courant ? Tu sais quelque chose sur elle ? Tu l'as rencontrée ?

— J'ai bien peur que non. Oui, je savais qu'elle arrivait, mais c'est à peu près tout. Aucun détail quel qu'il soit.

— Eh bien, à quoi est-ce que tu sers ?

— À rien du tout, dit joyeusement Lawrence. Mais j'ai rencontré les Valette, si ça t'intéresse.

— Qui ?

— La nouvelle famille en ville. Ils ont acheté le vieux manoir à la lisière du village. Il y a une belle parcelle de terrain qui va avec, aussi. Aucune idée de ce qu'ils font à Castillac de tous les endroits possibles. C'était un grand ponte chez Byatt Industries. Il est allé à l'ENA et tout ça.

— L'ENA ?

— Tu es tellement provinciale, ma chère, tu le sais ? L'École Nationale d'Administration est l'école d'élite à Paris où vont tous les plus grands talents pour faire leurs études. Tu es plus ou moins assuré d'une excellente carrière si tu y arrives. Et pour être juste, l'éducation y est, d'après ce qu'on dit, extrêmement rigoureuse, donc ils ne se la coulent pas douce. On ne voit pas beaucoup d'énarques par ici en règle générale, dit-il, en baissant un peu la voix.

— Intéressant.

— En effet. Je parierais sur une fuite suite à un scandale ? Quelque chose de juteux qui rendrait invivable le fait d'habiter n'importe où fréquenté par les énarques.

— Quelque chose de pire que, disons, du détournement de fonds.

— Oh certainement. Les détourneurs de fonds sont monnaie courante, même à ce niveau. Quelque chose de bien plus sordide, je dirais.

— Vous êtes de tels pessimistes ! dit Ben, revenant avec un kir pour Molly et un verre de bière pour lui-même. Peut-être qu'ils en ont simplement eu marre de la course effrénée, et qu'ils n'ont rien fait de mal du tout.

— Pollyanna, dit Molly.

— Quoi ?

— Nico, quel est l'équivalent français de « Pollyanna » ?

— Je n'ai aucune idée de ce dont tu parles.

Nico avait vécu aux États-Unis pendant plusieurs années, mais bien qu'il soit parfaitement bilingue, il y avait des limites à sa connaissance des références culturelles.

— Comment crois-tu que je me sens ? intervint Frances. Vous autres, vous baragouinez en français toute la sainte journée, et comme je crois l'avoir fait comprendre, il se trouve que je ne parle pas cette langue en particulier.

Nico rit.

— Je déteste te le dire, dit-il en français, mais il se trouve que je sais que tu comprends très bien le français.

— Je n'ai aucune idée de ce dont tu parles, dit Frances, rejetant ses cheveux noirs et raides hors de son visage et détournant le regard, mais incapable d'empêcher un petit sourire de se dessiner.

— Ils sont probablement très sympathiques, poursuivit Ben. Tu as dit que tu les avais rencontrés ? Comment sont-ils ?

Lawrence fixa le plafond, pensif.

— Eh bien, je dirais qu'en apparence, ils semblent plutôt... normaux. Le mari est assez charmant et amical. Pas du tout arrogant comme on pourrait s'y attendre.

— Et sa femme ?

Lawrence haussa les épaules. Soudain, et de manière quelque peu inhabituelle, il ne souhaitait pas dire du mal d'une femme qu'il venait à peine de rencontrer.

— Ils ont deux jeunes filles. Mignonnes. L'aînée était terriblement timide et je pouvais voir que devoir me parler poliment lui faisait mal. La cadette était effrontée. Elle sautillait partout en faisant semblant de porter des chaussons de danse, tournoyant et bousculant sa mère. Oh, et je ne devrais pas oublier la nounou.

— La nounou ? dit Molly. Quel âge ont ces enfants ?

— Je ne suis pas du tout doué pour ce genre de choses. Plus âgées que des tout-petits mais pas encore adolescents, c'est le mieux que je puisse dire. La nounou a l'air, eh bien, d'être une personne compétente. L'air frais et tout ça, comme si elle emmenait probablement les filles faire des randonnées et d'autres activités sportives.

Lawrence dit cela avec un air de désapprobation, comme s'il trouvait la perspective d'un effort en plein air extrêmement déplaisante.

— Je doute qu'elle leur prépare des Negronis pour le déjeuner, dit Ben en riant.

— Peut-être qu'elle le devrait, dit Lawrence avec un reniflement, tout en prenant une longue gorgée de son verre.

— Ça fait beaucoup de changements, dit Molly. Il y a une sorte d'intemporalité à Castillac... on a l'impression que les choses sont comme elles seront pour toujours. Je sais que ce n'est pas vrai, mais peut-être que vous comprenez ce que je veux dire ?

— Ce sont les vieux murs, les vieilles pierres, dit Lapin. Les gens passent rapidement, mais les pavés et les vieux bâtiments...

— Peut-être qu'on devrait inviter les Valette pour un apéro, dit Ben à Molly.

— Et inviter Chantal Charlot pendant qu'on y est ?

— Peut-être pas tout de suite.

— Un peu plus tard. Enfin, beaucoup plus tard. Nico, je peux avoir une assiette de frites ?

— Je croyais que tu ne demanderais jamais.

C'était un dimanche soir de septembre, tout était aussi ordinaire que possible. Mais tous ceux présents Chez Papa ressentaient quelque chose dans l'air ce soir-là - peut-être que la nouvelle famille et la nouvelle chef ne seraient que des changements quotidiens, et que la vie du village ferait quelques légers ajustements et continuerait. Ou peut-être que c'était plus que ça. En attendant, les amis restèrent tard au restaurant ce soir-là, à manger et boire plus qu'il n'était raisonnable, mais en ressentant, même vaguement, que ces moments d'amitié et de camaraderie devaient être chéris, et qu'il ne fallait pas s'en éloigner trop précipitamment si possible.

❧ 5 ❧

Le lundi matin, Paul-Henri Monsour, jeune officier de la gendarmerie de Castillac, se présenta tôt à la station, suffisamment tôt pour que la chef Charlot ne soit pas encore arrivée. Il s'assura que son bureau était bien rangé, même s'il ne le laissait jamais en désordre, donc il n'y avait pas grand-chose à nettoyer. Il donna un rapide coup de balai au sol, ayant ramené le chien de Madame Bonnay, Yves, à la station la veille après l'avoir trouvé en train de trotter dans la rue Picasso comme s'il se dirigeait vers la pâtisserie Bujold. Paul-Henri ne voyait pas le problème avec un chien en liberté ; la plupart des propriétaires de chiens de Castillac le permettaient, et tous semblaient s'en sortir très bien. Mais quand Yves s'échappait, Madame Bonnay était inconsolable jusqu'à ce que ce grand Bleu de Gascogne soit de retour en sécurité chez lui.

Quoi qu'il en soit, le chien avait laissé du sable, et l'une des choses que Paul-Henri ne supportait pas était la sensation de marcher sur du gravier. La sensation glissante sous ses chaussures, ainsi que le bruit de crissement lorsqu'il pressait les grains, lui faisait grincer des dents. Mais une fois le sol balayé, il n'y avait plus rien à faire, et il ne voulait pas être surpris à se tourner les pouces quand la nouvelle chef arriverait. Il quitta la station et descendit la rue Malbec, à l'affût dans l'espoir de tomber sur une situation qu'il pourrait facilement résoudre et ainsi impressionner la chef Charlot.

Il ne vit rien d'inhabituel en passant devant la maison de l'ancien maire, qui avait maintenant une pancarte « À vendre » accrochée à la porte d'entrée. Plus loin sur le trottoir, il remarqua quelqu'un qui se déplaçait lentement, et il se dépêcha pour voir s'il pouvait lui venir en aide.

— Bonjour, Madame Gervais. Comment allez-vous ce matin ?

— Bonjour, Paul-Henri. Je vais aussi bien que possible. Tu sais que j'ai cent quatre ans, n'est-ce pas ?

— Bien sûr, Madame Gervais. Votre âge est célèbre dans toute la Dordogne, et vous donnez de l'espoir au reste d'entre nous pour un long avenir !

—J'ai bien peur que mon propre avenir ne soit pas si long, dit-elle, sans la moindre trace d'apitoiement.

— Vous ne vous sentez pas bien ? Je suis vraiment désolé d'entendre ça.

Paul-Henri aimait les personnes âgées, surtout les vieilles dames, et ça ne le dérangeait pas du tout d'écouter de longues listes de plaintes, il essayait même de les faire parler sur le sujet.

— Oh, ce n'est rien, dit Madame Gervais, qui trouvait que moins elle pensait à ses douleurs, mieux c'était. J'ai probablement l'air un peu morose parce que l'automne est là, et c'est la saison que je préfère le moins. Je préfère de loin le printemps, quand la terre se réveille et reprend vie.

— On ne dirait pas vraiment l'automne cette année, n'est-ce pas ? L'air est si chaud qu'on se croirait en mai.

Paul-Henri et Madame Gervais continuèrent à bavarder ainsi pendant encore plusieurs minutes jusqu'à ce que Madame Gervais en ait eu assez de l'officier et parte finir ses courses du matin.

Se sentant assoiffé, Paul-Henri tourna dans une rue latérale et se dirigea vers l'épicerie, pensant acheter une bouteille de Perrier. Il salua la fille à la caisse et plusieurs clients avant de disparaître dans une allée du magasin exigu pour prendre son eau, ne voyant pas la chef Charlot qui arrivait par une autre allée en sortant du magasin. Elle était en uniforme, un tailleur bleu français avec une jupe et une casquette, ses cheveux tressés si serrés que ça tirait la peau sur le côté de son visage. Elle était petite et mince, avec un corps de gymnaste.

— Je suis venue ici en espérant trouver une pomme de terre décente, dit la chef à Ninette à la caisse, qui était la fille des propriétaires du magasin. Mais vous facturez un montant ridicule pour ce que vous avez. Regardez, elle est pratiquement flétrie.

— Oh ! dit Ninette, si prise au dépourvu qu'elle ne savait plus quoi dire.

Elle avait reconnu la nouvelle chef parce que son petit ami la lui avait montrée dans la rue la veille, mais elles n'avaient pas été présentées. Ninette ne savait pas si elle devait faire semblant de ne pas savoir qui était la chef Charlot, ou procéder comme si elles se connaissaient. Dans la confusion, elle ne dit rien mais resta bouche bée, à la regarder fixement.

— Allez, faites-moi une réduction. C'est le moins que vous puissiez faire. Et si vous voulez bien, transmettez mes commentaires sur l'état de vos produits. J'aurais acheté de la salade - je déteste l'idée d'un déjeuner sans salade - mais elle était tellement flétrie que je ne pouvais tout simplement pas, en toute conscience, payer pour ça.

— Une réduction ? dit Ninette, sa voix tremblant un peu.

— Je la prendrai avec trente pour cent de réduction. Merci.

La chef Charlot jeta quelques euros sur le comptoir, mit ses courses dans un sac en paille qu'elle avait apporté, et partit.

Paul-Henri avait tout entendu. Quand la chef fut partie depuis longtemps, il sortit de l'allée et regarda Ninette.

— Mais qu'est-ce que c'était que ça ? dit-il.

— Oh mon Dieu, quelle personne horrible. Il n'y a absolument rien qui ne va pas avec nos pommes de terre !

— Ni avec votre salade, dit Paul-Henri. Rémy ne l'apporte-t-il pas fraîche tous les matins ?

— Oui ! Oh, je n'y crois pas. C'était déjà assez pénible quand Dufort a démissionné, et qu'on s'est retrouvé avec ce Maron maussade qui traînait tout le temps. Je ne l'ai jamais aimé, pas du tout. Mais maintenant je le veux de retour !

Paul-Henri paya son Perrier et dit au revoir, se dirigeant dans la direction opposée à la station, pensant que la chef Charlot y était probablement allée. D'un côté, ça lui plaisait probablement plus que ça ne le devrait que la nouvelle chef soit impopulaire. Et si elle continuait à se disputer et à être désagréable avec tous les commerçants, elle serait bientôt détestée dans tout le village, ce qui ne pouvait qu'augmenter sa propre popularité.

D'un autre côté, il devait travailler avec elle. Bon, peut-être qu'elle est juste radine, et que ça ne m'affectera pas tant que ça, pensa-t-il. Mais avec un soudain sentiment de détermination, il se dirigea droit vers la station, avec l'intention d'envoyer un e-mail à certains de ses collègues à Paris pour leur demander s'ils savaient quelque chose sur Chantal Charlot, soit par expérience personnelle, soit par réputation. Mieux vaut savoir à quoi on a affaire que de continuer dans une bienheureuse ignorance, pensa-t-il sombrement.

❧

BEN ÉTAIT SORTI COURIR et Molly débattait pour savoir si elle devait préparer une autre cafetière quand elle entendit un léger coup à la porte d'entrée.

— Oh, bonjour, Arthur ! dit-elle en faisant entrer l'invité. Vous avez ces papiers que vous voulez que je mette dans le coffre-fort ? Je devrais vraiment demander aux clients s'ils ont des objets de valeur quand je leur montre leurs chambres. Des choses folles se sont produites au fil des années ici à La Baraque, mais jusqu'à présent, j'ai eu de la chance que rien n'ait été volé - du moins, personne n'a signalé quoi que ce soit. Le cauchemar d'une aubergiste, comme vous pouvez l'imaginer.

Arthur semblait un peu abasourdi par le bavardage de Molly, mais il hocha la tête et tenta d'afficher une expression agréable. Il n'avait pas bien dormi. La surprise de trouver Emilia dans sa chambre la veille l'avait beaucoup plus perturbé qu'elle n'aurait dû, pensait-il. Ce n'était pas comme s'il était un résistant et elle une agente de la Gestapo. Et elle s'était simplement trouvée là, en train de regarder autour d'elle, sans fouiller dans ses bagages.

— Je me demandais... commença-t-il, mais il hésita.

Molly attendit. On ne pouvait jamais prévoir ce dont un hôte pourrait avoir besoin ou envie, et c'était toujours intéressant de voir ce qu'ils allaient demander.

— Voyez-vous, je suis dans cette partie de la France pour faire des recherches sur une de mes parentes.

Molly hocha la tête d'un air encourageant.

— C'est une cousine, du côté de mon père, et on dit qu'elle s'est battue dans la Résistance. Je crois comprendre que cette région a été fortement impliquée dans ces combats ?

Molly haussa les épaules.

— J'ai bien peur de ne pas être la personne à interroger. Je sais qu'il y a eu des combats dans les environs - un terrible massacre à Mussidan, par exemple. J'ai entendu des histoires de familles françaises cachées dans certaines fermes, et je suis sûre qu'il y a beaucoup, beaucoup plus. Je vous suggérerais de parler à Madame Gervais, qui vit dans le village. Vous voulez que je vous présente ? Elle était une jeune femme à l'époque - pas une enfant - et je crois qu'elle en sait beaucoup à ce sujet. Même si je dois admettre qu'elle n'est pas nécessairement très ouverte à ce sujet. D'après mon expérience limitée, beaucoup de gens qui ont vécu une guerre terrible ne veulent pas en parler.

— Ce serait décevant.

— Peut-être que c'est trop douloureux de fouiller dans ces souvenirs. Ou peut-être que les mots ne peuvent tout simplement pas exprimer ce que c'était.

Arthur acquiesça et dit quelque chose, mais Bobo se mit à aboyer bruyamment, couvrant ce qu'il disait. Une camionnette tournait dans l'allée au moment même où le camion de la poste s'arrêtait devant la boîte aux lettres, et on pouvait voir Ben passer dans la rue des Chênes en coup de vent sur le chemin du retour.

— Mon Dieu, La Baraque ressemble à un cirque à trois pistes ces jours-ci ! Je peux prendre ces papiers, Arthur ? Je promets de les garder en sécurité. Au revoir, je dois m'occuper de ceci...

Molly dirigea le camion vers le chantier et reçut un baiser en sueur de Ben.

— J'ai trouvé un nouveau sentier, là-haut derrière la propriété des Bourgey, dit-il. Tu pourrais peut-être venir avec moi un de ces jours.

— Si on marche. Je ne suis pas faite pour la course. Bobo, tais-toi bon sang.

Ben se pencha pour caresser la chienne pendant que Molly vérifiait le courrier.

— Factures, factures, pubs, pubs, oh ! Qu'est-ce que c'est que ça ?

Elle brandit une enveloppe carrée en papier épais couleur crème, avec leurs noms et l'adresse écrits en calligraphie élégante.

— Aucune idée, dit Ben.

Molly la retourna et vit une adresse gravée au dos du rabat, mais ne la reconnut pas. Elle déchira l'enveloppe et en sortit une carte épaisse.

Nous serions ravis si vous pouviez venir dîner. Vendredi 19h. RSVP à simonvalette@valette.fr

— Curieux, dit Ben.

— Je ne te le fais pas dire ! Tu les as rencontrés ? Comment est-ce qu'on a atterri sur la liste des invités ?

— Aucune idée.

— Tu n'arrêtes pas de dire ça. Quel genre de détective es-tu ?

Ben lui donna une tape sur les fesses et Molly poussa un cri avant de courir vers la maison. Bobo tournoyait entre eux en aboyant.

❧ 6 ❧

Le lendemain matin, Ben partit juste après le petit-déjeuner pour aller à Bergerac et inspecter la maison de Bernard Petit, tandis que Molly passa la matinée à arracher les vignes de la bordure avant - une tâche interminable et ingrate - puis à rencontrer Monsieur Gradin pour discuter de la reconstruction de la grange. Les Jenkins partirent visiter la cathédrale de Périgueux. Il n'y avait aucun signe d'Arthur ou des Badowski, et les Mertens semblaient parfaitement contents de s'asseoir à la petite table devant le gîte, pour profiter longuement des croissants frais et observer l'activité dans la cour de La Baraque.

Ben prit le raccourci pour Bergerac, une série de routes étroites et sinueuses qui serpentaient à travers forêts et terres agricoles, jusqu'à ce qu'il se retrouve rapidement à attendre à un feu rouge en périphérie de la petite ville. Il trouva la maison de Petit sans difficulté et gara sa Renault cabossée à quelques pâtés de maisons pour pouvoir se dégourdir les jambes en allant au rendez-vous.

Malgré son aversion pour Petit, il était plutôt content d'avoir cette mission - principalement pour le bien de Dufort/Sutton

Investigations, mais aussi simplement parce que l'affaire était un mystère suffisamment intéressant pour piquer sa curiosité. Qui volait dans la maison ? Les vols étaient-ils purement pour l'argent ou y avait-il un autre motif ? Et comment allait-il attraper le voleur ?

Petit ouvrit la porte et marmonna un salut.

— Bon, entrez, dit-il avec irritation, comme si Ben était apparu à sa porte pour l'embêter.

Ben sourit.

— D'abord, j'aimerais—

— Venez en haut, je vais vous montrer le placard où les embauchoirs ont été volés.

Petit commença à grimper lourdement un élégant escalier en bois avec un tapis à motifs courant au centre.

Ben ne bougea pas.

— Avant cela, j'aimerais d'abord voir toutes les entrées de la maison, y compris les portes et fenêtres du sous-sol. Si vous voulez bien, ajouta-t-il, avec seulement une légère pointe d'agacement.

Les deux hommes se regardèrent. Petit céda le premier, secouant sa très grosse tête.

— Faites comme vous voulez, dit-il brusquement. La porte d'entrée, évidemment, vous venez de la voir.

— Depuis combien de temps cette serrure est-elle sur la porte ? Est-ce que vous utilisez ce verrou intérieur quand vous êtes à la maison ?

— Non, je ne l'utilise pas. Enfin, occasionnellement je pourrais, si j'y pense en montant. Vous ne suggérez pas que quelqu'un entre pendant que je suis là ? Ils ne pourraient pas accéder au placard de ma chambre dans ce cas !

Petit lança un regard noir à Ben.

— Je pose des questions de routine, Monsieur Petit, calmez-vous. Le but des questions de routine est de compléter le tableau d'ensemble, pour que j'aie une bonne idée de vos habitudes en matière de sécurité.

Petit haussa les épaules et détourna le regard.

— La serrure est là depuis un bon moment. Je n'ai jamais eu de problèmes avec, jamais eu besoin de la changer.

— Qui d'autre a une clé ?

— Mes enfants, je suppose, mais comme je le dis, ils sont à l'école et ne sont pas rentrés depuis des mois. On ne s'entend pas très bien. Toutes les familles ne sont pas des groupes heureux et joyeux, vous savez.

— D'accord, dit Ben. Et vous êtes sûr qu'ils ne sont pas revenus, peut-être venus à Bergerac pour voir des amis, quelque chose comme ça ?

— Je ne peux pas dire que c'est catégoriquement impossible, dit Petit en haussant la voix. Mais mes enfants n'ont pas volé les embauchoirs !

Ben soupira.

— Je ne suggère pas qu'ils l'ont fait. J'essaie seulement de comprendre qui aurait pu entrer et sortir de la maison ces derniers mois, c'est tout. Si vous me permettez de le dire, vous êtes assez... agité, Monsieur Petit. Est-ce que quelque chose vous tracasse, j'entends, en dehors des vols ?

— Est-ce que je vous ai engagé pour être mon psychiatre ou mon détective privé ? Je vous prierais de limiter votre enquête au travail tel que je l'ai décrit. Permettez-moi de répéter la situation au cas où vous l'auriez manquée : au cours de plusieurs mois, quelqu'un est entré dans ma maison et a volé mes affaires. Rien d'exceptionnellement précieux, Dieu merci. Je n'ai trouvé aucune fenêtre cassée ou autre preuve d'effraction. J'ai licencié ma femme de ménage et en ai engagé une nouvelle. Pourtant, les vols ont continué.

Ben garda une expression imperturbable, bien qu'il ne puisse pas passer cinq minutes en compagnie de Petit sans avoir envie de lui donner un coup de poing sur le nez.

— Pourriez-vous énumérer les objets volés, s'il vous plaît ?

Il sortit un petit bloc-notes et avait un stylo prêt.

— Très bien, dit Petit, semblant un peu apaisé. Les embauchoirs, comme je crois l'avoir mentionné. Des taies d'oreiller, au moins six ou huit. Tous les parapluies du porte-parapluie.

Il tapota son menton de son doigt de la taille d'une saucisse alors qu'il réfléchissait.

— Tous des objets plutôt utilitaires, donc.

— Que voulez-vous dire ? Qu'ils sont utiles ? Eh bien, tout est utile d'une manière ou d'une autre, sinon ça n'existerait pas.

Ben haussa les épaules.

— Donc trois objets différents à trois moments différents ?

— Oui. J'ai l'impression d'oublier quelque chose, mais c'est ce dont je me souviens pour l'instant.

— Est-ce que vous oubliez souvent les choses ?

— Bon sang, Dufort ! Pour la dernière fois, vous n'enquêtez pas sur l'intérieur de ma tête ! Les embauchoirs, s'il vous plaît !

Cachant un sourire, Ben monta à l'étage, suivi par Petit. Il pensait plutôt que chaque enquête, peu importe son sujet en surface, concernait l'intérieur de la tête des gens. Et même s'il trouvait Petit détestable et le détestait intensément, il était également vrai que l'intérieur de la tête de Petit contenait quelques mystères qui n'étaient pas sans intérêt pour Ben.

Quelqu'un voulait-il tourmenter cet homme ? Si oui, le plan semblait fonctionner. Quelqu'un essayait-il seulement de voler des choses qui pourraient ne pas manquer... non, ça ne pouvait pas être ça, n'importe qui remarquerait quand toutes les taies d'oreiller disparaissent des oreillers. Pourquoi Petit était-il exceptionnellement grincheux, et pourquoi ses enfants ne s'entendaient-ils pas avec lui ?

Ben fit de son mieux pour se souvenir de toutes les questions qui inondaient son esprit tandis que Petit lui faisait faire le tour de la maison. Il prit des notes de temps en temps et ne vit rien lors de cette première inspection qui lui donnât un indice sur la raison pour laquelle les affaires de Petit disparaissaient. Ce qui était un peu angoissant, car Petit ne semblait pas être le genre de client dont le deuxième prénom était Patience. Il voulait des réponses, et il était évident que s'il ne les obtenait pas bientôt, les choses allaient devenir encore plus tendues.

❦   7   ❦

Raphael Valette se leva brusquement de sa chaise et se dirigea vers la fenêtre. Le ciel était presque noir, avec des nuages qui s'amoncelaient derrière la ligne d'arbres, une brise soutenue fouettant les branches. Il posa ses paumes contre la vitre pour écouter.

Il entendit son fils dans le couloir devant sa porte - son esprit n'était pas clair sur beaucoup de choses, mais il connaissait le bruit des pas de son fils aussi bien que ceux des autres membres de la maisonnée. Raphael passait la plupart de son temps dans sa chambre, à écouter avec une intensité troublée tout ce qui se passait au-delà de sa porte, et il ne lui avait pas fallu longtemps dans la nouvelle maison avant qu'il ne s'habitue au bruit du grincement sur la troisième marche, à la façon dont Chloë sautillait chaque fois qu'elle parcourait la longue étendue du couloir, et à comment Violette ne faisait presque aucun bruit du tout.

Il se sentait exalté par l'approche de l'orage, accueillant sa violence.

En voyant une voiture inconnue dans l'allée, il grimaça. Il y avait des étrangers dans la maison. Il ne voulait pas qu'ils soient là. Dans un éclair de compréhension, il vit que tout ce qu'il avait à faire était de descendre les escaliers et de dire aux gens de partir. Et s'ils n'écoutaient pas, il prendrait des mesures plus énergiques. Il s'en débarrasserait assez facilement.

SIMON VALETTE se tenait dans la chambre, torse nu, couvert de poussière de pierre.

— Camille, si tu m'avais seulement demandé...

— Demandé ? Si je t'avais demandé, tu aurais dit non. Tu le sais bien. Et je... je sais que c'était impulsif, mais ça se passera bien. Je ne suis pas exactement une débutante qui n'a jamais organisé de fête auparavant.

— Ce n'est pas ce que je voulais dire. C'est juste que le stress...

— Oh, j'en ai vraiment assez de ce mot ! Si tu essaies de rendre tout sans stress, tu finis par ne rien avoir ! Aucune existence que quiconque voudrait ! Et je serai coincée ici avec toi et ton père, et cette Violette, et...

Simon pencha la tête et plissa légèrement les yeux, mais Camille était toujours en alerte face à la moindre désapprobation de la part de son mari. Ou de quiconque d'ailleurs. Changeant de tactique, sa voix s'adoucit.

— Je ne voulais rien dire par là, Simon.

— Violette est adorable avec les enfants et nous avons de la chance de l'avoir. Tout le monde ne supporterait pas d'être dans un foyer avec mon père ; et chérie, je sais que ce n'est guère une solution parfaite, mais qu'est-ce qui l'est ? Je ne pouvais pas le laisser dans cet endroit antiseptique et indifférent. Même les jours où il ne me reconnaissait pas, je jure qu'il me regardait avec une sorte de fureur parce que je l'avais mis là-bas.

— Il a eu une mauvaise passe ce matin.

— Comment ça ?

— Il m'a grondée. Il m'a dit d'arrêter de voler ses ciseaux.

Qu'il savait pertinemment que je les avais et que je ferais mieux de les remettre à leur place sinon...

— Ce n'est pas bon.

— Non, ça ne l'est pas. Il pourrait s'avérer être plus que ce que nous pouvons gérer seuls.

— Pas encore, Camille. Ce n'est pas comme s'il blessait réellement quelqu'un, ce n'est que du bluff sans conséquence.

— Du bluff paranoïaque. Ça me rappelle... tu sais, les gens à l'hôpital.

Simon hocha la tête mais ne voulait pas que sa femme s'engage sur cette voie.

— À quelle heure les invités arrivent-ils ? Et comment diable as-tu établi une liste d'invités ?

— Eh bien, je... tu vas penser que je suis ridicule.

Simon alla à l'armoire dans le couloir pour prendre une serviette.

— Je suis sûr que non. Dis-moi simplement. Tu n'as encore rencontré personne, n'est-ce pas ?

— La semaine dernière, quand tu es allé à l'école pour parler au directeur ? Je me suis promenée seule dans le village.

— Est-ce que c'était prudent ?

— Peu importe que ce soit prudent ou non ! s'exclama Camille. Je l'ai fait ! Je ne suis pas une invalide, alors ne me parle pas comme ça ! J'ai des oreilles et des yeux, Simon, parfois je pense que tu l'oublies. Je ne suis pas *brisée*.

— Désolé, tu sais que j'essaie seulement de veiller sur toi. D'accord, alors comment as-tu obtenu des noms et des adresses ? J'imagine que tu as envoyé des invitations et que tu n'as pas appelé les gens à l'improviste ?

— Comme je le disais, pendant que tu étais à l'école, je suis allée dans le village et j'ai pris un café au petit café sur la place, juste en face de cette statue. C'était un moment bizarre, entre le petit-déjeuner et le déjeuner, alors le restaurant était vide à l'exception de moi. Le serveur là-bas - il est très gentil. Je lui ai dit que j'étais nouvelle dans le village et je lui ai demandé s'il pouvait me parler de certaines personnes qui vivent ici.

— Et ensuite tu les as tous invités à dîner ?

C'était tellement en dehors de l'expérience de Simon qu'il ne pouvait pas tout à fait croire que sa femme avait fait une telle chose.

— Nous avons un assortiment aléatoire de personnes qui viennent dîner ce soir, tous amis du serveur, des gens que tu n'as même pas encore rencontrés ?

— Tu n'es pas... ce n'était pas du sarcasme, n'est-ce pas ?

— Jamais, ma chérie, dit Simon en riant et en se déshabillant. Je suis juste surpris, car à Paris, tu étais si méticuleuse avec tes listes d'invités. Je m'attendais à ce que tu recherches les membres les plus en vue de la communauté.

— Tu me traites d'arriviste ?

— Si tu le penses, dit Simon en souriant. Non, chérie, je plaisante seulement. J'ai hâte, honnêtement. Je vais me laver et voir ensuite comment je peux t'aider. La femme que tu as engagée pour faire la cuisine s'en sort bien ?

— Eh bien, j'ai vu sa voiture arriver, donc je sais qu'elle est arrivée à l'heure. Elle est dans la cuisine avec sa fille qui l'aide depuis plusieurs heures maintenant. Le principal, c'est qu'on ne pourra juger que lorsqu'on goûtera la nourriture, dit Camille. Évidemment, ajouta-t-elle à voix basse.

Si tout tournait comme il le souhaite, pensa-t-elle amèrement, je resterais dans la chambre avec la porte fermée, et il serait libre de faire tout ce qu'il veut, comme s'il était à nouveau célibataire et sans responsabilités. Elle connaissait Simon depuis ses jeunes années - leurs parents avaient été de proches amis, et les familles avaient même passé des vacances ensemble quand ils étaient adolescents. Leur romance avait été presque inévitable. Après que Simon s'était distingué à l'école puis à l'ENA, ils s'étaient mariés, à la grande satisfaction de leurs parents, et avaient rapidement eu deux filles.

Malgré ce succès, Simon et Camille admettaient parfois (seulement à eux-mêmes) que le bonheur leur avait échappé. Ils avaient fait tout ce qu'on attendait d'eux - étudié assidûment, se marier et avoir des enfants, réussir dans les affaires et socialement - et ils avaient découvert que, d'une certaine manière, tous ces accomplissements ne représentaient pas grand-chose.

Camille s'habilla trois fois et rejeta chaque fois le résultat ; un tas de robes gisait en vrac au pied du lit. Il semblait impossible de trouver la bonne tenue sans savoir quel genre de personnes allait arriver chez elle. Ils avaient tous répondu par l'affirmative : quatorze, y compris elle et Simon. Peut-être aurait-elle dû commencer par quelque chose de moins ambitieux ? Mais c'était utile d'avoir assez de monde pour pouvoir se fondre un peu dans la masse, pour que le groupe ait suffisamment d'énergie pour fonctionner tout seul sans elle. Elle pourrait s'éclipser, si nécessaire, pour quelques instants de solitude sans que son absence ne soit remarquée.

Elle opta pour un pantalon parfaitement taillé dans une laine si légère qu'elle avait à peine l'impression de porter quelque chose. Un chemisier de soie couleur crème, des talons parce qu'elle était plutôt petite. Elle savait qu'il était temps d'aller vérifier la cuisine, mais elle resta longtemps assise devant sa coiffeuse, à se regarder dans le miroir, ostensiblement en train de décider quelles boucles d'oreilles porter, et si elle devait mettre le collier d'onyx que Simon lui avait offert pour ses trente ans, qui semblait maintenant dater d'une autre vie même si ce n'était que quelques années plus tôt.

Avant que Simon ne sorte de la douche - et il s'accordait toujours l'eau chaude de toute une maisonnée, y restant si longtemps que ses doigts se fripaient - Camille descendit pour vérifier la salle à manger et voir comment la cuisinière s'en sortait. Elle laissa les filles à Violette.

La table était dressée simplement et élégamment, avec des bougies blanches dans des chandeliers en argent alignés au centre, et un vase en argent rempli de roses rose pâle. D'épaisses serviettes en lin brodées d'un V majuscule si grand qu'il frôlait l'égocentrisme, de lourds couverts en argent, la table en acajou polie jusqu'à briller. Elle craignait que cela ne paraisse trop parisien, et que ses invités ne pensent qu'elle se donnait des airs. Mais il était trop tard pour changer maintenant ; ils devaient arriver dans une demi-heure.

Rapidement, Camille s'approcha du buffet où le vin était décanté, se servit un verre et le but d'un trait. Son médecin à Paris l'avait avertie que l'alcool était contre-indiqué avec ses médicaments, mais il ne voulait certainement pas dire qu'elle ne pouvait pas s'accorder un petit réconfort avant d'accueillir un dîner d'inconnus ?

Dans la cuisine, c'était le chaos total.

Camille se tenait dans l'embrasure de la porte, les yeux écarquillés, en train de regarder Merla, qui avait été recommandée par Pascal, tourbillonner de la cuisinière à l'évier puis à la table, ses cheveux volant en nuage autour de sa tête à cause de la vapeur de quelque chose qui cuisait à gros bouillons. Merla avait amené sa fille pour servir et faire office de sous-chef, et la jeune fille hachait des oignons avec une férocité qui donnait un peu la nausée à Camille.

— Merla ? Comment ça se passe ? J'apprécie vraiment votre travail acharné. Puis-je—

— Tout est sous contrôle, Madame, pas le temps de bavarder. Le premier plat sera prêt dans cinquante minutes tout pile.

— Bien. Ça sent délicieusement bon. Je suis très—

— Oui, Madame. Ophélie, ça suffit ! Tu n'as pas besoin de hacher les oignons jusqu'à en faire de la bouillie, ça va ruiner la texture du plat. Allez boire un verre, Madame. Je demanderai à Ophélie de sortir un plateau d'amuse-bouches une fois qu'assez d'invités seront arrivés. J'espère que personne ne sera rebuté par l'orage.

— L'orage ?

Camille n'avait pas pensé à vérifier la météo. Une désagréable montée d'adrénaline parcourut son corps.

Merla ouvrit le four et Camille put sentir la chaleur de l'autre côté de la pièce.

— Jetez un coup d'œil, dit la cuisinière, en inclinant la tête vers la fenêtre.

Le ciel était sombre et menaçant. En septembre, il faisait habituellement jour jusqu'à vingt heures trente, mais on aurait dit que la nuit tombait avant dix-neuf heures.

— Oh non, dit Camille, quittant la cuisine et se dirigeant directement vers le buffet pour un autre petit réconfort.

Il y avait une sorte de remue-ménage sous la table de la salle à manger. Des voix fluettes, puis un fort claquement.

— Chloë ! Tu es horrible !

— Allons, les filles, dit Violette qui sortait de sous la table en rampant. Oh ! Bonsoir, Madame Valette.

— Bonsoir, Violette, dit Camille, d'un ton si glacial que même au milieu de leur dispute, les filles le remarquèrent. Mes invités vont arriver d'une minute à l'autre. Les filles sont-elles propres et habillées ? Non ?

Elle n'offrit aucune autre critique que son expression, qui en disait long.

Violette tira sur la main de Chloë.

— J'ai dit, venez, supplia-t-elle.

— Je veux rester assise ici pendant le dîner, dit la fillette. On pourra piquer les jambes des adultes et les chatouiller ! dit-elle avec délice, enchantée par son idée.

— Tu chatouilles trop fort, dit Giselle, l'aînée, en sortant de sous la table.

Elle lança un regard compatissant à Violette, sachant que sa petite sœur n'était pas facile à gérer.

— Allez, viens ! dit-elle avec enthousiasme. La première dans notre chambre gagne un prix !

Chloë jaillit de sous la table et dépassa sa grande sœur en

montant l'escalier, Violette les suivant avec gratitude. Une fois à l'étage, elle dit aux filles de se laver le visage pendant qu'elle sortait leurs robes de l'armoire.

— Maintenant, écoutez-moi, dit-elle quand les filles furent de retour dans leur chambre, les visages rayonnants. Il est important que votre comportement soit un cran au-dessus de d'habitude ce soir, vous comprenez ? Votre famille veut faire bonne impression, après tout. Il vaudrait mieux qu'ils ne retournent pas chez leurs amis en racontant que les enfants Valette sont une bande de bêtes sauvages qui ne savent pas se tenir.

Chloë tira la langue, mit ses doigts dans ses oreilles et son nez, et dit :

— Bla-bi-bou, bla-bi-da.

Giselle leva les yeux au ciel.

— Très bien, voici vos robes. Je reviendrai dans quelques minutes pour un dernier examen.

Violette sortit dans le couloir, sur le point de monter dans sa chambre pour quelques précieux moments de solitude. Juste au moment où elle fermait la porte derrière elle, Simon sortit de sa chambre. Il portait une veste décontractée et une chemise impec-cable au col ouvert, ses cheveux épais rejetés en arrière sur son visage profondément bronzé.

Ils restèrent un long moment à se regarder.

— Bonsoir, Violette, dit enfin Simon doucement.

— Bonsoir, Monsieur, répondit Violette, le contournant pour se diriger vers l'escalier qui menait au troisième étage, tout en maintenant son regard fixé sur lui.

❧   8   ☙

— C'est *vraiment* étrange, mais depuis quand est-ce que ça nous dérange ? disait Molly à Ben tandis qu'elle essayait des robes les unes après les autres pour les rejeter aussitôt. Je suppose que quand on est nouveau en ville et qu'on veut rencontrer des gens, on peut faire pire que d'inviter un groupe au hasard pour dîner. Et s'il te plaît, la prochaine fois que je parlerai de la pâtisserie Bujold, détourne mon attention vers autre chose, pour l'amour du ciel. Je ne trouve rien à me mettre qui m'aille !

— Tu es magnifique, dit Ben en glissant un bras autour de sa taille, qui était certes plus épaisse qu'auparavant, mais il pensait sincèrement chaque mot de son compliment.

— Tu dis toujours ce qu'il faut, dit Molly. J'aime beaucoup ça chez toi. Alors, tu as appris quelque chose sur les Valette dans le village ? Pascal est-il vraiment la seule personne à les avoir rencontrés ?

— D'après ce que j'ai pu comprendre, oui. La femme - Camille, je crois - est passée au café il y a quelques jours. J'ai parlé à Pascal mais il n'avait pas grand-chose à dire. Il a à peine pu me faire une description correcte. C'est vraiment dommage - un gars avec sa position au café pourrait être un informateur de premier ordre, mais Pascal n'est pas comme ça.

— Il voit toujours le meilleur chez les gens. Mais nous, on sait ce qu'il en est.

— Tu crois que notre travail nous rend pessimistes sur l'humanité ?

Molly réfléchit, se tournant d'un côté puis de l'autre devant le miroir.

— Pas vraiment. En fait, ça m'a rendue plus compatissante, d'une certaine façon. Genre, je suis désolée que les gens soient si blessés, si désespérés, qu'ils pensent devoir tuer quelqu'un.

—Je ne suis pas aussi généreux que toi.

— Mais au moins, tu rentres dans ton pantalon.

Ils parvinrent à finir de s'habiller, à dire au revoir à Bobo, et à monter dans la voiture de Ben avant que la pluie ne commence.

— On dirait que ça va être un sacré déluge, dit Ben en levant les yeux vers les nuages qui semblaient presque bouillonner.

— « C'était une nuit sombre et orageuse... », déclama Molly.

Au moment où ils s'engageaient dans l'allée des Valette, le ciel s'ouvrit. Ben avait un parapluie, mais malgré ses efforts les plus galants, le vent soufflait si fort qu'ils arrivèrent sur le pas de la porte des Valette comme deux rats mouillés.

Camille ouvrit la porte et les fit vite entrer. Les présentations furent faites, et Simon se dirigea vers une petite table dans l'entrée pour leur servir des coupes de champagne.

— Alors ! dit Camille avec un enthousiasme forcé.

— C'est une nuit sombre et orageuse, dit Simon.

— C'est exactement ce qu'on était en train de dire, dit Ben.

Les quatre s'efforcèrent de faire la conversation, mais pour une raison ou une autre, elle ne coulait pas facilement, et ils furent tous soulagés d'entendre la sonnette retentir.

Simon ouvrit la porte, et Lawrence entra, suivi de Pascal, son bras protecteur autour de Marie-Claire Levy, qui était actuellement directrice de l'institut Degas, l'école d'art juste en bas de la route des Valette.

— Bonsoir ! s'écria Molly, ravie de voir tant d'amis d'un coup.

— Soirée épouvantable, dit Lawrence en frissonnant tandis qu'il retirait son manteau trempé. Même si je sous toujours ravi d'avoir une excuse pour porter ce trench. Burberry, 1972.

— Où diable trouves-tu ces choses ? dit Molly. Est-ce que tu as un fournisseur de vêtements vintage caché quelque part ?

— Ça ne sert à rien de révéler tous ses secrets, dit Lawrence en l'embrassant sur les deux joues. Tout le monde m'ignorerait si le moindre mystère disparaissait.

— Certainement pas, dit Molly en riant.

Simon servait des verres à tout le monde, la sonnette ne cessait de retentir et d'autres invités trempés arrivaient au milieu d'exclamations et de quelques cris, jusqu'à ce que les douze invités soient présents, comptés, et en train de siroter un excellent champagne dans des flûtes anciennes. Pascal remarqua avec surprise que Camille avait invité toutes les personnes qu'il avait suggérées, et que chacune était venue.

Edmond Nugent, le pâtissier de la pâtisserie Bujold. Le Dr Vernay, le médecin du village. Lapin et sa femme, Anne-Marie. Rex Ford, un enseignant de longue date à Degas. La meilleure amie de Molly, Frances, avec son mari Nico, qui tenait un bar dans le village.

— Il a fait si chaud, mais avec cette tempête folle qui fait rage, j'ai allumé un feu dans la bibliothèque - pourquoi tout le monde ne viendrait-il pas par ici, si vous voulez bien me suivre ? dit Simon en haussant la voix pour se faire entendre.

— Plutôt belle maison, chuchota Frances à son amie Molly, en admirant les œuvres d'art sur les murs de l'entrée.

Molly hocha la tête, vérifiant si l'hôtesse était assez proche pour entendre.

— Je me demande d'où vient l'argent, dit Frances un peu trop fort.

— Chut, dit Molly. Essaie de ne pas les insulter avant même qu'on se soit assis pour dîner.

— Je suis horriblement offensée par ta suggestion, répondit Frances en donnant un coup de coude à son amie.

— Le champagne est vraiment bon, murmura Nico, tandis que le groupe passait par la salle à manger pour entrer dans la chaleureuse bibliothèque. J'aurais aimé voir le millésime.

— La table est magnifique, dit Molly à Camille, qui semblait tendue.

— Merci, dit Camille.

Les deux femmes se regardèrent un instant, mais une fois de plus, le fil de la conversation n'était pas assez solide pour les entraîner, et Molly et Frances continuèrent leur chemin vers la bibliothèque.

Simon se tenait devant le feu, mais il s'écarta pour que certains des invités les plus mouillés puissent se sécher devant les flammes.

—Je ne me souviens pas avoir jamais vu le ciel comme il était en venant ici, dit Edmond. Un gris profond et sombre, avec des stries noires. Et ce genre d'humidité n'est pas bon pour la pâte, je peux vous le dire. Je vais devoir faire toutes sortes d'ajustements demain si je ne veux pas être inondé de plaintes.

— Oh, allez, tu ne reçois pas de plaintes, si ? dit Molly.

— Tu serais surprise, renifla Edmond. Les gens adorent se plaindre. Pour certains dans le village, c'est pratiquement un sport olympique. Et s'ils pensent que ça leur permettra d'avoir une réduction ou quelque chose de gratuit, ils vont continuer encore et encore au point où tu as envie de les étrangler.

— Oh là là, dit Camille, l'air affligé.

— Baba-lou, baba-liiiii ! cria Chloë en courant à travers la bibliothèque, les mains en l'air.

Elle portait une jolie robe avec une large ceinture bleue, mais pas de chaussures.

Marie-Claire Levy sourit.

— Parfois, j'aimerais avoir encore six ans, dit-elle à Pascal, qui l'embrassa sur le front et resserra son bras autour de sa taille.

— Où est Violette ? demanda Camille d'un ton plaintif. Je suis vraiment désolée, dit-elle à Molly. La nounou est censée s'occuper des filles, et je ne sais pas où elle a bien pu disparaître. Chloë ! appela-t-elle, mais la fillette était déjà loin.

— Oh, je vous en prie, ne vous excusez pas, elle est adorable, dit Molly, qui aurait souvent aimé avoir encore six ans, elle aussi.

La main sur le front, Camille retourna rapidement dans la salle à manger ; Molly espérait qu'elle ne trouverait pas la nounou trop vite pour que la fillette puisse prolonger sa liberté.

La bibliothèque n'était pas une grande pièce et les invités étaient plutôt serrés. Lawrence commença à parler à Rex Ford d'une exposition d'art moderne qu'il avait vue à Paris un mois plus tôt. Le Dr Vernay s'éloigna du feu pour laisser à Pascal la possibilité de sécher les jambes de son pantalon. Et Frances s'émerveillait devant la fresque au plafond.

— Quel âge a réellement cet endroit ? demanda-t-elle à Nico. Je pensais que les fresques étaient, genre, vraiment vieilles, du temps de Michel-Ange. Cette maison n'est-elle pas plus récente que ça ?

— Considérablement, dit Nico. Mais tu sais comment sont les gens, ils ont des engouements. L'un des propriétaires, à un moment donné, a dû s'intéresser aux fresques et vouloir en avoir une, et son conjoint, résigné, a accepté, sachant que ce serait plus simple que d'essayer de s'y opposer.

— Quelle drôle de chose pour laquelle s'obséder.

— Tu n'es pas fan des chérubins ?

— Je ne m'étais jamais posé la question auparavant, dit Frances, faisant semblant de réfléchir profondément.

Ses cheveux d'un noir de jais avaient poussé, bien au-delà de ses épaules, et sa peau était lumineuse et pâle comme toujours, peu importe le temps qu'elle passait à l'extérieur.

Il y eut un murmure d'appréciation lorsque la fille du cuisinier, Ophélie, apparut avec un plateau de chair de crabe enveloppée dans de la pâte feuilletée. Edmond en prit un et l'examina, inspectant la pâte feuilletée pour voir si elle était faite maison. Molly en mit un dans sa bouche et sourit à Ben. Les conversations commençaient à s'animer ; la pièce devenait bruyante.

— Attends, dit Molly à Ophélie, je dois vérifier si c'était aussi bon que je le pense.

Ophélie lui fit un clin d'œil et Molly en prit un autre.

— Où est allée Camille ? dit-elle à voix basse à Ben.

Ben haussa les épaules.

— Il n'y a pas vraiment assez de place ici pour tout le monde. Peut-être qu'elle est allée chercher la nounou ?

— Cette petite n'est-elle pas trop âgée pour avoir une nounou ? Ou est-ce qu'il y a aussi un bébé ?

Molly était toujours curieuse au sujet des enfants, son désir secret d'en avoir ne s'étant jamais réalisé.

— Castillac n'est pas vraiment un village de nounous, dit Ben. En fait, je ne suis pas sûr que nous n'en ayons jamais eu. Peut-être les Fleurays, au château Marainte ? De toute façon, je ne vais pas pouvoir t'aider beaucoup sur ce sujet.

Violette apparut à ce moment-là, scrutant la foule, puis se penchant pour regarder, mais la pièce était trop bondée pour qu'elle puisse voir si Chloë se cachait quelque part ou si elle était partie ailleurs.

— Avez-vous égaré quelque chose, Mademoiselle Crespelle ? demanda Simon en la taquinant.

Violette sourit.

— Votre cadette va causer ma perte ! dit-elle alors qu'elle tendait le cou pour voir dans les coins de la pièce.

— « Crespelle », quel délicieux nom de famille vous avez, dit le Dr Vernay. Je me souviens d'un voyage à Rome, une fois, où ma femme et moi avons mangé des crespelles à n'en plus finir.

Il avait l'air rêveur en y repensant.

Violette hocha patiemment la tête, ayant eu cette conversation particulière un millier de fois.

— Bon, je vais voir où ces petits singes ont bien pu aller !

Lawrence réussit à se faufiler pour se placer à côté de Molly.

— Ces petits trucs au crabe étaient extrêmement bons, dit-il. C'est de bon augure pour le dîner, vous ne croyez pas ?

Molly était sur le point de répondre quand un mouvement soudain à la porte la fit sursauter. Un homme âgé se tenait là, brandissant un extincteur. Il portait une robe de chambre - plutôt belle, ne put-elle s'empêcher de remarquer.

— Quelque chose brûle ? demanda-t-elle poliment.

— Qui *sont* tous ces gens ? dit Raphael.

Puis plus fort :

— Sortez ! Sortez de ma maison ! Personne ne veut de vous ici !

La foule recula, stupéfaite et un peu effrayée. Simon bondit aux côtés de son père.

— Nous avons juste invité quelques personnes à dîner, dit-il en tendant la main vers l'extincteur.

— Je ne veux rien de tout ça ! cria Raphael. Je ne veux pas d'étrangers dans ma maison !

Il leva l'extincteur au-dessus de sa tête et le secoua, comme s'il était sur le point de le lancer dans la foule.

Simon posa ses mains sur le lourd extincteur et força son père à le baisser.

— Allons, viens avec moi, Père, dit-il d'une voix apaisante.

Raphael semblait lui-même surpris, comme s'il ne savait pas comment il s'était retrouvé dans la bibliothèque avec un extincteur.

— Viens, dit son fils. Nous avons un très bon dîner ce soir, et je t'apporterai un plateau dans ta chambre. Tu as faim ? Tu veux un verre de champagne ?

Molly pensa que donner de l'alcool à l'homme n'était peut-être pas la meilleure idée, mais elle supposait que Simon savait ce qu'il faisait. Son propre père avait souffert de la maladie d'Alzheimer mais avait eu la chance de ne pas s'attarder longtemps.

Après une courte pause, les invités recommencèrent à parler comme s'il n'y avait eu aucune interruption. Du coin de l'œil, Molly vit une autre petite fille, plus âgée que la première, également habillée élégamment et portant de jolies chaussures vernies, se glisser dans la bibliothèque. Molly s'approcha d'elle.

— Bonsoir, dit-elle en tendant la main. Je suis Molly Sutton. Je suppose que tu es une Valette ?

— Oui, Madame. Je suis Gisele. Est-ce que vous avez vu ma petite sœur ?

— Elle est passée en courant il y a un moment, mais pas depuis. J'espère qu'elle n'est pas sortie, parce qu'il fait vraiment un temps ridicule dehors !

Gisele rit.

— C'est ma petite sœur qui est ridicule. Enfin, merci.

Elle se faufila parmi les invités sans attirer l'attention tandis que Molly la regardait.

Un éclair zébra le ciel et un coup de tonnerre retentit si fort que les invités en eurent le souffle coupé. Molly pensa que l'orage était une heureuse coïncidence pour l'hôtesse - il rendait la soirée excitante et inhabituelle, et donnait à tout le monde un sujet de conversation. Elle pouvait déjà s'imaginer des années plus tard, assise sur un tabouret Chez Papa, en train de dire :

— Vous vous souvenez de cet orage de fou le jour où nous sommes allés chez les Valette pour la première fois ?

Et la pièce semblait effectivement électrique, ou du moins aussi électrique que les choses pouvaient l'être à Castillac. Chaque goutte de champagne fut engloutie, et chaque bouchée de crabe dévorée. Le groupe partageait commérages et blagues, et pour une fois, personne n'avait de mauvaises nouvelles.

— Bien, dit Camille, en prenant soin de bien synchroniser avec la cuisine. Si nous passions à table ?

À chaque place se trouvait une petite carte avec un nom écrit

dans une élégante calligraphie. Les invités circulaient pour chercher leurs places, souriants tous sous l'effet du champagne et dans
l'anticipation d'un délicieux dîner. Les gourmands parmi eux
remarquèrent les assiettes à pain et à beurre au bord doré, les
trois fourchettes, les deux verres à vin à chaque place, et sourirent
intérieurement à la promesse luxueuse de tout cela.

Simon revint avant que tout le monde ne soit assis.

— Comme vous l'avez tous probablement deviné, mon père
n'a pas été lui-même ces derniers temps. Ah, que serait la vie sans
un peu de drame ? demanda-t-il depuis le bout de la table.

Molly était charmée, heureuse qu'il ne semble pas avoir honte
de son père. Mais en jetant un coup d'œil à l'autre bout de la table
vers l'hôtesse, elle vit avec surprise que Camille fixait son mari
avec une expression de haine pure.

Ce ne fut qu'une fraction de seconde, mais Molly était sûre
que c'était bien ce qu'elle avait vu.

$$\maltese \quad 9 \quad \maltese$$

— À Paris, il serait inconcevable d'avoir un dîner si déséquilibré entre hommes et femmes, disait Camille en s'asseyant sur la chaise que Lawrence lui tenait. Mais vous savez, Pascal a été si gentil de faire ma liste d'invités, et j'espère que Castillac est un peu plus indulgent concernant ces vieilles règles que certains de mes amis chez moi.

— C'est ici chez toi maintenant, dit Simon d'un ton léger depuis l'autre bout de la table.

— Oh oui. Je ne voulais pas...

Camille s'interrompit, les joues rougissantes.

— Je me sens si privilégié d'avoir fait partie de ta liste, dit Lapin à Pascal avec un sourire narquois.

— Je lui ai demandé d'inviter toutes les personnes les plus intéressantes, dit Camille. Et le meilleur médecin, parce que bien sûr il faut s'occuper des filles.

Le Dr Vernay s'inclina galamment et leva son verre.

— Bien sûr, Castillac n'est pas aussi excitant que Paris, dit Lawrence. Mais je pense que vous verrez que nous ne mourons pas d'ennui, d'une façon ou d'une autre.

— C'est un grand changement, c'est sûr, dit Frances, en anglais.

Après avoir vécu dans le village pendant près de deux ans, elle comprenait très bien le français, mais essayait de s'en tirer en parlant anglais chaque fois qu'elle le pouvait ; elle avait deviné correctement que les Valette avaient un bon niveau d'anglais, et donc, à partir de ce moment-là, la conversation oscilla entre les deux langues, selon qui parlait à qui.

Ophélie entra avec un énorme plateau qu'elle posa sur un buffet.

— J'ai sauté le déjeuner, chuchota Marie-Claire à Ben. J'ai le sentiment que ce sera un dîner magnifique.

— Tu as déjà goûté à la cuisine de Merla ?

— Une seule fois. C'était inoubliable.

Molly était du même côté de la table que Ben, mais elle se pencha pour lui dire quelque chose et vit Marie-Claire lui chuchoter à l'oreille. Eh bien, c'est vraiment impoli, pensa-t-elle, se rappelant que Marie-Claire avait été la petite amie de Ben quand elle l'avait rencontré pour la première fois, puis se réprimandant pour se sentir comme une adolescente jalouse.

Alors qu'Ophélie commençait à faire le tour de la longue table en servant de petites assiettes de rillettes de saumon sur un lit d'endives, Violette apparut à la porte et s'arrêta, puis se pencha vers Camille.

— Je suis vraiment désolée de déranger la fête, dit-elle à voix basse, mais je ne trouve les filles nulle part. Je ne suis pas inquiète, je suis sûre qu'elles sont juste cachées quelque part, mais je voulais vous le faire savoir.

— Tu n'as pas besoin d'embêter Camille avec ça, dit Simon depuis l'autre bout de la table, devinant ce que Violette disait. Je suis sûr qu'elles sont parties jouer quelque part à l'abri de la pluie.

Un autre éclair suivi d'un fort coup de tonnerre, et les invités regardèrent par la fenêtre pour voir le ciel s'illuminer encore et encore alors que l'orage passait. Lorsque Molly ramena son regard sur la table, elle remarqua que Lapin regardait Violette avec une expression qui rappelait son ancienne manière lascive. Elle le vit se lécher les lèvres comme si la gouvernante elle-même pouvait être au menu. Ne voulant pas que la nouvelle épouse de Lapin se sente blessée par cette démonstration, elle allongea la jambe pour lui donner un coup de pied rapide de l'autre côté de la table, mais frappa quelque chose de beaucoup plus proche. Un petit cri, et Molly réalisa qu'au moins une des filles Valette était sous la table. Lapin continuait de fixer, alors Molly fit une nouvelle tentative, touchant cette fois-ci sa cheville. Il sursauta et détourna le regard de Violette mais ne croisa pas celui de Molly.

La gouvernante n'était pas une beauté, mais assez attirante, pensa Molly en regardant la jeune femme retourner dans le vestibule. Je me demande comment cela se passe dans un mariage, avec une troisième adulte - jeune et célibataire - dans la maison. Cela doit demander beaucoup de confiance de la part de l'épouse, réfléchit-elle, regardant à nouveau Camille et doutant qu'elle l'ait. Alors qu'elle faisait semblant de laisser tomber sa serviette, elle jeta un coup d'œil sous la table et vit les deux filles blotties contre un support central. Chloë mit un doigt sur ses lèvres et Molly acquiesça avec un sourire.

— C'est merveilleux comme vous avez utilisé du saumon fumé et frais dans ce plat, dit Edmond à Camille. Cela rend la texture tellement plus intéressante.

— Je ne peux m'attribuer aucun mérite, dit Camille. Merla mérite tous les éloges. Même si j'ai composé le menu - quelle lutte ça a été ! On ne sait jamais quel temps il fera en septembre, n'est-ce pas ? Et tant d'autres considérations. Je ne voulais pas servir les plats standards de la région, que vous avez tous mangés un million de fois. Ni quelque chose de si sophistiqué que vous penseriez que je...

Elle s'arrêta au milieu de sa phrase, réalisant qu'elle disait des choses qu'il valait mieux garder pour elle.

— Bref, dit-elle pour essayer de se rattraper, mais sans savoir où diriger la conversation.

— Serait-il terriblement impertinent de ma part de demander quel sera le plat principal ? demanda Lawrence, essayant de venir à son secours.

— De l'agneau, dit Camille, mais elle était trop déstabilisée pour en dire plus.

Elle avala une gorgée du délicieux Château Latour qu'Ophélie avait versé et s'occupa à étaler des rillettes sur un toast.

— J'adore l'agneau par-dessus tout, dit le Dr Vernay depuis l'autre bout de la table. J'aurais aimé que ma femme puisse venir - elle est aussi une grande amatrice d'agneau. Mais elle ne voulait pas transmettre son rhume aux enfants. Et c'est un vilain rhume.

— Marie-Claire, sans vouloir parler boulot, mais est-ce que tu as finalisé l'emploi du temps ? Les cours commencent la semaine prochaine, bon sang.

— Vraiment, Rex, nous n'avons pas besoin de parler de ça maintenant. Si tu as quelque chose à proposer à part vouloir me presser, tu peux m'appeler chez moi demain.

Rex haussa les épaules.

— Je veux seulement faire au mieux pour nos talentueux étudiants, dit-il, avec une pointe notable de sarcasme.

Ce n'était pas le dîner le plus réussi de tous les temps, c'était vrai - la conversation allait et venait, parfois divertissante mais jamais captivante. Il y avait des rires, mais pas beaucoup. Les invités se surpassèrent cependant dans la dégustation, appréciant le gigot d'agneau cuit pendant sept heures et tous les légumes qui l'accompagnaient, imprégnés du jus de viande et des herbes. Le vin était de très haute qualité et Ophélie généreuse pour remplir les verres, et vers la fin, il semblait que peut-être, la fête allait atteindre cet état de contentement et de convivialité où les blagues commencent à fuser plus vite et où tout le monde commence à ressentir beaucoup de chaleur pour les autres membres du groupe.

Elle y était presque arrivée.

Ophélie venait d'entrer dans la salle à manger avec une paire impressionnante de dacquoises au moka lorsqu'un craquement encore plus fort que les autres retentit, une série d'éclairs déchira le ciel, et les lumières de la maison s'éteignirent.

Il y eut une pause silencieuse, pas plus d'une fraction de seconde, pendant que les gens essayaient d'assimiler ce nouveau fait, que la salle à manger n'était éclairée que par trois bougies. Les visages des autres invités semblèrent vaciller un instant, comme s'ils étaient des images dans un film et non des personnes réelles, puis une rafale de vent en provenance du vestibule souffla les bougies et ils se retrouvèrent tous dans l'obscurité.

Les quatorze personnes à la fête ne pouvaient littéralement pas voir leurs mains devant leurs visages.

Ni savoir qui criait.

Un nouvel éclair illumina la pièce, mais il fut trop bref pour que les convives puissent s'orienter. Des chaises grincèrent tandis que certains invités s'écartaient de la table et se levaient. Les cris s'estompèrent puis cessèrent ; soudain, tout le monde se mit à parler.

— S'il vous plaît, tout le monde, restez calme. C'est probablement juste un fusible qui a sauté. Le système électrique est ancien, dit Simon, utilisant à nouveau la voix calme qu'il avait employée avec son père.

Un rire sonore s'éleva du côté de la table où se trouvaient Molly et Lawrence.

— Molly ? appela Ben.

— Je suis là. J'espère juste que le gâteau a survécu, j'ai eu un rapide aperçu et il avait l'air incroyable.

Plus de rires, plus de raclement de chaises. Des gloussements provenant de sous la table suivis d'un « Chut ! »

— Je pense que je vais monter sur le palier pour regarder par la fenêtre, chéri. Je veux voir si des arbres sont tombés, dit Anne-Marie.

Pas de réponse de Lapin.

— Camille ? demanda Ben.

Il s'était levé de sa chaise, cherchant à tâtons la porte, pensant qu'il pourrait peut-être donner un coup de main à Simon avec le boîtier de fusibles. Pas de réponse de Camille.

— Sortez *immédiatement* ! tonna une voix à l'étage.

— Ça doit être Monsieur Valette, dit Anne-Marie, sur le point de quitter la pièce mais changeant d'avis, n'ayant aucune envie de tomber sur le père de Simon et son extincteur.

— Tout le monde va bien ? Je vais chercher Simon pour voir si je peux aider, dit Ben.

— Non, je ne vais pas bien ! cria Edmond. Je n'aime pas ça, je n'aime pas ça du tout. L'obscurité... elle nous étouffe tous !

— Bon sang, respire, dit Frances. Tu vois ? Tu n'étouffes pas. Peut-être que tu espères que le gâteau se renverse pour qu'on ne le compare pas aux tiens ?

Des ricanements se firent entendre quelque part.

— Pascal ? appela Marie-Claire, mais pas depuis la direction où elle était assise.

Pas de réponse de Pascal.

— Quelqu'un a-t-il des allumettes ? demanda Nico. On pourrait simplement rallumer les bougies sur la table. Est-ce que quelqu'un du côté des fenêtres peut s'assurer qu'elles sont bien fermées, pour qu'elles ne s'éteignent pas à nouveau ?

Ils étaient plongés dans le genre d'obscurité qu'on ne rencontre que dans les zones les moins peuplées du monde. Ni étoiles ni lune n'étaient visibles à cause du ciel couvert, et aucune lumière ne provenait du village. Ils ne voyaient pas mieux que s'ils avaient les yeux fermés - pas de formes, pas de contours, pas d'ombres. Juste un noir absolu dans toutes les directions.

— Ça devient un peu ridicule, dit Rex Ford. J'ai bien envie de rentrer chez moi.

— Lapin ? appela Anne-Marie, tendant l'oreille pour voir si la voie était libre du côté de Monsieur Valette senior.

Pas de réponse de Lapin.

Et puis, sans prévenir, les lumières se rallumèrent, plus brillantes qu'avant puisque tous les interrupteurs avaient été actionnés par des gens qui les avaient tripotés pour voir s'ils fonctionnaient. Tout le monde plissa les yeux, clamant un « Enfin ! » accompagné de rires.

Une autre pause pendant qu'ils s'habituaient à voir de nouveau.

Rex Ford se tenait dans l'embrasure de la porte de la bibliothèque. Edmond transpirait abondamment et haletait presque, n'ayant jamais réalisé auparavant qu'il avait une peur profonde du noir, ou du moins du noir dans la salle à manger des Valette.

— Où est tout le monde ? dit Molly.

Elle regarda sous la table mais les filles avaient disparu. Les seuls invités encore à table étaient elle, Lawrence, Frances et Nico.

— Combien d'invités faut-il pour changer une ampoule ? dit Frances, avant d'éclater de rire à sa propre blague.

Molly se leva et se rendit dans le vestibule, où elle trouva Camille debout près de la petite table d'où le champagne avait été servi.

— C'est fichu maintenant, n'est-ce pas ? Monsieur Ford vient de partir - il est parti sans dire un mot.

Ses épaules s'affaissèrent et elle se détourna.

Molly était généralement pleine de sympathie, mais quelque chose chez Camille, qui semblait s'apitoyer sur son sort, ne passait pas particulièrement bien même après cet incroyable agneau.

Non, pensa-t-elle, ce n'est pas exactement de l'apitoiement - c'est que je ne l'ai pas vue une seule fois dire un mot à l'une ou l'autre de ses enfants. Bon, peut-être qu'elle est juste préoccupée par l'organisation de ce dîner avec un tas d'étrangers. Je suppose que n'importe qui serait perturbé.

Marie-Claire Levy descendit les escaliers, ses talons martelant un rythme vif.

— Je viens de jeter un coup d'œil par cette grande fenêtre sur le palier, dit-elle. On dirait que l'orage ne faiblit pas du tout.

— Sortez ! cria Monsieur Valette, assez fort pour que Molly recule même si elle était en bas des escaliers et pas près de lui.

— L'orage doit beaucoup le perturber, dit Molly à Camille, mais Camille ne semblait pas entendre, et elle partit vers la cuisine sans un mot de plus.

À une extrémité du vestibule, sous l'escalier, il y avait une porte qui menait à la cave et par laquelle Pascal apparut subitement.

— Eh bien, j'ai réglé le problème, dit-il à Marie-Claire. Merci au propriétaire précédent d'avoir laissé un paquet de fusibles juste au-dessus du boîtier de fusibles. Et merci à la mini-lampe de poche que je garde sur mon porte-clés.

— Une lampe de poche sur ton porte-clés ! Je ne savais pas que tu étais un tel boy-scout ! s'exclama Molly.

— Boy-scout ? dit Pascal.

Molly rit.

— Oh, c'est... juste que tu es si bien préparé, c'est tout ce que je veux dire. Est-ce que Simon est toujours dans la cave ?

Pascal parut confus.

— Simon n'a jamais été dans la cave.

Molly le fixa du regard.

— Il n'était pas avec toi, en train de réparer le fusible ?

Pascal haussa les épaules.

— Je ne l'ai pas vu. Alors... que se passe-t-il maintenant ? Est-ce que les gens rentrent simplement chez eux ?

— J'aimerais assez, si ça ne dérange pas, dit Marie-Claire, et Pascal acquiesça.

Molly retourna dans la salle à manger, où Nico et Frances se régalaient de la dacquoise au moka.

— Franny !

— Eh bien, ce n'est pas comme si on venait juste d'entrer par hasard. On était censés avoir une part, non ? Est-ce si terrible qu'on se soit servis ?

Nico se contenta de sourire et lécha le glaçage sur ses lèvres.

Simon descendit les escaliers en trottinant.

— Merci à celui qui a fait le miracle avec les lumières !

— Pas de problème, dit Pascal.

— J'ai pensé que je devais m'occuper de Père d'abord. Merci à vous. Maintenant, quelqu'un a-t-il vu Violette et mes filles ?

Marie-Claire et Pascal secouèrent la tête. Ils voulaient partir, mais maintenant que Simon était de retour, cela semblait gênant, alors ils restèrent dans le vestibule à attendre de voir ce qui allait se passer.

— Je vais les chercher, dit Molly.

Elle avait apprécié son temps chez les Valette mais trouvait plutôt triste que personne ne semble prêter attention aux filles. Où Camille avait-elle bien pu disparaître ?

Par souci d'exhaustivité, Molly vérifia d'abord la cave, puis passa la tête dans la cuisine. Merla et Ophélie étaient assises, en train de siroter un verre de vin avant de commencer à nettoyer. Aucun signe des filles.

Quelques-uns des invités restants se trouvaient dans la salle à manger, à déguster des tranches de dacquoise au moka sous des lumières éclatantes. Personne ne s'était donné la peine de rallumer les bougies et l'ambiance joviale du dîner s'était bien sûr évaporée, mais ils étaient tous ravis malgré tout car le gâteau était véritablement magnifique : une couche de meringue aux amandes, un glaçage à la crème au beurre, et une garniture de crème fouettée parfumée au rhum, dont on pouvait apercevoir des traces sur les joues de divers convives qui s'y attaquaient avec ferveur.

— Quelqu'un a vu Lapin ? demanda Anne-Marie.

— Non. Prends donc du gâteau ! dit Frances en désignant les restes massacrés avec sa fourchette.

Anne-Marie secoua la tête, gagnée par l'inquiétude. Elle quitta la salle à manger et se dirigea vers la bibliothèque.

Et là, elle hurla.

Molly bondit de sa chaise, suivie de près par Ben et Nico. Tous avaient un mauvais pressentiment, assez certains que le cri d'Anne-Marie n'était pas simplement du mélodrame ou une réaction excessive due à l'orage.

Ils n'avaient pas tort.

Molly fut la première à arriver à la bibliothèque. Anne-Marie se tenait la main sur la bouche, en train de regarder Violette, qui était étendue derrière un fauteuil à oreilles près de la cheminée. Elle était sur le dos, les yeux fermés. Sa robe n'était pas relevée, ses mains reposaient le long de son corps ; c'était presque comme si la jeune femme avait décidé de s'allonger près du feu pour faire une sieste, pourtant Anne-Marie et Molly sentaient toutes deux que la situation n'était pas si innocente.

— Violette ? dit Anne-Marie alors qu'elle s'accroupissait à côté d'elle et posait sa main sur le bras de la jeune femme.

Violette ne bougea pas.

— Dr Vernay ! cria Molly.

Le médecin se précipita immédiatement et se pencha à côté de la nounou.

Molly lança un regard à Ben et secoua lentement la tête. Ben acquiesça, puis sortit son portable et appela Paul-Henri au poste. Il était sur le point d'appeler Florian Nagrand, le médecin légiste, mais ne voulait pas précipiter les choses.

Pendant ce temps, le médecin avait posé ses doigts sur le cou de Violette pour chercher un pouls, puis avait appuyé sa tête contre sa poitrine.

Il s'assit sur ses talons.

— J'ai bien peur... qu'il n'y ait plus rien à faire, dit-il en secouant la tête.

— Que s'est-il passé ? demanda Molly. Pouvez-vous dire comment... comment elle est morte ?

Ben envoya finalement un message au médecin légiste, Florian Nagrand, puis regarda autour de lui les invités dans la salle à manger.

— Frances, dit-il. Tu pourrais aller chercher Simon et Camille ? Il y a eu... eh bien, pour parler franchement, la nounou est morte.

Les yeux de Frances s'écarquillèrent.

— La nounou est *quoi* ?

— Va simplement les chercher, dit Ben.

De retour dans la bibliothèque, il fit signe à Molly, Vernay et Anne-Marie qui se tenaient près du corps.

— Bien, vous devez tous venir par ici. Ne touchez à rien en sortant.

— Es-tu... es-tu en train de dire que c'est une scène de crime ? demanda Molly, même si elle y avait évidemment pensé elle-même.

— On ne sait pas encore, n'est-ce pas, Gérard ? dit Ben. Mais c'est une bonne pratique de prendre des précautions, juste au cas où.

Le Dr Vernay haussa les épaules. Lui et Anne-Marie passèrent et Ben ferma les portes coulissantes de la bibliothèque, puis réalisa qu'il devait également sécuriser la porte menant à la bibliothèque depuis la cuisine.

— Reste devant la porte, chérie, dit-il à Molly à voix basse. Je reviens tout de suite.

Aucun signe de Simon ou Camille. Le Dr Vernay s'était assis à la table de la salle à manger et répondait aux questions des autres.

— Vous ne pouvez pas dire comment elle est morte ? Est-ce que... est-ce que c'était naturel ? demanda Anne-Marie.

Son visage était pâle.

— Je ne peux pas le dire sans un examen approfondi. Je n'ai rien remarqué d'anormal - elle n'a certainement pas été abattue ou poignardée, en tout cas. Bien sûr, mon expertise concerne les vivants.

Il passa une main dans ses cheveux clairsemés.

— Il est vrai que ce n'est pas inouï, quelqu'un de si jeune qui meurt d'une crise cardiaque. Même si ce serait assez inhabituel. Terrible chose, ajouta-t-il en secouant la tête.

— Anne-Marie, si tu peux, tu pourrais essayer de trouver Chloë et Giselle ? Ça va être un choc terrible pour elles. Ben m'a postée ici pour garder la bibliothèque sinon je viendrais avec toi. Et où est Lapin ?

— Je veux juste rentrer chez moi, dit Marie-Claire.

Elle n'avait pas pris de gâteau mais était assise avec son manteau, l'air anxieuse. Pascal hocha la tête vers la porte et acquiesça, et ils partirent tous les deux par la porte d'entrée. Une rafale de vent s'engouffra mais la pluie avait enfin cessé.

Molly se tenait dos aux portes coulissantes, en train de réfléchir rapidement. Ben croit presque certainement que Violette a été assassinée, pensa-t-elle. Juste dans la pièce d'à côté, avec une telle foule ici ! Cela semblait impossible. Combien de temps les lumières ont-elles été éteintes, d'ailleurs ? Et si elle avait été assassinée, comment ? Molly brûlait d'envie de retourner dans la bibliothèque et de jeter un coup d'œil, mais elle savait que Ben désapprouverait. Et elle n'avait aucune envie de se mettre à dos la nouvelle chef des gendarmes, qui devait être en route en ce moment même.

— Que se passe-t-il ? dit Simon en entrant à grands pas dans la salle à manger suivi de Frances, qui alla directement vers Nico et l'enlaça.

— Je suis désolée, c'est bien évidemment votre maison, mais

Ben m'a dit de ne laisser entrer personne. Scène de crime potentielle, dit Molly avec une grimace.

— Scène de crime ? De quoi est-ce que vous parlez ? Si
quelque chose ne va pas avec Violette, je veux la voir !

— Elle est morte, Simon, dit doucement Molly. Tenez, je vais
entrouvrir la porte pour que vous puissiez voir par vous-même.

Molly écarta les portes d'environ dix centimètres, et Simon y
passa la tête. Elle crut entendre une rapide inspiration.

— Quelqu'un a appelé une ambulance ? dit-il, sa voix
montante.

Molly secoua la tête. Elle pouvait le voir assimiler lentement la
situation.

— Vous êtes en train de me dire que Violette a été assassinée
dans notre maison, en plein milieu d'un dîner ?

Il était incrédule.

— Comment est-ce seulement possible ?

Personne ne répondit, puisqu'il n'y avait pas de réponse à
donner.

— Et maintenant quoi ? demanda-t-il à Molly. Ben, les
gendarmes ont-ils été appelés ?

— Ben était le chef, donc il a les choses en main. Peut-être que
vous aimeriez aller voir votre femme et vos enfants ?

Simon la regarda d'un air distrait, puis cligna des yeux
plusieurs fois.

— Oui, bien sûr, dit-il, et il quitta la salle à manger, son expression impassible.

— Je suppose que nous devrions tous rentrer chez nous, dit
Frances. J'ai l'impression d'être une sorte de spectatrice macabre,
à regarder tout cela se dérouler. Cette pauvre jeune femme. Je suis
sur le point de vomir mon gâteau.

— Est-ce que Ben et toi avez besoin de nous ? demanda Nico,
et quand Molly secoua la tête, le couple partit, le Dr Vernay les
suivant.

Beaucoup trop de gens à suivre, pensa Molly, toujours debout contre la porte, en train d'essayer de fixer dans son esprit toutes les allées et venues dont elle pouvait se souvenir au cours de la soirée.

Et où était Lapin ?

LA CAMIONNETTE blanche de Florian Nagrand arriva pendant que Molly montait encore la garde à la porte de la bibliothèque.

— Je suis très contente de vous voir ! dit-elle, alors que le grand homme traversait la salle à manger d'un pas affairé, sentant le tabac et la fumée, sa sacoche noire à la main.

— Toujours sur les lieux, hein ? dit-il avec un sourire malicieux en ouvrant les portes coulissantes et en passant.

Ben entra dans la salle à manger et passa son bras autour des épaules de Molly.

— Une fois que Paul-Henri sera là, nous devrions probablement partir, dit-il doucement. Juste pour laisser de l'espace à la nouvelle chef. Mais en attendant, vois ce que tu peux entendre. Toujours aucun signe de Camille ?

Molly secoua la tête puis alla jeter un coup d'œil discret aux alentours. Elle s'inquiétait pour les filles, ne les ayant ni entendues ni vues depuis peu après la coupure de courant. La façon dont Camille avait disparu était étrange. La maison était spacieuse, mais pas au point que plusieurs personnes puissent s'y perdre sans qu'on les entende du tout. Elle aurait dû entendre l'agitation du rez-de-chaussée. Et une femme de son milieu disparaîtrait-elle ainsi au beau milieu de son propre dîner ?

Molly réfléchit un instant et décida de voir si quelqu'un était encore dans la cuisine. Certes, les gendarmes n'apprécieraient pas qu'elle parle à la cuisinière avant eux, mais l'occasion était trop belle pour la laisser passer.

Merla était à l'évier en train de laver une casserole, tandis que sa fille vidait le lave-vaisselle.

— Bonsoir, dit Molly en se présentant. Même si je suppose que ce n'est pas exactement une bonne soirée, n'est-ce pas. Monsieur Dufort vous a-t-il dit ce qui s'est passé ?

Merla hocha la tête, l'air sombre. Ophélie essuya une larme et continua d'empiler les assiettes. Elles ne dirent rien.

Molly avait espéré qu'au moins l'une d'entre elles serait bavarde. Elle prit une profonde inspiration.

— Je voulais vous dire à quel point j'appréciais le repas avant la coupure de courant. L'agneau était absolument délicieux ! Je sais que vous devez avoir quelques ingrédients secrets quelque part... J'ai pu identifier certaines herbes, mais il y avait une saveur insaisissable, quelque chose d'extraordinaire que je n'arrivais pas tout à fait à définir...

Merla sourit faiblement. Elle commença à dire quelque chose mais s'arrêta après une demi-syllabe.

Zut, pensa Molly, que veut-elle me dire ? Et pourquoi a-t-elle l'impression de ne pas pouvoir le dire ?

— Vous avez encore faim ? demanda Ophélie. Je pourrais réchauffer quelques-uns de ces hors-d'œuvre au crabe que vous avez aimés.

— Je suis repue, vraiment... mais peut-être juste un, si vous vous joignez à moi ?

Ophélie sortit un plateau du réfrigérateur et retira le film plastique.

— Je ne sais pas pourquoi tu veux encore tout déranger, dit sa mère.

— Mais non. Je réchauffe juste quelques-uns de ceux-ci. J'en mettrai aussi pour toi.

Merla sembla quelque peu apaisée, mais se retourna vers l'évier, les lèvres fermement serrées.

— Qu'avez-vous fait quand les lumières se sont éteintes ? demanda Molly. C'était un peu effrayant.

— Au moins, on avait la veilleuse de la cuisinière, dit Ophélie. Donc il faisait sombre, mais pas comme dans le reste de la maison. Et puis on y est un peu habituées, parce que l'électricité saute tout le temps chez nous. Je crois qu'on a des souris dans la cave qui n'arrêtent pas de ronger les fils ou quelque chose comme ça.

— Ophélie ! dit Merla.

— Ce n'est pas grave, Maman. Ce n'est pas comme si Molly allait courir dans tout le village pour raconter que notre installation électrique a besoin d'être mise à jour. D'une part, c'est ennuyeux. Et d'autre part, tu as entendu parler de Molly Sutton, non ? Elle écoute plus qu'elle ne parle.

Molly fut momentanément déstabilisée par ce compliment inattendu et ne put rien dire d'autre que merci.

Merla lui fit face, les bras croisés.

— Je ne suis pas dans cette maison depuis longtemps. Madame m'a engagée pour ce dîner, et j'espérais que cela pourrait déboucher sur quelque chose de plus permanent, vous comprenez ? Donc je suis venue un jour pour parler du menu, puis tôt ce matin pour commencer à cuisiner. C'est la seule fois où je suis venue ici.

Molly hocha la tête, ayant le bon sens de ne pas interrompre.

— Je suis franche, Madame Sutton. Et je vais vous dire ceci : cette nounou était la meilleure personne dans cette maison. Enfin, à part les enfants.

Elle se retourna et frotta la casserole avec vigueur.

— Les filles vont bien ? demanda Ophélie.

— Honnêtement, je ne sais pas. Je ne les ai pas vues depuis la coupure de courant.

Ophélie sortit la plaque de hors-d'œuvre réchauffés du four, et les trois femmes les prirent, se brûlant légèrement les doigts, et mangèrent. Molly avait encore beaucoup de questions à poser, mais décida qu'il était plus important d'agir avec délicatesse pour qu'elles lui fassent confiance, plutôt que de les assaillir de questions rapides à un moment aussi délicat.

Elle mangea six autres de ces trucs au crabe, comme les appelait Lawrence.

Et d'ailleurs, où diable était passé Lawrence ? Y avait-il un trou secret quelque part, avalant les gens à gauche et à droite ?

— Je suis désolée si j'ai l'air indiscrète, dit Molly. Mais je ne peux m'empêcher de me demander... Violette avait-elle semblé malade ? Fragile ?

Merla grogna.

— Si vous pensez que cette fille est morte toute seule, sans aide ? Alors je ne sais pas si vous êtes une si bonne détective après tout.

Molly aurait ri si le sujet n'avait pas été aussi grave.

— Donc vous pensez que c'était un meurtre, dit-elle doucement.

— Violette a couru après ces deux petites filles toute la journée. Entrant et sortant, passant devant la fenêtre de la cuisine, faisant du vélo, et que sais-je encore. Elle n'était *pas* malade.

— Merci, dit Molly. J'apprécie beaucoup d'entendre vos observations. Si ça ne vous dérange pas, ajouta-t-elle en partant, pourrais-je passer un jour pour discuter ? Ou peut-être aimeriez-vous venir à La Baraque ? Je ne suis pas du tout votre égale en cuisine, mais vous ne mourrez pas de faim !

Merla haussa les épaules mais Ophélie semblait ravie.

— Je vous appellerai, dit Molly, et elle repassa par la porte battante vers le vestibule, déterminée à trouver les jeunes Valette et à s'assurer qu'elles étaient en sécurité. Les pauvres seraient sans doute très bouleversées, étant donné le tournant horrible qu'avait pris la soirée.

Que se passait-il dans cette maison ? Elle examina les détails de la décoration, comme si le papier peint ou la théière en argent pouvaient avoir quelque chose à lui dire. Finalement, elle entendit des voix jeunes et se dirigea dans leur direction.

❧ 12 ❧

Florian était un vieux routier, et il aborda cette nouvelle affaire en suivant ses procédures minutieuses habituelles, étape par étape, en prenant des notes au fur et à mesure. Il était content d'être le premier sur les lieux et espérait que les gendarmes prendraient leur temps et n'arriveraient pas trop vite.

Ben avait été un collègue pendant de nombreuses années, à l'époque où il était gendarme. Il connaissait bien Florian, et ils avaient toujours eu une relation mutuellement agréable, coupant parfois les coins ronds bureaucratiques quand il était raisonnable de le faire. Maintenant qu'il était civil, Ben avait suffisamment de décorum pour rester en dehors de la bibliothèque, même s'il observait le médecin légiste travailler depuis la salle à manger. Molly se penchait tellement dans la bibliothèque qu'elle était sur le point de tomber sur le tapis.

— Tu ne peux rien lui demander du tout ? chuchota-t-elle à Ben.

Il secoua la tête.

— Même pas s'il s'agit d'une mort naturelle ou d'un meurtre ? Juste cette toute petite question ?

— Patience, Molly ! On va bientôt le savoir.

—Je suis un peu surpris que Gérard ne l'ait pas remarqué, dit Florian à Molly et Ben, en parlant du Dr Vernay et semblant assez satisfait de lui-même. C'est vrai que c'est une affaire exceptionnellement propre, qui n'a pas les nombreux attributs les plus souvent observés. C'est aussi vrai que la ligature était haut placée, cachée sous le menton pour ainsi dire, au lieu d'être plus bas sur le cou où elle aurait été facilement remarquable. Mais bien sûr, l'effet est le même.

— Ligature ? dit Molly, incapable de se retenir.

Florian se leva péniblement avec un grognement.

— Comme d'habitude, j'aurai plus à dire après lui avoir fait un bon examen à la morgue. Mais oui, j'ai bien dit « ligature ». Je ne vois pas la corde près du corps, mais c'est le travail des gendarmes, de toute façon. Quant à la cause du décès : elle a été asphyxiée, étranglée. Par une fine corde ou une ficelle.

— Mais nous étions tous dans la pièce juste à côté !

— Oui, eh bien, apparemment. Peut-être que tout le monde était distrait par le dîner et n'a entendu aucun bruit.

— Est-ce que vous pouvez dire quel bruit cela aurait fait ? Je n'ai vu aucun signe de lutte - aucun meuble renversé du moins. Elle était allongée près du feu assez paisiblement.

—Je suis content, pour elle, dit Florian, car je n'ai pas besoin de souligner que la strangulation n'est généralement pas une façon très agréable de mourir. Mon hypothèse – même si, encore une fois, je pourrai donner une image plus complète plus tard - est qu'elle est morte rapidement. Peut-être a-t-elle été surprise, le tueur était fort, et tout s'est terminé en quelques secondes. Une pression sur l'artère carotide aurait pu la faire s'évanouir, ce qui pourrait expliquer l'absence de bruit ou d'indications visuelles de lutte.

Molly frissonna.

— Donc, c'était simplement que... les lumières se sont éteintes, et le tueur a saisi sa chance.

— Bonsoir, Ben et Molly, dit Paul-Henri Monsour alors qu'il traversait la salle à manger avec une expression grave.

— Pas pour la nounou, dit Molly. Florian dit qu'elle a été étranglée.

Florian soupira, souhaitant que pour une fois on le laisse parler pour lui-même.

— Est-ce qu'elle est du coin ? demanda Paul-Henri à Ben.

— C'est ça votre idée de sécuriser une scène de crime ? dit une voix sévère en provenance du vestibule.

Ben, Molly et Paul-Henri se retournèrent pour voir Chantal Charlot, la nouvelle chef, debout les mains sur ses hanches étroites, en train de tous les fusiller du regard et de prendre le contrôle sans hésitation.

— Agent Monsour, sortez le ruban et délimitez ces deux pièces. Je ne sais pas qui vous êtes, vous autres, mais sortez. Nous avons du travail à faire et votre interférence n'est pas la bienvenue.

Ben et Molly commencèrent tous deux à parler, mais le ton de la chef les en dissuada. Ils dirent au revoir et se dirigèrent vers le vestibule, cherchant les Valette du regard, mais sans voir ni entendre personne.

— On dirait qu'il y a un nouveau shérif en ville, dit Molly.

— Ce n'est pas bon, dit Ben en secouant la tête.

— Non. Et le plus bizarre... dit Molly alors qu'ils marchaient vers la voiture. Où est-ce que tout le monde a disparu ? Lapin, Lawrence, les Valette... une minute, la fête semblait si bondée ! On était tous entassés dans cette bibliothèque comme des sardines. Et la minute d'après, je ne trouvais plus personne.

Ben secoua à nouveau la tête alors qu'ils montaient dans la voiture.

— Je ne suis même pas concentré sur le meurtre pour l'instant.

Je me demande comment on va pouvoir faire des progrès sur une quelconque affaire si la chef Charlot est aussi... aussi...

— Aussi désagréable ?

— Ouais. Bien sûr, elle est tout à fait dans son droit de nous tenir à l'écart de l'enquête. C'est juste que Maron nous a gâtés.

— Et nous n'avons pas été engagés, donc nous n'avons vraiment rien pour nous.

— C'est vrai.

Ils rentrèrent à La Baraque, l'image même de la morosité, et ne sourirent même pas quand Bobo se précipita pour les accueillir avec ses pattes boueuses et ses léchouilles extatiques.

— Tu as eu l'impression que quelque chose n'allait pas dans cette famille ? demanda Molly, alors qu'ils s'affalaient ensemble sur le canapé.

— Absolument. Dans une dizaine de directions différentes, en fait. Le père de Simon est en mauvais état.

— Oui. J'ai vécu ça avec mon père, comme je crois te l'avoir dit ? Terrible maladie pour tout le monde, évidemment. Mais... ce n'est pas de ça dont je parlais cependant. Plus des... tensions sous-jacentes entre Camille et Simon. J'ai eu l'impression que les choses n'allaient pas très bien entre eux.

— Déménager est stressant. Avoir un tas d'étrangers à dîner ? Très stressant. Donc ce que tu as vu pourrait n'être qu'une réponse normale à une situation momentanément difficile.

— C'est possible, dit-elle d'un air dubitatif.

— À quoi ressemble la journée de demain ? Tu as des changements ? Constance vient ?

Avec un grognement, Molly se leva pour vérifier le planning sur son ordinateur.

— Oui, Constance vient, mais seulement pour faire un léger coup de ménage. Les Badowski partent, Dieu merci, parce qu'il y a une mauvaise entente entre eux et Arthur, et ils sont tous logés dans l'annexe. Tous les autres restent une deuxième semaine.

— Tu leur fais une fête ?

— J'allais le faire. Mais avec ce meurtre...

— Tu pourrais peut-être faire quelque chose pour les clients la semaine prochaine ? Je dois aller voir ce fichu Bernard Petit demain. Mais puisque le changement est facile cette semaine, tu pourrais peut-être prendre un bon départ. Que dirais-tu d'aller au marché demain matin et de faire quelques recherches préliminaires ?

— Même si personne ne nous a engagés ?

— Peut-être que si nous avons des informations intéressantes, quelqu'un voudra bien nous embaucher. Pour commencer, nous devons savoir où Lawrence et Lapin sont allés.

— Tu ne penses pas que... ?

— Non, bien sûr que non. Mais nous devons suivre le protocole, Molly. Déterminer où tout le monde était et, dans la mesure du possible, ce qu'ils faisaient au moment où le meurtre s'est produit.

— Ce qui ne va pas être facile, étant donné que nous étions assis dans l'obscurité totale.

— Heureusement, je sais que tu ne recules jamais devant un défi, dit-il en se penchant pour embrasser son cou.

Molly ferma les yeux et sourit, reconnaissante d'avoir Ben dans sa vie, et aussi reconnaissante d'avoir un autre meurtre à résoudre.

Même si elle se sentait un peu coupable pour cette dernière pensée.

❧ 13 ❧

Tous les invités du dîner étaient bien sûr partis depuis longtemps, ainsi que Merla et Ophélie, le médecin légiste et les gendarmes. Mais la maison des Valette, comme on pouvait l'imaginer, était loin d'être un havre de paix ou de détente ce samedi matin après l'orage. Chloë était par intermittence en proie à des sanglots incontrôlables qui frôlaient l'hystérie. Raphael ne cessait de crier pour qu'on lui apporte une baguette avec du beurre et du jambon, ou un verre de Perrier, ou ses ciseaux. Camille était comme un zombie - sans expression, sans émotion, complètement fermée.

Simon était laissé à courir de l'un à l'autre, essayant de calmer et d'apaiser. Le personnel qu'ils avaient eu à Paris et dont ils pensaient ne pas avoir besoin à Castillac lui manquait cruellement ; quelqu'un pour ranger serait d'une grande aide. Quelqu'un pour cuisiner et s'occuper des filles. Quelqu'un pour faire disparaître ce nouveau problème horrible.

— Je peux t'apporter quelque chose, ma chérie ? demanda-t-il à Camille, qui était assise dans son lit, avec une veste matelassée bien que la journée fût chaude, faisant semblant de lire un magazine.

Camille secoua la tête mais ne dit rien.

Simon quitta la chambre et s'arrêta un moment dans le couloir. Il se souvenait d'avoir été là avec Violette la veille. Il se rappelait le regard brûlant qu'elle lui avait lancé et l'intense tentation qui l'avait envahi.

Et comme Simon était ce genre inhabituel d'homme qui était honnête avec lui-même, même quand cela signifiait se voir sous un mauvais jour, il reconnut qu'il aurait, éventuellement, cédé à cette tentation. Ce n'était qu'une question de temps. Elle n'était pas particulièrement belle, mais elle était jeune, intelligente et une artiste talentueuse. Sa femme était... fréquemment indisposée. Il ferma les yeux un instant, fantasmant... jusqu'à ce qu'il revienne brusquement au moment présent, se sentant horrible d'avoir briè-vement oublié que l'objet de sa rêverie était mort.

— Ahhhh, gémit Raphael depuis sa chambre, et Simon frappa à la porte et entra.

— Père, dit-il. Je peux t'apporter quelque chose ? Je sais que la journée d'hier a été éprouvante, mais les choses sont revenues à la normale maintenant, mentit-il dans l'espoir de le calmer.

Les yeux de Raphael étaient écarquillés et il semblait terrifié. Des traces de salive étaient éparpillées sur sa lèvre et sa joue, et ses cheveux partaient dans tous les sens.

— Peut-être qu'en te coiffant, tu te sentiras mieux, dit Simon avec ironie, en prenant un peigne sur la commode de son père et en le lui tendant. Est-ce que... par hasard, tu aurais vu quelque chose hier soir ? Ou entendu quelque chose ? Les lumières étaient éteintes pendant un bon moment. Et il y a... il y a eu une sorte d'accident, et je me demandais simplement si tu savais quelque chose ?

Raphael tourna son visage vers la fenêtre.

— Est-ce que tu étais dans ta chambre jusqu'à ce que les lumières reviennent ?

— Rends-moi mes ciseaux, grogna Raphael. Et tu as pris toute ma ficelle. J'en ai besoin, rends-la-moi.

Simon baissa la tête un instant, puis quitta la chambre de son père. Ce n'était un secret pour personne où se trouvaient les filles - Chloë sanglotait à nouveau, avec des gémissements occasionnels qui lui faisaient mal aux oreilles. Il se rendit dans la salle à manger et trouva ses filles sous la table, enveloppées dans des couvertures.

Gisele regarda tristement son père.

— Je n'arrive pas à la faire arrêter.

Simon s'assit, se cognant la tête contre la table.

— Ma chérie, dit-il à Chloë en lui tapotant l'épaule. C'est affreux. Ça ne sert à rien de prétendre le contraire. Et je sais - tu es jeune pour apprendre cette leçon, qui est que, en fait, des choses terribles arrivent parfois. Ça fait partie de la vie.

Chloë hurla de plus belle.

— Est-ce qu'on va avoir une nouvelle nounou ? demanda Gisele.

Simon se redressa, se cognant à nouveau la tête. D'une certaine manière, il n'y avait pas pensé. Et quelle excellente idée c'était. La maison avait désespérément besoin de quelqu'un de nouveau, quelqu'un de jeune, quelqu'un qui n'avait rien à voir avec toutes les choses horribles que les Valette avaient traversées, à Paris et maintenant à Castillac.

— Eh bien, je ne vois pas pourquoi pas. Est-ce que vous voudriez toutes les deux m'aider à mener les entretiens ?

— Oui ! s'écria Chloë, et Gisele hocha la tête.

— Elle ne doit pas être méchante, dit Chloë. Ni laide.

— J'aimerais avoir une autre artiste, dit Gisele. Violette nous a tellement appris sur le dessin.

Chloë laissa échapper un nouveau torrent de larmes.

— Très bien alors, dit Simon.

Il leur tapota le dos à chacune et sortit de sous la table en rampant, pensant que s'il ne se rendait pas dans un endroit calme, il allait perdre la tête. Jamais il n'aurait pensé qu'un jour son ancien travail dans l'entreprise lui manquerait, où la pression de la conformité en toutes choses avait été si oppressante. Mais alors qu'il se rendait dans la cuisine pour préparer la baguette de son père, il se remémora avec nostalgie le fait de s'asseoir à son grand bureau, avec un costume à la mode et une chemise impeccable, les événements de la journée étant plus ou moins prévisibles, même s'ils n'étaient pas terriblement intéressants.

Il n'y a tout simplement nulle part où se cacher, pensa-t-il avec agacement. Soit la vie est totalement ennuyeuse, soit le drame vous mettra dans une tombe prématurément.

Il prépara le sandwich et l'apporta à Raphael, qui s'en empara et commença à manger sans un mot de remerciement. Simon descendit rapidement et sortit dans la journée humide. Alors qu'il marchait rapidement vers la ruine et ses soigneux tas de pierres, il enleva sa chemise et sentit le soleil sur sa peau, essayant de repousser tout le reste.

MOLLY ne s'attarda pas sur son café, même si elle en avait envie. Le temps était parfait pour s'asseoir sur la terrasse et regarder dans le vide, à perdre délicieusement son temps, ou à se prélasser près de la piscine naturelle pour regarder les libellules voleter. Mais il y avait du travail de terrain à faire, comme Ben l'avait souligné, alors après une seule tasse et rien à manger, elle sauta sur son fidèle scooter et fila vers le village et le marché. Ce n'était pas tout à fait aussi bondé qu'en août, quand presque tout le pays partait en vacances, mais il y avait quand même une bonne foule et Molly dut faire la queue pour parler à son amie Manette, qui tenait un stand de légumes prospère.

Elles se dirent bonjour et s'embrassèrent sur les joues, heureuses de se voir.

— Tu te sens toujours bien ? demanda Molly en regardant le gros ventre de Manette.

— Oui. Je n'ai plus qu'à tenir jusqu'à début décembre. Oh mon

Dieu, quand je le dis comme ça, j'ai l'impression que je serai enceinte pour toujours.

Molly se contenta de sourire et pointa au hasard des aubergines et de la laitue, enregistrant à peine ce qu'elle choisissait, tout en passant en revue la liste des questions auxquelles elle voulait obtenir des réponses ce jour-là.

— Alors Manette, tu as vu Lawrence ce matin ?

— Oh oui, il était là à huit heures tapantes, comme toujours. Il a acheté beaucoup de tomates. Il va peut-être faire de la sauce ou quelque chose comme ça.

— J'ai déjà goûté cette sauce. Elle est incroyable. Et euh, qu'en est-il de Lapin ?

— Non, je ne l'ai pas vu.

Manette plissa les yeux en regardant son amie.

— Pourquoi ai-je l'impression d'être interrogée ? C'est à propos de la nuit dernière ?

— La nuit dernière ? dit Molly, ne sachant pas pourquoi elle jouait les ignorantes, puisque, évidemment, la nouvelle du meurtre avait déjà fait le tour du village. Bon, d'accord, c'est effectivement à propos de la nuit dernière. J'aimerais retrouver Lawrence et Lapin pour leur poser quelques questions — nous étions tous là quand c'est arrivé.

— Quelle horreur ! Mais... personne n'a su m'expliquer, et j'ai déjà entendu l'histoire de six, non, sept personnes... comment quelqu'un a-t-il pu être assassiné au beau milieu d'un dîner ? C'est comme une sorte de tour de magie horrible !

— Pas vraiment, dit Molly. Il y a eu un gros orage, non ? Le courant a été coupé. Et tu sais comment c'est — pas de grandes villes à proximité pour éclairer le ciel la nuit. Les Valette habitent assez loin du village pour qu'il n'y ait pas de réverbères. Il faisait entièrement noir.

— Alors comment le meurtrier a-t-il vu ce qu'il faisait ?

— C'est une très bonne question, dit Molly.

En supposant que c'était un « il », ce dont elle n'était pas prête à convenir.

— C'était vraiment un orage de fou. Mais nous, on n'a pas perdu le courant. Je n'ai entendu personne d'autre qui l'aurait perdu non plus, en fait.

— Ah bon, dit Molly en réfléchissant à cette information. C'était plus de la pluie, du tonnerre et des éclairs que du vent. Pas d'arbres tombés, pas de branches cassées pour arracher les lignes électriques ?

Manette haussa les épaules.

— Il faudrait demander à Gaëtan pour ça. C'est lui qui s'occupe de tout ce qui a trait aux fils électriques chez nous.

Molly ressentit une pointe d'envie à l'idée d'avoir un mari bricoleur, mais elle chassa cette pensée pour revenir à ses affaires.

— Une dernière question, dit-elle en prenant le sac de légumes et en fouillant dans son sac à main pour trouver l'appoint. As-tu rencontré les Valette ? Tu les as vus au marché ?

— Pas encore. Je me disais qu'ils devaient être ensevelis sous les cartons à ce stade. Avec une maison aussi grande, ça va leur prendre une éternité pour tout déballer.

— Non, ils semblaient tout à fait installés, en fait. Ce qui, maintenant que tu le mentionnes... c'était *vraiment* rapide, non ? Ils ne sont arrivés que... il y a moins de deux semaines ?

— Bah, certaines personnes sont fanatiques de ce genre de choses. Il faut que tout soit parfaitement en place sinon elles deviennent folles. Au revoir, Molly !

Manette se tourna vers le client suivant et Molly s'éloigna, marchant vers la pâtisserie Bujold sans s'en rendre compte.

Curieux qu'aucune autre maison n'ait perdu le courant la nuit dernière.

Curieux que le meurtrier ait pu commettre son acte dans l'obscurité totale.

Elle était tellement plongée dans ses réflexions sur l'affaire qu'elle passa devant la boulangerie sans s'arrêter. Edmond la vit passer et se précipita sur le trottoir en l'appelant.

— Quelque chose ne va pas, Molly ? Comme tu me blesses, à te voir passer sans te soucier de rien, comme si j'étais un étranger et que tu avais commencé à acheter tes pâtisseries chez Fillon !

— Oh, Edmond, tu es tellement dramatique. J'étais juste distraite.

Elle prit son bras et ils entrèrent dans la boutique, Molly inspirant profondément par le nez comme elle le faisait toujours, pour savourer pleinement les effluves de vanille et de beurre.

— Qu'as-tu d'intéressant aujourd'hui ? Je vais prendre la demi-douzaine habituelle de croissants aux amandes, et une douzaine de croissants nature pour mes locataires. Mais j'aurais besoin d'un petit remontant maintenant, quelque chose d'un peu... différent ?

— Parce que nous sommes de vieux amis, je vais te parler comme tel et non comme à une simple cliente, une étrangère. C'est à propos de quelque chose que j'ai appris au fil des ans, dit Edmond sérieusement. Souvent, nous pensons vouloir quelque chose de nouveau, alors qu'en réalité, ce que notre âme désire, c'est quelque chose de familier, quelque chose de notre passé. Je ne dis pas cela pour te dissuader si tu es sûre, et bien sûr tu es la bienvenue pour regarder du côté gauche de la vitrine si tu es certaine que la nouveauté est ce que tu recherches. Mais je te *vois*, Molly Sutton, je te perçois entièrement ce matin. Et selon mon jugement, c'est du flan. Le flan est ce dont tu as besoin.

— Du flan ?

— Du flan. Peut-être que ta grand-mère t'en faisait, quand tu étais petite ?

Molly rit.

— Mes deux grand-mères étaient mortes avant ma naissance. Donc ta divination est un peu à côté de la plaque.

Elle soupira et regarda la vitrine. À gauche se trouvait une série de pâtisseries fantaisistes avec du glaçage en motifs, certaines même ornées de petits parasols. De l'autre côté se trouvaient les valeurs sûres, et Molly examina le modeste flan en réfléchissant.

— Eh bien, ce n'était pas exactement la même chose parce qu'il n'y avait jamais de sauce caramel. Mais ma mère faisait une crème aux œufs à la muscade quand j'étais petite, dit Molly.

C'était la première fois qu'Edmond l'entendait parler avec nostalgie et il en fut complètement charmé.

Elle finit par s'asseoir à la petite table dans le coin de la boutique avec un expresso et le flan, et elle dut admettre que l'expérience était sublime.

Pas assez sublime cependant pour la distraire de l'affaire de la nounou. Elle sortit un petit carnet et prit quelques notes, essayant à nouveau de se rappeler qui parlait dans la salle à manger quand les lumières s'étaient éteintes, et qui semblait absent pendant le moment crucial du meurtre. L'exercice n'était pas facilité par le fait qu'il impliquait plusieurs de ses amis les plus proches.

La clochette de la porte de la boulangerie tinta, et Madame Gervais entra. Molly fut heureuse de voir que la centenaire, du haut de ses cent quatre ans, se déplaçait mieux que la dernière fois qu'elle l'avait vue, lorsqu'elle montait lentement la rue Picasso avec un déambulateur.

— Bonjour, Madame Gervais, dit Molly. Comment allez-vous ?

— Je me sentirai beaucoup mieux après avoir mangé un peu de chocolat. Qu'en pensez-vous, Edmond ? Est-ce le jour pour un pain au chocolat, ou devrais-je opter pour une coupe de crème pâtissière ?

Edmond réfléchit. Molly n'avait jamais réalisé qu'il rendait régulièrement ce service d'intuition pour déterminer lequel de ses produits un client devrait acheter ce jour-là ; elle trouvait cela amusant et merveilleusement ridicule.

— La crème pâtissière. Sans aucun doute.

— Il m'a fait manger du flan. J'avoue que j'apprécie énormément.

Edmond hocha la tête et lui adressa un sourire narquois.

— Je suis désolée d'entendre ce qui s'est passé hier soir, dit la vieille dame. Une terrible affaire. Et pour une famille nouvellement arrivée dans le village ! Je parie qu'ils vont plier bagage d'ici un mois.

— Hum, je n'y avais même pas pensé, dit Molly. Mais vous avez peut-être raison. Je pense que moi, je le verrais comme ça, pas vous ? Même si on n'est pas superstitieux, ce serait difficile de ne pas voir un meurtre lors de son premier dîner comme un signe qu'on a fait un mauvais choix quelque part en chemin.

— Eh bien, *quelqu'un* a certainement fait un mauvais choix, je pense qu'on peut affirmer ça sans l'ombre d'un doute.

La question est, de quel genre était-ce ? pensa Molly en raclant les derniers restes de son flan dans son assiette. Et qui l'a fait, et quand ?

$$\maltese \quad 14 \quad \maltese$$

La chef Charlot se leva de son bureau et tira brusquement sur le bas de sa veste pour éviter tout froissement. Ses cheveux bruns étaient tressés en une courte natte dans son dos, et ses sourcils épais, non épilés, étaient froncés alors qu'elle lançait un regard noir. Paul-Henri pouvait l'entendre marcher vers la porte de son bureau ; il grimaça intérieurement.

— Est-ce ainsi que l'ancien chef Maron vous a appris à faire votre paperasse ? Parce que si c'est le cas, il était tristement dans l'erreur. Vous ne pouvez pas simplement omettre des parties quand bon vous semble, officier Monsour. Avez-vous dormi pendant votre formation ? Peut-être que votre papa a tiré quelques ficelles pour vous faire passer, quelque chose comme ça ?

Paul-Henri était habitué aux harpies condescendantes ; il en avait une pour mère. Mais la familiarité avec ce genre de personne ne rendait pas le fait d'être dans la même pièce que la chef Charlot, et encore moins d'être son officier subalterne, plus facile. En fait, pensa-t-il, en s'assurant de garder une expression impassible, c'est pire, parce que chaque fois que la chef Charlot commence à me sermonner, j'entends ma mère en une sorte de chœur. Ces jours-ci, la vie au poste ressemble au troisième cercle de l'enfer.

— Depuis combien de temps vivez-vous à Castillac ? demanda-t-elle.

— Un an, presque exactement. Je sais que c'est un petit village, mais il est impossible de connaître chaque personne. Et les Valette, comme vous le savez, viennent d'arriver. Je ne pense pas qu'ils soient là depuis deux semaines.

— Exactement, vous ne *pensez* pas, lui cracha la chef.

Paul-Henri se détourna et fit semblant de chercher quelque chose dans le tiroir de son bureau pour qu'elle ne voie pas son visage en colère. Dans combien de temps sa mutation serait-elle effective ? Il essaya de se remémorer Maron, tentant de se souvenir combien d'années il avait été en poste à Castillac avant d'être muté.

En toute logique, j'aurais dû être le prochain chef, se dit-il, mais bien qu'il ait souvent cette pensée, il n'y croyait pas vraiment.

— ...et officier Monsour, comme je le disais, je peux vous féliciter pour l'état de votre uniforme, c'est déjà ça. Je suppose que vous avez réussi à faire prélever tous les échantillons d'ADN des personnes présentes chez les Valette, donc vous n'êtes pas incompétent à cent pour cent. C'est juste que nous avons une enquête pour meurtre entre les mains et nous devons être opérationnels immédiatement, vous comprenez ?

— En fait, nous en avons eu plusieurs...

— J'ai lu les dossiers. J'ai vu l'embarrassant... il semble que la gendarmerie ne puisse s'attribuer le mérite d'avoir attrapé aucun de ces meurtriers, n'est-ce pas ? J'espérais que mes yeux me trompaient, mais j'ai bien peur que non. Cette Molly Sutton... c'est elle qui fait tout le travail, c'est ça ? Quelqu'un sans aucun lien avec la gendarmerie, une civile, et même pas française ?

Paul-Henri s'accorda un moment de plaisir, voyant à quel point Charlot était contrariée par l'existence de Molly.

— Eh bien, je ne dirais pas *tout* le travail. Ou sans lien. Elle et

Maron étaient. amis, et son petit ami, Ben Dufort, a été chef pendant quelques années. Assez bien respecté, d'après ce qu'on dit, bien que si vous vouliez vraiment creuser, il semble que sa personnalité était plutôt sympathique mais ses techniques d'enquête quelque peu approximatives. Tout cela avant mon arrivée, bien sûr. Mais...

— Oh *mon Dieu*, arrêtez votre bavardage. Un meurtre, officier Monsour. C'est ce sur quoi nous devons nous concentrer *aujourd'hui*. Je vais chez les Valette. En attendant les rapports du médecin légiste et de la police scientifique, je vais prendre les déclarations de tous les membres de cette famille.

— N'avons-nous pas—

— Oui, j'ai commencé le processus hier. Mais je n'ai rien obtenu par écrit. Et juste un point de base : quand une famille arrive, nouvelle en ville, personne ne les connaît du tout... et puis, quand les cartons sont à peine déballés, il y a un cadavre dans la bibliothèque ? Cela, officier Monsour, est une indication décente que quelque chose ne va pas dans cette maison. Je ne sais pas ce que c'est, pas encore, mais nous irons au fond des choses. J'ai fait des demandes au bureau de Paris et je m'attends à avoir rapidement de leurs nouvelles. S'il y a eu quoi que ce soit de suspect à leur ancienne résidence, nous devrions bientôt le savoir.

Paul-Henri se sentit soulagé qu'aucun des villageois ne semble figurer sur la liste des suspects de Charlot. Il avait peu d'amis et pas de sentiments particulièrement chaleureux pour qui que ce soit là-bas, mais se sentait néanmoins protecteur envers eux.

Et il avait quelques idées sur ce qu'il pourrait faire pour faire avancer l'enquête.

—Je pourrais... commença-t-il.

— Je veux que vous retrouviez l'invité qui a disparu la nuit du meurtre...

Charlot sortit un calepin et le consulta.

— ...Quelqu'un nommé Lapin ? Je veux savoir s'il est toujours dans le village ou s'il a fui, ce qui nous donnerait au moins un suspect avec une conscience coupable.

Paul-Henri aimait bien cette idée. Même s'il avait été content quelques secondes auparavant que la chef se concentre sur les Valette, Paul-Henri n'appréciait pas Lapin, ayant reçu de sa part quelques remarques qui l'avaient piqué. Rapidement, il rassembla son équipement et suivit la chef hors du poste, se sentant mieux dans son travail qu'il ne l'avait été depuis l'arrivée de Charlot.

༈

LA CHEF CHARLOT marcha jusqu'à chez les Valette pour se dégourdir les jambes. Elle était restée éveillée tard la veille, incapable de dormir après avoir passé des heures sur la scène de crime à essayer de mener tout ce petit monde. Jamais elle n'avait vu une équipe médico-légale plus nonchalante, ni un officier subalterne plus incompétent. Il n'était pas du tout étonnant que le village de Castillac ait subi tant de meurtres ces dernières années - les gendarmes en charge étaient lamentablement, douloureusement inadéquats. C'était un terrain de jeu pour criminels, ce village apparemment endormi niché parmi les fermes et les domaines de la Dordogne.

Avec un sourire satisfait, elle pensa à la façon dont elle allait changer tout cela. Le respect des règlements, le suivi, l'attention aux détails – il s'agissait des étapes banales qui apportaient des résultats. Pas l'amitié, se dit-elle avec mépris, en pensant à la façon dont Maron s'était apparemment lié d'amitié avec Sutton et Dufort, embarrassant la gendarmerie au passage. Les choses allaient être très, très différentes maintenant qu'elle était en charge, se dit Charlot. Et quelle meilleure façon de le prouver que de résoudre ce meurtre rapidement, avant que les détectives privés ne trouvent un moyen de s'immiscer dans l'affaire ?

Charlot s'engagea dans l'allée des Valette, mettant ses pensées de côté et prêtant attention à son environnement. Une maison coûteuse, certes, bien que pas dans le haut de gamme de ce qui était disponible ; elle vérifierait combien ils avaient payé quand le bureau du notaire ouvrirait lundi matin. Elle prit note de se renseigner sur la quantité de terres qu'ils avaient achetées avec et quelles en étaient les limites. Une voiture, une Mercedes. La cour était bien entretenue - y avait-il un jardinier ou la famille faisait-elle le travail elle-même ?

Elle vit un ouvrier en train de pousser une brouette près d'une ruine et l'ignora, montant les marches de l'entrée et frappant fort avec le heurtoir.

— Bonjour, chef ! appela l'ouvrier en s'approchant.

Ce ne fut que lorsqu'il fut plus près que Charlot réalisa qu'il s'agissait de Simon Valette. Elle cacha sa surprise.

— Bonjour, Monsieur Valette. Je suis ici pour interroger chacun d'entre vous formellement. J'espère que c'est un moment qui vous convient.

Elle s'exprimait de manière à faire comprendre que la convenance de Simon n'était pas du tout sa préoccupation.

— Je... eh bien, bien sûr, nous ferons tout notre possible pour vous aider. Serait-il possible que vous parliez d'abord à ma femme, pendant que je me rafraîchis rapidement ? C'est un travail qui fait transpirer, les murs en pierre.

Charlot plissa les yeux en le regardant. Elle appréciait qu'il soit en sueur et torse nu, pensant que cela lui donnait un petit avantage ; un grand ponte de Paris se sentirait bien plus à l'aise dans ses vêtements habituels, fraîchement douché.

— Cela ne devrait pas prendre longtemps, dit-elle. Y a-t-il un endroit où nous pourrions nous asseoir ?

Simon haussa les épaules et la conduisit à l'intérieur, à travers un petit salon de l'autre côté du vestibule par rapport à la salle à manger, et par une porte menant à une terrasse.

— Est-ce que vous voulez un café ? Ou quelque chose à boire ?

— Ce n'est pas une visite de courtoisie, Monsieur Valette, dit Charlot en s'asseyant et en sortant un bloc-notes. Maintenant, je sais que j'ai déjà posé certaines de ces questions hier soir, mais je vais les poser à nouveau. Parfois, dans le feu d'une crise, on omet certains détails importants.

Simon hocha la tête. Il chassa un insecte de son bras mais maintint le contact visuel.

— Mademoiselle Crespelle, Violette Crespelle, c'est bien le nom de la défunte ?

— Oui.

— Depuis combien de temps était-elle à votre service ?

— Six mois ? Peut-être moins ? Je peux vérifier si vous avez besoin d'une date exacte.

— Oui, faites cela. Vous pourrez m'appeler plus tard pour me la donner. Étiez-vous satisfait de la façon dont Mademoiselle Crespelle s'acquittait de ses tâches ?

— Oui, tout à fait.

— Les enfants l'aimaient bien ?

— Beaucoup.

— Et votre femme ? Diriez-vous que Madame Valette approuvait également la nounou ?

— Il faudra lui demander.

— Bien joué, Monsieur, mais je vous demande votre évaluation de l'opinion de votre femme.

Simon inspira profondément. Il ne semblait pas du tout gêné par son apparence en sueur et torse nu, et réfléchit calmement à la question avant de répondre.

— La situation, voyez-vous, est la suivante : ma femme a des problèmes de santé qui l'empêchent de donner aux enfants l'attention dont elles ont besoin. C'est pour cela que nous avons engagé Violette en premier lieu - évidemment, les filles sont assez grandes pour ne pas avoir besoin de quelqu'un qui veille sur elles à chaque instant. Mais leur mère a besoin de beaucoup de repos, et nous avons donc pensé qu'engager une nounou serait une bonne solution pour tout le monde. Pour la plupart, je m'en suis occupé - l'embauche, le paiement du salaire et la supervision. Camille, comme je l'ai dit, a besoin de repos. Elle n'a pas beaucoup interagi avec Violette... *n'avait* pas beaucoup interagi, je suppose que je devrais dire...

La voix de Simon s'éteignit, et il détourna le regard de la chef pour la première fois.

Charlot ne nota pas cela, mais elle en prit mentalement note.

— Et votre relation avec Mademoiselle Crespelle. Diriez-vous qu'elle était professionnelle ? Cordiale ? Chaleureuse ?

— Est-ce qu'il s'agit là de mes seuls choix ? dit-il en riant. Violette et moi nous entendions très bien. Ce n'est pas facile d'introduire un troisième adulte dans un foyer, comme vous pouvez l'imaginer. Mais elle a accepté les tâches que Camille et moi lui avions définies et ne s'en est pas écartée. En d'autres termes, elle n'était pas du genre autoritaire ou en recherche de contrôle, à essayer de nous dicter comment élever nos enfants. Elle suivait nos directives avec enthousiasme et était responsable et attentive envers Chloë et Gisele. Donc, nous nous entendions bien avec elle, comme je l'ai dit. Et les filles l'adoraient. Toute cette histoire est très, très dure pour elles.

— Prévoyez-vous de leur faire suivre une thérapie ?

— J'y ai pensé, mais c'est... c'était seulement hier. Je n'ai encore rien fait. Peut-être pourriez-vous m'indiquer quelques ressources ?

— Je demanderai à Monsour, l'officier subalterne, de vous contacter. J'ai bien peur de ne pas être à Castillac depuis beaucoup plus longtemps que vous, Monsieur Valette.

— Ah, l'aveugle guidant l'aveugle, dit-il en riant.

La chef Charlot plissa à nouveau les yeux vers lui, ne cachant pas son aversion pour lui.

Ils restèrent assis sur la terrasse pendant près d'une heure tandis qu'elle lui posait toutes les questions qui lui venaient à l'esprit afin d'obtenir l'image la plus claire possible de la vie de la nounou dans la maison des Valette, et des relations de tous les membres de la famille avec elle. Finalement, alors que Simon était sur le point de perdre patience face à ses questions répétées, elle demanda à voir Madame Valette, et après avoir indiqué à la chef le chemin vers l'étage, il retourna à son tas de pierres.

❧ I 5 ❧

Dimanche matin à La Baraque. Ben et Molly savouraient un copieux petit-déjeuner sur la terrasse lorsque quelqu'un frappa à la porte et Bobo se mit à aboyer frénétiquement.

Ils échangèrent un regard, n'attendant personne.

— Bonjour, Monsieur Valette ! dit Ben en ouvrant grand la porte, s'autorisant le faible espoir que l'homme était venu les engager pour résoudre le meurtre de la nounou.

— Je vous en prie, appelez-moi Simon, dit-il.

— Bonjour, Simon, dit Molly. Veuillez excuser l'état de la maison, nous avons été un peu paresseux ces derniers temps.

Simon balaya son excuse d'un geste.

— C'est moi qui vous demande de m'excuser de faire irruption un dimanche matin, alors qu'on devrait pouvoir prendre son petit-déjeuner tranquillement. Je suis venu vous parler de quelque chose d'important, qui nécessiterait votre attention immédiate, si vous êtes disposés.

Molly laissa sa lueur d'espoir se transformer en flamme solide.

— Bien sûr, entrez. Vous voulez du café ?

Simon acquiesça et Molly alla préparer une nouvelle cafetière, gardant ses mains hors de vue pour que personne ne puisse voir qu'elle avait les doigts croisés.

—J'irai droit au but, dit Simon à Ben. Cette horrible affaire de l'autre soir... comme vous pouvez l'imaginer, elle sème le chaos dans ma famille, et pour être parfaitement honnête, nous n'avons pas besoin de ça en ce moment. Comme vous l'avez sans doute remarqué, mon père souffre de démence et ce genre de chose est extrêmement difficile à gérer pour lui. Et ma femme... c'est juste terrible pour elle... elle n'est pas... disons, aussi stable émotionnellement qu'on le souhaiterait, si vous voyez ce que je veux dire ? C'est terriblement bouleversant pour elle. Je comprends comment cela peut paraître, comme si je faisais passer les sentiments de ma femme avant la vie de Violette. Je ne le vois pas du tout ainsi. Je me sens absolument dévasté pour cette pauvre fille. Mais pour l'instant, je dois rester concentré sur le présent et faire ce que je peux pour ma famille.

Molly se tenait derrière le comptoir, absorbant chaque mot. Elle versa le café et apporta sa tasse à Simon, qu'il accepta avec gratitude. Puis, se souvenant qu'il restait des croissants, elle retourna les chercher et les disposa sur une assiette ancienne décorée d'oiseaux bleus.

— Comment est-ce que nous pouvons vous aider ? demanda Ben.

— Pour aller droit au but, comme je l'ai dit... je crois comprendre que vous gérez tous les deux une agence de détectives - vous en avez brièvement parlé lors du dîner. J'aimerais vous engager pour découvrir qui a tué Violette. Évidemment, je sais que les gendarmes travaillent sur l'affaire, mais je...

Il ne savait pas comment exprimer ce qu'il pensait de la chef Charlot sans risquer d'offenser les deux locaux, alors il ne termina pas sa phrase.

— Nous serions ravis de prendre l'affaire, dit rapidement Molly.

Ben acquiesça.

— Bien sûr, étant donné que nous étions dans la pièce juste à côté quand c'est arrivé, nous avons un intérêt particulier, dit-il. Mais je suis curieux : est-ce que vous nous engagez parce que, pour une raison quelconque, vous n'avez pas confiance en la capacité des gendarmes locaux à faire le travail ?

Simon regarda par la fenêtre pendant un long moment.

— Et je dois dire que je suis prêt à payer votre tarif le plus élevé, si vous avez effectivement une sorte de grille tarifaire. Je ne veux pas que des considérations financières entravent l'enquête de quelque manière que ce soit.

Molly et Ben faillirent échanger un regard face à l'esquive de Simon, mais ils n'en eurent pas besoin ; ils savaient ce que l'autre pensait.

— Je suis désolé, je comprends que je dois être franc avec vous si vous devez faire votre travail correctement. C'est juste qu'il y a une longue habitude de... de ne pas révéler... dit-il, visiblement en difficulté. Voyez-vous, comme je le disais, ma femme ne va pas bien. Nous sommes allés voir médecin après médecin à Paris, et finalement, l'un d'eux a suggéré que nous quittions la ville pour nous installer dans un endroit calme, un endroit paisible.

Molly faillit dire « Ha ! » mais réussit à se retenir au dernier moment. Elle ne put s'empêcher de se rappeler que lorsqu'elle avait déménagé à Castillac, elle cherchait exactement la même chose. Castillac s'était avéré être beaucoup de choses, mais calme et paisible, certainement pas.

Simon poursuivit :

— La chef Charlot est venue à la maison ce matin et a parlé avec moi, puis avec Camille. C'était quelque chose entre un interrogatoire et un entretien. Elle semble... *ardente*, si je puis dire. Très déterminée à attraper le meurtrier. Ce qui est tout à fait normal. Mais voici mon inquiétude : dans son désir de faire ses preuves dans son nouveau poste et d'obtenir une condamnation rapide, elle pourrait essayer de faire porter le chapeau à ma femme. Charlot pourrait prétendre qu'elle est instable, lunatique parfois.

Qu'elle était jalouse des talents de Violette et de l'affection des filles pour elle. C'est pourquoi je veux que vous soyez impliqués tous les deux : pour éviter une erreur judiciaire ainsi que la ruine de ma famille si Charlot parvient à faire ce que je pense qu'elle a en tête. Je sais que je suis peut-être trop hâtif et que je ne devrais pas trop déduire d'une seule conversation, mais c'est l'impression que j'ai eue hier après son départ. J'ai même envisagé de faire nos bagages et de partir en voiture - voilà à quel point je redoutais votre chef gendarme.

— A-t-elle dit quelque chose de spécifique qui vous a fait penser qu'elle soupçonnait votre femme ?

Simon sourit avec amertume.

— Eh bien, elle a clairement fait comprendre qu'elle ne nous aimait pas. Je suppose que chez un détective exceptionnellement professionnel, l'antipathie et la culpabilité ne seraient pas liées. Mais comme je l'ai constaté dans ma vie professionnelle, peu de gens dans n'importe quel métier sont vraiment exceptionnels. Vous êtes d'accord ?

Ben haussa les épaules, plus ou moins d'accord mais pour une raison quelconque ne voulant pas le dire à Simon.

— Camille n'était pas dans la salle à manger quand le meurtre a eu lieu, dit Molly, pragmatique.

— Je sais, dit simplement Simon. D'ailleurs, moi non plus. C'était le chaos, n'est-ce pas ? Les forts coups de tonnerre, la pluie qui martelait le toit...

— L'obscurité.

— J'avoue qu'ayant passé la majeure partie de ma vie à Paris, l'obscurité était vraiment quelque chose. Je n'ai jamais rien vécu de tel.

— Vous êtes à Castillac depuis presque deux semaines. Vous voulez dire que vous ne vous êtes pas retrouvé dans le noir pendant tout ce temps ? demanda Ben.

Simon rit.

— Peut-être que je suis une créature aux habitudes urbaines.

Quand le crépuscule arrive, j'allume les lumières. Comme vous le savez sûrement, la plupart de Paris est bien éclairée après la tombée de la nuit, et si brillante qu'on peut à peine distinguer les étoiles. Mais je vois maintenant qu'utiliser toute cette électricité est une erreur, ou du moins une occasion manquée. Je sortirai dans le jardin ce soir après la tombée de la nuit, sans lampe de poche. Difficile à croire que cette expérience soit nouvelle pour moi, à mon âge, mais c'est ainsi.

Est-ce qu'il divague pour nous distraire, ou parce qu'il est ce genre de bavard ? se demanda Molly.

— Je comprends le désir d'intimité, mais vous devrez nous donner plus de détails sur l'état de votre femme. Êtes-vous prêt à le faire ? demanda Ben. Je ne veux pas paraître brusque. Je veux simplement que toutes les cartes soient sur la table avant que nous ne commencions.

Simon hocha la tête.

— Compris. Comme je l'ai dit, c'est une habitude de garder tout cela pour nous. Mais cette situation nécessite un changement, et je suis prêt à procéder ainsi.

— Molly ! appela quelqu'un de l'extérieur.

Molly se leva d'un bond.

— Excusez-moi, je reviens tout de suite, dit-elle avant de sortir par la porte de la terrasse.

— Très bien, je vais commencer par une question personnelle, dit Ben. Ce sera peut-être plus facile d'y répondre sans Molly dans la pièce. Avoir une nounou... cela met souvent beaucoup de tension dans un mariage, n'est-ce pas ? Quand une jeune femme célibataire et pleine de vie rejoint subitement le foyer ?

Simon regarda Ben d'un air impassible mais ne dit rien.

— Je vous demande s'il y a eu des tensions de ce genre, dit Ben.

Il prit soin de ne pas regarder Simon dans les yeux, sachant que cela pouvait faciliter la réponse.

Simon haussa les épaules.

— Je serais un goujat de m'amuser alors que ma femme ne va pas bien, répondit-il.

— Beaucoup d'hommes se comportent comme des goujats mais s'accordent une dispense pour une raison ou une autre. Ou ils acceptent d'être des goujats et agissent sans se soucier des conséquences.

Simon prit une profonde inspiration.

— C'est vrai. Je ne nierai pas que l'idée m'a traversé l'esprit. Mais rien ne s'est passé, Dufort. Ce meurtre n'a rien à voir avec cela, je peux vous le jurer.

Les deux hommes parlèrent bien plus longtemps pendant que Molly s'occupait d'Elise Mertens qui avait mangé un mauvais chou à la crème et était tombée violemment malade. Molly fut gracieuse et serviable, s'assurant qu'Elise disposait d'assez de confort et que son mari avait le numéro du Dr Vernay au cas où son état s'aggraverait.

Une fois cette situation gérée, Molly retourna à la maison en trottinant. Valette était parti, et Ben passa l'heure suivante à rapporter chaque mot de leur conversation. Plus d'une fois, Molly demanda à Ben s'il avait cru l'homme ou non.

Y avait-il un autre métier où la culpabilité ou l'innocence de votre client était si souvent en question ?

Ils étaient contents d'être embauchés - plus que contents, presque extatiques. Peut-être étaient-ils tous les deux des fourmis plutôt que des cigales, mais cela leur donnait à tous les deux un sentiment de sécurité de savoir qu'ils avaient un travail solide à l'approche de l'automne et du temps plus frais. Heureux, bien sûr, sauf pour le fait qu'une fois de plus, quelqu'un dans le village avait jugé nécessaire de tuer un voisin de sang-froid.

16

La chef Charlot n'était plus toute jeune ; même si elle avait rejoint la gendarmerie très tôt, sa carrière n'avait pas été une ascension rapide vers le sommet, loin de là. Mais au fil des années, elle avait appris à connaître de nombreux collègues dans le service - sans pour autant les qualifier d'amis, car Chantal Charlot n'était pas très douée pour s'en faire - et lorsqu'elle eut besoin d'aide pour les vérifications d'antécédents dans l'affaire Crespelle, elle savait à qui s'adresser pour que cela se fasse.

— Voyez-vous, tout est une question de relations, dit la chef à Paul-Henri, qui avait probablement déjà dit des choses similaires lui-même, même si l'entendre de la bouche de Charlot lui donnait envie de jeter quelque chose. Marco Abedin, j'étais avec lui à l'École des Officiers. Je ne peux pas dire qu'on soit en contact, mais je peux le joindre quand quelque chose comme ça se présente.

Elle sourit à son écran d'ordinateur et se pencha en arrière dans son fauteuil, laissant Paul-Henri debout devant son bureau, dans l'ignorance totale de ce dont elle parlait.

— J'ai obtenu de nouvelles informations. Je ne sais pas si ça change quoi que ce soit. Lapin est toujours porté disparu ?

— Oui. Autant que je sache. Je suis passé devant chez lui ce matin et sa voiture n'était toujours pas là. J'ai parlé à Anne-Marie hier. Elle n'avait pas eu de nouvelles.

Chantal hocha la tête et joignit ses doigts en pyramide, ce que Paul-Henri trouvait du plus haut snobisme quand quelqu'un d'autre le faisait.

— Vous n'êtes pas curieux ? dit-elle.

— Bien sûr que je suis curieux, répondit Paul-Henri en faisant de grands efforts pour ne pas serrer les poings.

— Ça concerne Madame Valette... Camille. D'après ce que j'ai entendu, elle est un peu comme un oiseau en cage. Son mari semble vouloir la garder enfermée dans sa chambre tout le temps, alors qu'à mes yeux elle semblait parfaitement capable d'être debout et active. Certains hommes sont comme ça, vous savez, dit-elle, lui lançant un regard qu'il interpréta comme signifiant qu'elle pensait qu'il pourrait être de ceux-là.

— Mais maintenant je vois que la situation réelle est différente de ce qu'elle paraît. C'est souvent le cas, dit-elle, et Paul-Henri se permit lentement de courber ses doigts dans sa paume et de serrer, même s'il n'était évidemment pas question de pouvoir se permettre le soulagement de vraiment donner un coup de poing en direction de la chef. Elle a passé du temps à l'hôpital, dit Char-lot, faisant durer la nouvelle interminablement.

Juste au moment où Paul-Henri allait perdre patience, elle ajouta :

— Un hôpital *psychiatrique*.

— Ah, dit Paul-Henri.

— *Ah,* en effet.

— Quel était le diagnostic ?

— Mon ami n'a pas pu obtenir le dossier médical. Seulement son nom sur la liste des patients.

— Eh bien, cela aurait une grande importance, n'est-ce pas ? Ne serait-ce que pour savoir si elle était suicidaire ou penchée vers l'homicide, pour commencer.

— Je n'aime pas beaucoup votre ton, officier Monsour. Je vous suggère d'arrêter de traîner dans mon bureau comme un adolescent qui s'ennuie et d'aller chercher des preuves. Allez, ouste !

Il n'avait pas besoin qu'on le lui dise deux fois. Oh, comme il la détestait ! Après un rapide passage aux toilettes pour vérifier son uniforme dans le miroir, Paul-Henri quitta le poste.

La chef Charlot resta dans son fauteuil, se penchant en arrière pour regarder le plafond. Ce serait tellement net, tellement facile, si le meurtrier était Lapin, pensa-t-elle. Il n'a pas de condamnations antérieures mais il a passé du temps en prison, à l'époque où Dufort était chef. Il avait fui la scène et n'avait pas contacté sa nouvelle femme pour lui faire savoir où il était. Il agissait, pour quiconque jouant les probabilités, comme un coupable, alors que toutes les autres personnes présentes au dîner avaient vaqué à leurs occupations après le meurtre comme si rien n'était différent. Du moins, autant qu'elle avait pu le déterminer.

Mais cette dernière information sur Camille menaçait de bouleverser l'évaluation de Charlot sur la liste des suspects. Elle ne connaissait pas grand-chose à la psychiatrie, mais on pouvait sûrement dire que la plupart des meurtriers étaient un peu fous ? Elle devrait y réfléchir davantage tout en faisant pression sur son ami pour obtenir plus de détails sur le séjour de Camille. Ça ne servirait à rien de courir après un homme local alors que quelqu'un dans la maison même des nouveaux arrivants avait une maladie mentale documentée.

Suicidaire ou penchée vers l'homicide, se demanda Charlot, irritée que Monsour ait posé la question. Ou plus probablement - ni l'un ni l'autre, pensa-t-elle avec une certaine satisfaction. Lapin était toujours en tête de sa liste de suspects... et toujours en fuite.

MOLLY ET BEN avaient prévu d'aller dîner Chez Papa ce dimanche-là, souhaitant voir des amis, se détendre et entendre les derniers potins du village. Mais l'apparition inattendue de Simon Valette ainsi que la maladie d'Elise Mertens avaient perturbé le rythme de la journée, et ils se retrouvèrent encore au téléphone à s'occuper de diverses affaires alors qu'il était déjà plus de vingt heures.

Bernard Petit appela pour faire savoir ce qu'il pensait de la « non-enquête » de Ben sur les cambriolages répétés de sa maison. Ben resta au téléphone avec lui, inventant une histoire sur toutes les choses qu'il faisait pour attraper le voleur, qui, pour être honnête, étaient à ce stade plus des intentions que des actions. L'idée lui traversa l'esprit que Petit pourrait tout inventer, juste pour attirer l'attention ou susciter la sympathie. Il supporta la conversation avec le cœur plus léger, maintenant que lui et Molly avaient l'affaire Crespelle.

Molly, quant à elle, parlait avec Deana Jenkins dans la cour avant. Deana était une fanatique de l'architecture médiévale et du début de la Renaissance, et apparemment elle avait épuisé son mari sur le sujet et voulait une nouvelle oreille attentive. Molly trouvait Deana intéressante, et lors d'une soirée normale, elle aurait apprécié d'entendre parler de la cathédrale de Périgueux et de la façon dont elle était modelée sur une croix grecque tout comme Saint-Marc à Venise. Mais ce dimanche-là, tout ce à quoi elle pouvait penser était Violette Crespelle, et elle était agitée et distraite.

Ils étaient enfin libres et prêts à partir pour le village quand le portable de Molly vibra.

— C'est Anne-Marie, dit-elle à Ben, qui se tenait près de la porte en mettant une veste. Je suppose que je devrais répondre.

Ben acquiesça, remettant la veste sur un crochet du portemanteau et retournant au salon.

— Je suis vraiment désolée d'appeler maintenant, tard un dimanche alors que je suis sûre que toi et Ben avez mieux à faire, dit Anne-Marie, sa voix trahissant à quel point elle était bouleversée. C'est Lapin. Il n'est toujours pas rentré. Je ne l'ai pas vu depuis... depuis avant que les lumières ne s'éteignent.

Molly resta immobile. Comme tous ceux qui avaient été présents au dîner des Valette, Lapin était sur la liste qu'elle avait commencée à l'instant où Simon était parti, alors qu'elle notait toutes les personnes présentes dans la maison au moment du meurtre, avec leurs allées et venues, avant, pendant et après le meurtre, listées à côté de leurs noms. La nuit avait été confuse et de nombreux détails restaient à préciser, mais il ne lui était jamais venu à l'esprit que quelqu'un puisse encore être porté disparu.

— Donc, d'accord, après que les lumières se sont rallumées, dit lentement Molly, si ma mémoire est bonne, tout le monde était présent à l'exception de Lapin et Lawrence. J'ai simplement supposé qu'ils étaient rentrés plus tôt, même si je trouvais un peu étrange que l'un d'eux renonce volontairement à une dacquoise au moka, dit Molly. Je sais que Lapin voyage pas mal pour sa boutique, non ? Est-ce qu'il aurait pu partir à une vente aux enchères ou une vente spéciale quelque part, et oublier de te le dire ?

— Est-ce que ça te semble plausible ? demanda Anne-Marie.

— J'imagine que non. À moins qu'il n'ait déjà été distrait comme ça avant ?

—Jamais.

Les deux femmes restèrent silencieuses au téléphone pendant un instant, perdues dans leurs pensées. Molly se rappelait comment Lapin avait regardé Violette comme s'il voulait la dévorer, mais elle ne savait pas si cela signifiait quoi que ce soit, et ne voyait pas en quoi en parler à Anne-Marie serait utile.

— Eh bien, finit par dire Molly. Je te tiendrai au courant si j'entends quelque chose ou si je le vois. Une chose - et je sais que ça peut être difficile à dire, puisqu'il faisait noir - as-tu une idée du moment où il est parti de chez les Valette ? Était-ce juste après la coupure de courant, ou plus tard ?

— Je ne sais pas, Molly. Je veux dire, je l'ai appelé juste après, mais je n'ai aucune idée s'il était déjà parti ou juste dans la pièce d'à côté ou quelque chose comme ça. Mais c'est un adulte, tu sais ? Je ne m'inquiétais pas pour lui - je pensais à ces deux petites filles et à quel point elles devaient avoir peur, surtout en ayant grandi à Paris où elles n'étaient probablement pas habituées aux coupures de courant et à ce genre d'obscurité totale. Je les cherchais, elles, pas Lapin.

— Oui, je pensais aussi aux filles. J'aimerais pouvoir t'aider davantage.

— J'aime cet homme, mais oh, qu'il peut être exaspérant !

Anne-Marie essaya de rire pour masquer son inquiétude et Molly rit avec elle, mais c'était un rire forcé des deux côtés. Elles se dirent au revoir et Molly se tourna vers Ben.

— Il est déjà tard, pourquoi n'annulerions-nous pas Chez Papa ? La moitié des gens seront partis maintenant de toute façon. Et selon Anne-Marie, Lapin n'y aura pas du tout été - il a disparu depuis vendredi soir.

— Disparu ? Depuis quand ?

— Depuis la coupure de courant.

Ben fronça les sourcils. Il connaissait Lapin depuis qu'ils étaient jeunes et veillait sur son ami parfois maladroit depuis toujours.

— Sans un mot à Anne-Marie ?

— C'est ce qu'elle dit.

— Je pensais que leur mariage allait bien.

— Moi aussi. Et je n'ai pas eu l'impression de la part d'Anne-Marie que quelque chose n'allait pas entre eux. Elle semble totalement déconcertée quant à l'endroit où il aurait pu aller.

— Tu as eu l'impression qu'il connaissait Violette, ou qu'il avait un lien quelconque avec elle ?

— Non. Pas que j'aie vu. Violette est passée à un moment donné en cherchant les filles, mais je ne sais pas si l'un des invités lui a parlé du tout. Mais, ajouta-t-elle d'un air inquiet, j'ai peur de ne pas avoir prêté beaucoup d'attention, tu sais ?

— Oui. Je me suis aussi reproché de ne pas avoir des souvenirs plus clairs de la soirée. C'est presque comme si la nuit était brumeuse, et que les événements s'enfonçaient dans l'obscurité, hors de portée de la mémoire.

— On dirait un film d'horreur, plutôt poétique d'ailleurs, dit Molly. Mais je comprends ce que tu veux dire. C'est... nous étions juste là, Ben ! C'est arrivé sous nos yeux !

— Je sais, dit-il en posant une main sur son épaule.

Le plaisir qu'ils avaient ressenti lorsque Simon leur avait proposé le travail était terni quand ils pensaient au dîner, à l'obscurité, et au fait qu'ils avaient très probablement été assis à table avec un meurtrier sans pouvoir lever le petit doigt pour l'arrêter.

❧ 17 ❧

Le lundi matin se leva frais et nuageux. Ben fit un jogging plus court que d'habitude et partit pour Bergerac afin de rencontrer Petit, voulant faire le ménage au moins pour quelques jours afin de pouvoir se concentrer sur l'affaire Crespelle. Molly but rapidement un café et mangea un croissant, assez rassis, puis alla voir comment allait Elise Mertens.

— Oh, bonjour Molly, dit Todor en ouvrant la porte du cottage et en la faisant entrer.

Il avait l'air un peu échevelé, ses cheveux en bataille ; ses vêtements ne semblaient pas frais.

— Je voulais juste voir comment va Elise ce matin, et si je peux vous rapporter quelque chose à l'un ou l'autre quand j'irai au village dans quelques minutes.

— Beaucoup mieux, dit une voix faible venant de la chambre.

Molly sourit.

— Contente de l'entendre ! lança-t-elle, ne voulant pas s'imposer en allant jusqu'à la porte de la chambre.

— Elle aimerait du thé, si ce n'est pas trop demander. Quelque chose à la menthe, et peut-être au gingembre ? Pour calmer l'estomac.

— Bien sûr. Je peux vous apporter quelque chose ?

— Non, non. Enfin..., dit-il avec un sourire coupable. Peut-être une pâtisserie de cette excellente pâtisserie Bujold. La pauvre Elise ne serait pas alitée comme ça si nous n'avions pas pris ce chou à la crème chez Fillon.

Molly rit.

— Je ne peux pas vous dire à quel point Monsieur Nugent, le propriétaire de la pâtisserie Bujold, sera heureux d'entendre ça ! Et s'il vous plaît, je sais que c'est très difficile d'être malade quand on n'est pas chez soi. S'il y a quoi que ce soit que je puisse faire pour l'un ou l'autre d'entre vous, n'hésitez pas à me le dire.

Elle dit au revoir, se souvint de remplir le bol d'eau que Bobo et le chat roux partageaient, et fila vers l'institut Degas, l'école d'art dont Marie-Claire était la directrice.

Le lundi était généralement une journée tranquille à Castillac, et celui-ci ne semblait pas différent. Une vieille femme balayait le trottoir devant sa maison rue Picasso, vêtue d'une robe de chambre bleue élimée. Quelques chats somnolaient au soleil sur le dessus d'un mur de pierre. Au Café de la Place, quelques personnes prenaient leur petit-déjeuner, mais rien de comparable à la foule les jours de marché. Molly cahotait sur les rues pavées jusqu'à ce qu'elle atteigne une section goudronnée de l'autre côté du village où elle put accélérer, essayant d'organiser ses pensées pour être prête lorsqu'elle interrogerait Marie-Claire.

Quand Molly avait rencontré Ben pour la première fois, il y a presque exactement deux ans, il sortait avec Marie-Claire. Molly avait appris par expérience que fouiller dans l'histoire romantique des autres menait presque inévitablement au désastre, donc elle ne lui avait jamais posé de questions sur Marie-Claire ou sur la raison de leur rupture. Mais cela ne signifiait pas qu'elle n'était pas curieuse.

L'institut Degas était une institution à Castillac. Bien que l'école ne soit pas grande, elle attirait des étudiants talentueux du monde entier dans le village, et l'éducation artistique qu'ils recevaient jouissait d'une excellente réputation. Marie-Claire avait pris la relève après un petit accroc impliquant des malversations comptables, et depuis lors, l'école s'était un peu agrandie et sa réputation n'avait fait que s'améliorer.

Molly gara le scooter et entra dans la cour, entourée de deux vieux bâtiments et d'un bâtiment moderne qui avait un revêtement extérieur inhabituel donnant l'impression qu'il avait été avalé par une méduse. Des étudiants flânaient dehors, certains en train de bavarder et d'autres penchés sur leurs esquisses. Elle trouva le bâtiment administratif en consultant un petit plan affiché sur le chemin, et elle y entra.

— Bonjour, Madame, dit Molly à une femme aux cheveux blancs assise à un bureau, occupée à regarder un écran d'ordinateur. Je cherche Madame Levy ? J'ai appelé plus tôt, je pense qu'elle m'attend.

La femme aux cheveux blancs sourit et désigna une porte fermée.

— Allez-y directement, dit-elle.

Molly ouvrit la porte et sourit aussi car le bureau de Marie-Claire était un endroit si agréable à voir. Des orchidées en fleur bordaient un rebord de fenêtre, et le mobilier ainsi que la couleur bleu pâle des murs donnaient à l'endroit une atmosphère apaisante.

— Quelle soirée, hein ? dit Marie-Claire, contournant son bureau pour s'asseoir sur un petit canapé. Tu veux un café ?

Molly ne pouvait presque jamais résister au café, alors elle acquiesça et Marie-Claire demanda à son assistante d'apporter deux tasses.

— Oui, c'était une soirée de folie. Sur le chemin, Ben et moi plaisantions à propos de la nuit sombre et orageuse, mais bien sûr nous n'avons jamais...

Molly s'arrêta, soudain gênée d'avoir mentionné Ben, craignant que cela puisse sembler un peu pointu, étant donné leur histoire.

Mais Marie-Claire ne sembla pas le remarquer, et Molly se souvint que Pascal, le serveur beau comme un acteur de cinéma du Café de la Place, avait semblé très épris d'elle chez les Valette, ce qui serait plus que suffisant pour la plupart des femmes. L'assistante arriva avec deux minuscules tasses d'expresso, et Molly se retint de l'avaler d'un trait.

— Alors, euh... merci de me recevoir. La première chose à faire, comme tu peux l'imaginer, est d'entendre les souvenirs de chacun sur cette soirée, avant et après la coupure de courant. Commençons par essayer de déterminer qui était où, si tu peux faire ça pour moi.

Molly sortit son bloc-notes et montra à Marie-Claire un dessin du plan de table.

— Ça te semble correct ?

— Oui. C'est ce dont je me souviens aussi.

— Est-ce que tout le monde était à sa place quand les lumières se sont éteintes, si tu t'en souviens ?

— Je pense que oui. J'en suis presque sûre, oui.

— Et après ? Je veux dire, quand les lumières sont revenues ?

— Certainement pas. La fête était en désordre complet - la salle à manger s'était pratiquement vidée. Je me souviens que tu étais toujours à table, et moi aussi. Nico et Frances mangeaient le gâteau, ou peut-être que c'était plus tard...

Elle s'arrêta, regardant le plafond en essayant de reconstituer la scène dans son esprit.

— Rex Ford est revenu dans la salle à manger depuis la bibliothèque, je viens de m'en rendre compte maintenant.

— Oui ! Je l'avais oublié aussi. Parle-moi un peu de lui. Quel genre de professeur est-il ? Est-ce que les étudiants l'aiment bien ?

— Oh, c'est un gros ronchon et il n'est apprécié de personne. Il est toujours en train de se plaindre. Mais... malgré cela, c'est un excellent professeur, et les étudiants parviennent à mettre de côté leurs sentiments personnels à son égard et sont vraiment contents de suivre ses cours. Ils sont toujours complets.

— Par hasard, a-t-il mentionné un quelconque lien avec Violette Crespelle ?

Marie-Claire secoua lentement la tête.

— Pas à moi. Est-ce que tu lui as demandé ce qu'il faisait à la bibliothèque ?

— Tu es la première personne à qui j'ai parlé. Nous ne faisons que commencer, et nous avons encore un long chemin à parcourir.

Molly continua à parcourir sa liste de questions, prenant des notes de temps en temps tout en sirotant son expresso. Le début d'une enquête était certes excitant, et celle-ci ne faisait pas exception. Mais il y avait tellement de personnes à interroger et tant d'angles à couvrir qu'il était difficile, en ce lundi matin couvert, de ne pas se sentir au moins un peu découragée.

PAUL-HENRI ÉTAIT le premier arrivé à la gendarmerie, comme d'habitude. Il suivit sa routine immuable de balayage vigoureux, de nettoyage des vitres, et d'inspection de son uniforme dans le miroir, s'assurant qu'il n'y avait pas le moindre détail qui donnerait à la chef Charlot une excuse pour le réprimander. Jusqu'à présent cependant, en ces quelques jours depuis l'arrivée de Charlot, elle ne s'était pas embarrassée du besoin d'une excuse, mais tirait plutôt ses critiques à bout portant chaque fois qu'elle en avait envie, sans se soucier des subtilités telles qu'avoir un motif raisonnable.

Il aurait dû être satisfait de l'attention aux détails de la nouvelle chef et de son strict respect des innombrables règles et règlements de la gendarmerie, puisque c'était dans cette direction que penchaient ses propres inclinations. Maron, l'ancien chef, avait été beaucoup trop laxiste selon Paul-Henri, prêt à jeter presque n'importe quelle règle par-dessus bord si cela le servait sur le moment. Ce n'était pas une façon de diriger une gendarmerie, pensait Paul-Henri, en ajustant sa posture pour se tenir droit comme un i, même s'il était assis seul à son bureau.

Et pourtant, au fil des jours passés à travailler sous les ordres de la nouvelle chef, il se surprenait à s'irriter de son pointillisme et à souhaiter qu'elle relâche son emprise sur le protocole, ne serait-ce que pour avoir une vue d'ensemble.

En réalité, ce qu'il souhaitait vraiment, c'était qu'elle cesse de l'insulter. Il semblait qu'il ne pouvait rien faire de bien, et quand il essayait de s'ajuster, l'ajustement ne lui convenait pas non plus. Il était bien familier avec les femmes difficiles à satisfaire et se croyait quelque peu expert dans l'art de les gérer ; mais jusqu'à présent, la chef Charlot l'avait complètement déstabilisé. Il était tellement distrait à esquiver ses foudres qu'il n'avait pas pu accorder à l'affaire Crespelle l'attention qu'elle méritait. Il s'était rendu chez Lapin, mais ne l'avait pas trouvé. Il avait vérifié sa boutique de bric-à-brac sur la rue Baudelaire, pas là non plus. Paul-Henri savait que la prochaine étape serait de passer par certains lieux de rassemblement du village comme le Café de la Place et Chez Papa, mais il ne s'en sentait tout simplement pas capable. À la place, il arpentait les rues en pensant à quel point il détestait la chef Charlot.

Cette aversion était inchangée ce lundi matin et pesait dans sa poitrine comme une lourde pierre. Il posa sa main sur le téléphone, hésitant. Puis, sans y voir une étape vers le chantage, il appela l'un de ses camarades de l'Académie, un homme en poste à Paris. Probablement pas exactement dans le commissariat où Charlot avait été avant de venir à Castillac, mais suffisamment proche, espérait-il, pour avoir entendu des ragots, s'il y en avait à entendre. L'ami le rappela immédiatement, disant que oui, il y avait définitivement quelque chose de louche, mais qu'il n'avait pas les détails. Il donna à Paul-Henri le numéro d'un de ses amis qui pourrait en savoir plus.

Il ne s'attendait pas à frapper l'or, ni même à obtenir quelque chose de terrible qu'il pourrait utiliser contre la chef. C'était plutôt - se disait-il - que lorsqu'on a une ennemie, il est prudent d'en apprendre le plus possible sur elle.

Il laissa un message sur le répondeur de l'ami de son ami, et sortit un bloc-notes d'un blanc immaculé pour prendre quelques notes sur l'affaire Crespelle avec un stylo à encre. Son écriture était élégante et fluide, et il appréciait la sensation de la plume qui grattait le papier.

Si seulement il pouvait être celui qui résoudrait cette affaire, pensait-il. Paul-Henri aimait assez le travail de policier, bien qu'il admette être allé à l'École des Officiers en partie parce que cela avait tellement irrité sa mère. Il aimait parcourir les rues du village, voir s'il pouvait se rendre utile. S'il pouvait choisir de travailler dans une banlieue de Paris, où les maisons étaient majestueuses et les voitures rutilantes et de derniers modèles, cela lui conviendrait parfaitement.

Il s'apprêtait à repasser en voiture devant la maison et la boutique de Lapin quand la chef arriva.

— Faites-moi un café, dit-elle en passant devant son bureau sans même un bonjour.

Paul-Henri afficha un faux sourire et se leva d'un bond de son bureau. Oh, comme il la détestait.

Quand le café fut prêt, il posa la tasse sur le coin du bureau de Charlot. Elle ne leva pas les yeux. Ses cheveux noirs étaient tirés en une courte tresse serrée dans le dos, et elle fronçait ses épais sourcils en fixant son écran d'ordinateur.

Paul-Henri attendit. Finalement, elle dit :

— Qu'en est-il de ce Lapin ? L'avez-vous trouvé ? Drôle de nom pour un adulte.

— Je ne l'ai pas trouvé. Pas encore. J'ai vérifié sa maison et sa boutique à plusieurs reprises.

Le mensonge sortit de la bouche de Paul-Henri sans hésitation, et il s'en étonna, n'ayant pas l'habitude de mentir sauf à sa mère.

Charlot se pencha en arrière dans son fauteuil.

— J'ai longuement parlé à Simon et Camille Valette hier. Je les ai trouvés francs, et même si, bien sûr, à ce stade de l'enquête il est peu probable qu'un suspect potentiel puisse être innocenté, je pense que nous devrions concentrer notre attention, et nos ressources malheureusement limitées, dans une autre direction.

Le jeune officier fut surpris.

— Et l'hospitalisation ?

— Vous n'allez tout de même pas essayer de me dire que la maladie mentale, à elle seule, fait de quelqu'un un meurtrier ? Vous n'êtes pas un imbécile à ce point. J'espère.

Paul-Henri ouvrit la bouche mais aucun mot n'en sortit.

— Qu'est-ce qui démontre plus la culpabilité que la fuite ? continua la chef. Je vais répondre à cette question pour vous : rien. Je vais mettre de côté la longue liste de tâches que j'avais prévues pour moi-même, et chercher Lapin en fait partie. D'après ce que j'entends, il a déjà été en prison, et il est peut-être impliqué dans des affaires louches d'une sorte ou d'une autre. S'il a tué une fois, nous devons l'empêcher de recommencer. Certains de ces criminels y prennent goût, vous savez. Alors allez, Monsour, secouez-vous un peu. Il n'y a pas un instant à perdre.

❈ 18 ❈

olly avait hâte d'arriver vite Chez Papa. La journée avait
été longue mais productive ; elle avait interviewé Anne-
Marie après avoir terminé avec Marie-Claire, et avait le sentiment
d'avoir glané quelques pépites prometteuses lors de ces conversations. Les travaux sur la grange en ruine devaient commencer
sérieusement le lendemain matin, et c'était définitivement
quelque chose à attendre avec impatience. Molly voulait partager
sa bonne humeur et passer une soirée conviviale avec ses amis qui,
espérait-elle, ne se terminerait pas sur la même note sombre que
la dernière fois qu'elle les avait vus.

Ben était occupé à Bergerac jusqu'à tard, il la rejoindrait donc
au bistrot. Elle passa environ quinze secondes à soigner son apparence et fila au village sur son scooter, roulant un peu plus vite que
ce qui était strictement prudent. La vue du petit fil de lumières
scintillantes dans l'arbre rabougri devant Chez Papa lui réchauffa
le cœur, et elle se glissa joyeusement à l'intérieur.

— Molly ! s'écria Lawrence, depuis son tabouret.

— Bonsoir, mon très cher, dit-elle, alors qu'ils s'embrassaient
sur les deux joues. Laisse-moi prendre un verre, et ensuite j'ai
environ une centaine de questions à te poser.

— La même chose que d'habitude ? demanda Nico derrière le bar.

— Hmmm, j'ai envie de quelque chose d'un peu différent ce soir. Non, Lawrence, j'ai déjà bu des Negronis plein de fois. Et si... tu as du pamplemousse ? J'en ai envie tout à coup.

Avec un sourire, Nico tendit le bras sous le bar et sortit un pamplemousse dans chaque main.

— Tu dois être télépathe. Je viens juste de les acheter aujourd'-hui, en pensant créer un nouveau cocktail.

— Parfait ! dit Molly en lui rendant son sourire.

Et à partir de ce moment brillant, la soirée se détériora rapidement.

— Hé Molls, avant que je te prépare ton verre, viens avec moi à l'arrière juste une seconde, tu veux ? dit Nico.

Les deux amis allèrent dans l'arrière-salle vide, Molly ressentant un certain malaise.

— Je viens d'entendre quelque chose cet après-midi, tu sais comment c'est avec les barmen, les gens parlent et parlent, c'est comme si j'étais un substitut de prêtre ou de psychiatre. En général, je garde ma bouche fermée, mais dans ce cas... enfin, j'ai pensé que tu devrais savoir.

Molly n'avait aucune idée de la direction des pensées de Nico.

— Il y a des rumeurs en ville comme quoi Simon Valette n'au-rait pas dû t'engager pour travailler sur l'affaire de la nounou assassinée.

Les sourcils de Molly se haussèrent.

— Quoi ? Pourquoi ?

— Ils disent... ils disent que tu étais là, au dîner, sur la scène de crime. Toi et Ben étiez dans le noir comme tout le monde. Et donc, en toute logique, vous devriez être sur la liste des suspects vous-mêmes, au lieu d'enquêter sur les affaires de tout le monde pendant que vous vous en tirez à bon compte.

La bouche de Molly s'ouvrit en grand.

— Je te donne à peu près les mots exacts que j'ai entendus. Je me suis dit que tu voudrais tout savoir, pas juste le résumé, non ?

Molly hocha lentement la tête.

— Bien sûr. Qui a dit ça ?

Nico parut mal à l'aise.

— Ah, Molly, je n'aime pas être une balance.

— Nico !

— Ok, ok. Écoute, c'étaient juste des couillons assis au bar en train de se saouler en plein milieu de l'après-midi. Ils ne te connaissent évidemment pas et bavardaient juste pour passer le temps. Je ne m'en ferais pas trop si j'étais toi. Je... si les gens parlent mal de moi dans mon dos ? Je veux le savoir. Donc j'ai pensé que toi et Ben voudriez aussi être au courant.

— Merci. Oui, je veux définitivement savoir. D'une part, ce genre de discussion peut être un signe de culpabilité. Je ne me vante pas là, il ne s'agit pas de moi et Ben, je parle juste de toute tentative d'entraver ou d'arrêter une enquête, peu importe qui le fait.

— Mais ces gars n'étaient pas chez les Valette. Ça ne pouvait être aucun d'entre eux. Comme je te le dis, ce n'étaient que des commères ennuyées quand on y regarde de plus près.

Elle resta pensive, tapotant des doigts sur ses cuisses.

— Mais tu sais, le plus troublant dans tout ça n'est pas que des villageois parlaient de moi dans mon dos. Je veux dire, soyons honnêtes, nous le faisons *tous* parfois. C'est que... ils n'ont pas tort. Ben et moi *étions* là, dans le noir, quand la fille a été assassinée. En regardant ça objectivement... nous *devrions* être sur la liste des suspects.

— Vous ne connaissiez même pas la fille, ça n'a aucun sens !

— Tu sais combien de meurtres sont commis par des gens qui ne connaissent pas leurs victimes ?

— Non.

— Moi non plus. Mais c'est plus d'un, je pense qu'on peut être d'accord là-dessus. Les villageois n'ont pas tort. Et qui sait, peut-être que la nouvelle chef nous a mis, Ben et moi, en haut de sa liste.

Molly rit mais Nico semblait sceptique.

— Si tu le dis. Allez, viens, je vais te faire un cocktail au pamplemousse et tu pourras mettre l'affaire de côté un moment, et profiter de la soirée.

Molly pensa que les autres personnes - les non-détectives - ne comprenaient tout simplement pas comment c'était quand on travaillait sur une affaire. On ne cessait jamais d'y penser. Même quand on faisait autre chose, même quand on pensait à autre chose ou qu'on s'amusait avec des amis, l'affaire était toujours là, et une partie de votre cerveau la décortiquait, faisait des listes, repassait en boucle ce que quelqu'un avait dit ou comment quelqu'un avait regardé ou ce qu'il y avait sur la table dans la bibliothèque, encore et encore sans fin jusqu'à ce que le criminel soit coincé par les preuves et ne puisse plus s'échapper.

Elle et Nico retournèrent dans la salle principale. Ben était arrivé, l'air heureux d'être là, ainsi que Frances.

— Tu as appris quelque chose ? lui chuchota Ben à l'oreille quand il l'embrassa.

— Rien de majeur, lui murmura-t-elle en retour. Je te raconterai plus tard.

Ben éleva la voix pour demander si quelqu'un avait vu Lapin.

— Depuis quand ? dit Lawrence. Je l'ai emmené en voiture pour rentrer chez lui depuis chez les Valette l'autre soir.

— Attends, quoi ? Comment se fait-il que je ne sache pas ça ? dit Molly.

— Tu n'as pas demandé, dit Lawrence d'un ton sec.

— Vous êtes partis quand ? J'avais l'intention de venir te voir demain, j'ai un tas de questions à poser à tout le monde. Tout ce que je sais, c'est que quand les lumières sont revenues, toi et Lapin étiez partis.

— Tu me soupçonnais ? dit-il, l'air plein d'espoir. Je suis

toujours sur la touche pendant ces choses-là. J'aimerais bien être sous les projecteurs ne serait-ce qu'une fois.

Les gens au bout du bar rirent.

— Désolée de te décevoir, dit Molly. Mais sérieusement, je ne prendrais pas ça à la légère, du moins pas en public. Tu peux voir comment disparaître dans le noir pourrait sembler un peu louche. Surtout si personne ne te voit pendant un certain temps après.

— Me voilà ! Hier, j'ai nettoyé mon jardin - la tempête y avait mis un sacré bazar et j'ai ramassé des bâtons pendant ce qui m'a semblé une éternité. J'ai lu devant un feu même s'il ne faisait pas vraiment froid. Et je me suis fait une superbe sauce aux champignons pour accompagner des pâtes fraîches que j'avais préparées. Voilà ma journée.

— Pas de témoins ?

— Aucun. À part la chatte, et elle ne m'aime pas, donc je ne ferais pas confiance à tout ce qu'elle pourrait dire.

Molly sourit d'un air narquois puis reprit son sérieux.

— Et Lapin... tu l'as déposé chez lui ? Tu te souviens à quelle heure ? À ma connaissance, tu dois être la dernière personne à l'avoir vu. Anne-Marie a appelé, elle s'inquiète pour lui. Et je n'ai pas besoin de te dire, ajouta-t-elle plus doucement, que s'enfuir sans un mot après qu'un meurtre a été commis est pratiquement la pire chose qu'une personne puisse faire.

Lawrence hocha la tête.

— J'espère qu'il réapparaîtra bientôt. Même si je ne peux pas croire que quiconque essaierait de faire porter le chapeau à Lapin - il n'avait rien à voir avec cette famille. Ça doit être un coup de l'intérieur, tu ne crois pas ?

— C'est tout à fait possible, dit Molly. La victime était dans leur maison, après tout, et faisait partie de leur ménage. Le meurtrier aurait pu descendre à la cave et couper lui-même le fusible. L'orage aurait été la couverture parfaite.

— Eh bien, j'ai une histoire à propos d'une nouvelle personne, si quelqu'un est intéressé, dit Frances à voix haute, faisant un peu la moue parce que tout le monde parlait à tout le monde sauf à elle.

— Raconte-nous en français, dit Nico, malicieusement.

— Oh, Seigneur, murmura Frances. Tu es un *vrai tyran*, tu sais ça ?

— Tu parles des Valette ? demanda Molly.

Frances prit une profonde inspiration et mit ses cheveux derrière ses oreilles.

— Pas Valette, dit-elle en français. C'est grand police.

Molly fronça les sourcils.

— Hein ?

— Nico ! implora Frances.

— Tu t'en sors très bien, chérie. Ils vont comprendre. Continue !

— J'entends grand police dans épicerie. Est... elle a envie de payer... Nico !... Ok, ok. Chose coûte deux euros, elle veut payer un. Seulement un !

Frances termina avec un air triomphant.

Molly et Ben la regardèrent fixement.

— Attends, tu veux dire... que la nouvelle chef essayait de marchander à l'épicerie ? Elle a essayé de ne pas payer le prix indiqué ?

— Oui ! s'écria Frances, et elle se leva de son tabouret pour exécuter une petite chorégraphie de hip-hop au milieu de la pièce, entre les tables. Ils m'ont comprise ! Je suis pratiquement bilingue !

— Certaines personnes pensent qu'elles se font arnaquer si elles paient le prix plein, dit Ben.

— Certes, dans certains endroits. Mais l'épicerie du village ? Cette famille n'est guère connue pour se vautrer dans des sommes énormes de profit ! C'est ridicule !

Molly ressentait beaucoup d'affection pour les différents commerçants de Castillac, qui avaient tous été très gentils avec elle lorsqu'elle apprenait le français, sans parler de la découverte des coutumes du village. Cela la consternait que quelqu'un essaie de les escroquer.

— Frances, sais-tu si c'était un événement isolé, ou si la chef Charlot fait ça partout ?

— Partout ! dit Frances, rayonnante, et stupéfaite que le bon mot soit simplement apparu dans sa bouche, comme ça, sans qu'elle ait eu à le chercher.

❧

LE CAMION TRAVERSA le jardin de La Baraque à exactement six heures du matin, réveillant Bobo, puis Molly et les Mertens, ainsi qu'Arthur Malreaux, qui dormait profondément dans sa chambre de l'annexe après être resté éveillé tard pour lire. Ben avait le talent de dormir profondément quoi qu'il arrive, et somnolait à travers le vacarme.

— Qu'est-ce que c'est que ce bordel, marmonna Molly avec irritation, en enfilant quelques vêtements pour aller parler au conducteur.

Ce n'était jamais une bonne idée d'avoir des conversations pré-caféine dès le matin, mais elle enfila ses bottes et traversa le pré en direction de la vieille grange en ruine, où le camion était maintenant garé.

— Boris ! appela-t-elle en le voyant assis dans la cabine.

— Bonjour, Madame Sutton, dit-il, aussi insolent que le premier jour où elle l'avait rencontré, quand sa conduite imprudente avait mis Constance dans le fossé.

— La prochaine fois que vous venez, utilisez s'il vous plaît la petite allée juste ici, dit-elle en pointant du doigt. Il n'y a aucune raison de traverser mon jardin en réveillant mes hôtes !

Boris haussa les épaules.

— Gradin a dit qu'il avait besoin de ces trucs à la première heure.

— Oui, d'accord, merveilleux. Apportez à Monsieur Gradin

tout ce dont il a besoin et faites-le quand il le dit. Mais ne conduisez plus le camion à travers mon jardin. Vous comprenez ?

Il hocha la tête, mais Molly vit qu'il avait voulu la provoquer et était content de la façon dont sa matinée avait commencé. Si elle avait quelqu'un avec qui parier, elle miserait cent euros qu'il le ferait encore. Et encore.

Elle espérait de toute façon avoir un mot avec Monsieur Gradin ce matin-là, alors après le départ de Boris, elle décida d'attendre un peu pour voir si elle pouvait le croiser et jeter un coup d'œil à l'avancement des travaux. C'était un gros projet, elle était donc heureuse de voir les progrès déjà réalisés. Le plan était de transformer la grange en ruine en trois gîtes, lui donnant un total de sept lits supplémentaires. Le bâtiment était au départ presque entièrement recouvert de vignes, avec un toit effondré et seulement deux murs et demi en bon état. Le maçon devait construire un mur à partir de zéro, stabiliser et reconstruire un autre, ainsi que faire les encadrements de portes, de fenêtres et les cheminées. Une fois qu'il aurait terminé, un autre homme devait construire les murs intérieurs, installer les cuisines et les salles de bains, et faire le reste des finitions.

Monsieur Gradin n'était au travail que depuis peu de temps, mais le site était déjà pratiquement méconnaissable. Les vignes avaient disparu, et Molly pouvait voir qu'il avait fait un feu et en avait brûlé la plupart. Les pierres détachées avaient été empilées d'un côté et il avait commencé à enlever les débris du toit effondré. Dans l'ensemble, Molly était très satisfaite. Elle allait dépenser presque tout ce qui restait de sa rentrée d'argent inattendue pour ce projet ; cela allait coûter une fortune, mais elle espérait que les nouveaux espaces rendraient La Baraque tellement plus rentable qu'elle pourrait se détendre quand viendraient ces mois d'hiver à faible affluence touristique.

À quoi bon avoir de l'argent qui dort à la banque ? Elle voulait l'utiliser pour quelque chose. Et pour Molly, La Baraque méritait chaque centime.

Mais il y avait d'autres entretiens à mener, et Molly était impatiente de s'y mettre ; elle retourna à la maison, prit rapidement un café avec un Ben somnolent, et partit pour chez les Valette. Elle repensa à la dernière fois qu'elle était allée chez eux, seulement quelques jours plus tôt. Comme elle et Ben s'étaient réjouis de cet étrange dîner - un groupe d'amis et de connaissances, invités par une famille de parfaits inconnus.

Les Valette cachaient-ils une sorte de secret, et le meurtre en était-il en quelque sorte le résultat ? Pourquoi un homme accompli comme Simon abandonnerait-il un emploi important et lucratif pour déménager sa famille à Castillac, de tous les endroits possibles ? Comment allaient les filles, après le choc d'avoir perdu leur nounou de façon si inattendue ?

Tant de questions. Il n'y avait jamais de fin.

Elle s'engagea dans l'allée des Valette avec un vague sentiment de malaise. Elle ne vit personne dehors. Garant son scooter à l'écart de la voiture, Molly resta immobile un moment, regardant autour d'elle, observant la maison et les environs comme si c'était la première fois qu'elle les voyait. Un éclair blanc à l'étage supérieur attira son attention, mais lorsqu'elle leva les yeux vers la fenêtre, il avait disparu. Lentement, elle se dirigea vers la maison, ses pas crissant bruyamment sur le gravier.

Puis des cris, une porte qui claque, et Chloë sortit en trombe sur une terrasse sur le côté de la maison. Agilement, elle enjamba le mur et sauta au sol, laissant échapper un dramatique « *Ouf* » en atterrissant. Molly sourit tandis que la fillette disparaissait derrière la maison.

— Bonjour, Madame, dit une voix jeune, alors que Molly commençait à monter les marches vers la porte d'entrée.

Gisele se tenait juste à l'intérieur et ouvrit la porte avec une expression sérieuse.

— Bonjour, Gisele, dit Molly. Tu ne rejoins pas ta sœur dans son parcours du combattant ?

— Qu'est-ce qu'un parcours du combattant ?

— J'ai probablement mal choisi mes mots. C'est une chose qu'on fait en Amérique, une sorte de course où il faut sauter par-dessus des obstacles, grimper, parfois traverser de l'eau, se balancer... C'est plutôt amusant en fait. Si on est d'humeur.

Gisele semblait réfléchir à cela, mais ne dit rien.

— Je voulais juste dire... Je vous cherchais, toi et ta sœur, l'autre soir. C'était une nuit éprouvante, évidemment, et je voulais m'assurer que vous alliez bien. Je veux dire, aussi bien que possible, étant donné les circonstances.

Gisele regarda Molly dans les yeux mais ne dit toujours rien. Molly eut envie de lisser les cheveux blonds de la fillette en arrière, mais se retint.

— Je sais qu'on se connaît à peine. Mais j'aimerais que tu saches que j'habite à La Baraque, de l'autre côté du village, juste un peu plus loin sur la route. N'importe qui peut t'y conduire. Donc si jamais tu as une raison de vouloir... je ne sais pas, faire une petite pause, venir en visite ? Tu es toujours la bienvenue chez moi. Et tu peux amener Chloë aussi. Pas que je t'encourage à fuguer, ajouta-t-elle en riant. Je veux juste dire... viens, si tu veux.

La fillette hocha la tête et Molly crut voir une lueur fugace de chaleur dans ses yeux.

— Vous voulez parler à mes parents ? J'ai entendu dire que mon père vous avait engagée.

— C'est vrai. J'aimerais parler à ta mère aujourd'hui, si possible. Est-ce qu'elle se sent bien, tu sais ?

— Assez bien pour...

La fillette détourna le regard et s'interrompit.

— ... Pour quoi ?

— Rien. Elle est à l'étage. Je vais monter lui dire que vous êtes là.

De quoi s'agissait-il ? se demanda Molly. En l'absence de la fillette, Molly regarda autour d'elle dans le vestibule, se souvenant à nouveau de l'autre soir où Simon avait été si gracieux, servant à tout le monde des verres d'un bon millésime de champagne. Il n'avait pas été avare dans le service.

Chloë apparut, essoufflée, et fixa Molly du regard.

— Bonjour, Chloë, dit Molly. On dirait que tu profites plus que quiconque de la vie à la campagne.

La fillette secoua la tête. Puis elle regarda Molly avec des yeux écarquillés et se boucha les oreilles.

— Bouh ! cria-t-elle, avant de sortir en courant par la porte d'entrée et de disparaître de l'autre côté de la maison.

— Montez, Madame Sutton, dit Gisele, qui était redescendue à mi-chemin dans les escaliers. Ma mère est censée se reposer, alors elle aimerait vous parler dans sa chambre, si ça ne vous dérange pas.

— Pas du tout, dit Molly, contente d'avoir l'occasion de voir la chambre des Valette, à la fois pour des raisons d'enquête et par simple curiosité.

La porte était épaisse et ancienne, avec de nombreuses couches de peinture et une vieille serrure en laiton. La chambre était dans un angle de la maison ; de hautes fenêtres des deux côtés auraient laissé entrer beaucoup de lumière, mais Camille avait tiré les rideaux de soie grise à moitié, de sorte que la lumière était douce et diffuse. Cela donna à Molly une légère envie de dormir.

— Bonjour, Camille, dit Molly en tendant la main pour la saluer.

— Bonjour, Molly. Je tiens à vous remercier infiniment d'avoir accepté notre demande. J'étais très contente quand Simon m'a dit que Ben et vous aviez accepté de nous aider. Je ne sais tout simplement pas ce qui... Je sais que ça fait des jours, mais je n'arrive toujours pas à croire que c'est arrivé.

— Je comprends, dit Molly alors qu'elle s'asseyait sur un pouf près du lit. C'est toujours difficile de digérer la violence. Et ça nous change, quand on y a été exposé.

— Sans aucun doute.

— Les filles vont bien ? Ça a dû être un choc terrible pour elles.

Camille haussa les épaules.

— Aussi bien qu'on puisse s'y attendre.

Molly attendit mais l'autre femme n'élabora pas.

— Bien, laissez-moi commencer par vous poser quelques questions. Depuis combien de temps Violette travaillait-elle pour votre famille ?

— Six mois, quelque chose comme ça.

— Vous étiez satisfaite d'elle ?

— Oui. Elle était très compétente.

— S'entendait-elle bien avec tout le monde dans la famille ?

— Tout à fait.

— Et avec Monsieur Valette, le père de Simon ?

— Quelle est votre question ? Si Violette s'entendait bien avec Raphaël ? Pour autant que je sache. Je ne crois pas qu'ils aient eu beaucoup de contacts. Il reste dans sa chambre la plupart du temps.

— D'accord. Excusez-moi de passer directement à ce qui va sembler être une question grossière - est-ce que Raphaël ou votre mari ont déjà montré un quelconque intérêt sexuel pour Violette ?

— Vous n'y allez pas par quatre chemins, n'est-ce pas ?

Camille sourit, mais ses yeux étaient sans expression.

— Non, ils ne l'ont pas fait. Ni l'un ni l'autre. Tout ce que nous voulions, c'était quitter la vie trépidante que nous avions à Paris et la remplacer par quelque chose de calme et paisible. Ça allait être bénéfique pour nous tous. Et maintenant, il a fallu que tout cela arrive. Je suis sûre que tout le monde au village a probablement décidé que nous sommes une bande de fous meurtriers et ne voudra plus rien avoir à faire avec nous.

Molly remarqua de la tension autour de la bouche de Camille et vit plusieurs morceaux de peau irritée sur ses lèvres.

— Je pense que vous constaterez que les villageois ne sont pas si prompts à juger, dit Molly.

Elles parlèrent encore une demi-heure, au bout de laquelle Camille dit qu'elle était terriblement fatiguée et demanda à Molly si ça ne la dérangeait pas de terminer leur conversation un autre jour.

Molly accepta, sentant qu'elle n'avait pas le choix, et partit sur son scooter, ne voyant personne sur son chemin.

Quand le bruit du scooter ne fut plus audible, Simon apparut dans l'embrasure de la porte de la chambre.

— Qu'est-ce qu'elle voulait savoir ? demanda-t-il à sa femme.

— Je ne sais pas pourquoi tu as engagé cette femme, dit Camille. Tu penses vraiment que c'est une excellente idée d'avoir non seulement les gendarmes maladroits mais aussi cette femme qui fourre son nez dans toutes nos affaires ? Qu'est-ce qui t'a pris, Simon ?

— Quel meilleur moyen de détourner les soupçons que d'ajouter plus d'enquêteurs ?

— Je vais prendre ça comme un aveu, dit-elle, les yeux flamboyants.

— Ce n'est rien de tel, répondit-il en changeant son ton exaspéré pour un ton patient. C'est juste que... écoute, comment penses-tu que ça va se passer si un groupe d'étrangers arrive et qu'immédiatement un membre de la maisonnée se fait assassiner ? Ils vont penser que c'est l'un d'entre nous, Camille, tu ne comprends pas ? Et c'est une conclusion assez logique. Pourquoi une personne quelconque du village que tu aurais invitée à dîner la tuerait-elle ? Ça n'a aucun sens !

Camille se laissa retomber sur les oreillers, ses deux mains triturant ses lèvres, une vieille habitude que Simon savait être un mauvais signe. Mais il ne pouvait rien faire pour elle pour le moment, alors il retourna dehors et continua le laborieux tri des pierres près du mur.

❧ 19 ❧

Ben prépara un kir pour Molly et la rejoignit dans le salon.

— J'ai une question, dit-il en lui tendant le verre. Tu te souviens que tu as accepté de m'épouser, n'est-ce pas ?

— Haha ! dit Molly. Oh attends, ça ne sonne pas bien. Bien sûr que je m'en souviens, et j'y pense chaque jour avec une grande joie.

— Alors ?

— Ça te dérange qu'on ne fasse pas de plans ? Tu n'es pas pressé ?

— Je ne suis pas pressé pour la cérémonie, Molly. Et je sais qu'on vient d'en parler. Mais quelque chose à propos de ce qui s'est passé chez les Valette... J'aimerais le dire aux gens. Arrêter de garder le secret.

Molly but une gorgée de son verre. Pour la première fois de sa vie, tout allait si bien côté relation qu'elle se sentait un peu superstitieuse à l'idée de remuer les choses.

— Tu sais, je viens de réaliser que j'agissais exactement comme Frances.

— C'est un peu effrayant.

Molly rit à nouveau.

— Je sais. Comme je l'ai dit, j'aime avoir notre petit secret, tu vois ? Mais je pense que j'ai probablement fait ça assez longtemps. Je suis prête à le dire si tu l'es.

Ben sourit.

— D'accord, chérie, moi aussi.

Il se pencha et lui donna un long baiser sur le côté du cou.

Molly soupira, n'arrivant pas à croire à quel point elle était heureuse.

— Maintenant que c'est réglé, dit Ben, asseyons-nous et réfléchissons à l'affaire. Nous avons besoin d'une chronologie avec les mouvements de tout le monde. Je pense qu'à ce stade, nous avons la plupart de ces informations, non ?

— Eh bien, si on inclut les disparus et les ceux dont on n'a pas de nouvelles, oui, je pense.

— Voici ce que j'ai, dit Ben en regardant ses notes et en écrivant une liste principale sur un grand bloc. Il semble que tout le monde sauf la cuisinière et sa fille était assis à table quand les lumières se sont éteintes. Donc la seule annotation après le nom d'une personne est l'endroit où elle se trouvait quand les lumières sont revenues.

— Compris.

— Nico, Frances, Edmond, Anne-Marie, et nous deux : à table. Lapin et Lawrence : disparus. Marie-Claire, Camille, et le Dr Vernay : dans le vestibule. Pascal : en train de monter les escaliers vers le vestibule depuis le sous-sol. Rex Ford : en train d'entrer dans la salle à manger depuis la bibliothèque. Simon : disparu, puis en train de descendre les escaliers vers le vestibule.

Molly se leva et regarda la liste par-dessus l'épaule de Ben.

— Quelque chose te saute aux yeux ?

— Je me sentirais beaucoup mieux si on savait où se trouve Lapin maintenant. C'est exactement le genre de chose sur laquelle Charlot pourrait sauter.

— Il semble que ce soit Rex Ford qui devrait attirer notre attention.

— Je sais qu'il n'était pas au bon endroit, mais au moins dans ma conversation avec lui, je n'ai rien vu à poursuivre. Tu penses que Simon était à l'étage pour aller voir son père ?

— Ça semble probable, ou au moins plausible. Combien de temps penses-tu que les lumières sont restées éteintes ? Assez longtemps pour étrangler Violette, quitter la bibliothèque par la cuisine ou la salle à manger, et se dépêcher de monter avant que Pascal ne mette le nouveau fusible ?

— Combien de temps faut-il pour étrangler quelqu'un ? demanda doucement Molly.

— Pas longtemps. Deux minutes ou moins, si la personne sait ce qu'elle fait.

Molly prit une profonde inspiration et expira. Une jeune vie, éteinte pour ce qui devait être des raisons égoïstes d'une sorte ou d'une autre. Lequel des douze l'avait fait ?

— Mais pourquoi ? dit-elle d'un ton plaintif à Ben.

— Je sais ce que tu ressens. Et je ne sais pas. Mais nous allons le découvrir, Molly. Nous allons y arriver.

PEU APRÈS LE départ de Molly, la chef Charlot se gara dans l'allée des Valette. Elle s'approcha de l'endroit où Simon travaillait, et mit sa main en visière contre le soleil fort.

— On dirait que vous avez un sacré boulot, dit-elle, voyant la sueur sur son torse nu.

— Oh bonjour, chef, dit Simon. Je sais qu'il est tôt, mais avez-vous des nouvelles ?

Charlot le fusilla du regard.

— Non, je n'ai pas de nouvelles. Êtes-vous sous l'impression erronée que je vais partager les informations que je recueille avec vous ?

— Je... non, ce n'est pas le cas, dit Simon, voulant dire quelque chose de sarcastique mais se contrôlant à temps.

— Nous attendons toujours les résultats du laboratoire, dit-elle. J'aimerais parler à votre femme. Elle est à la maison, j'espère ?

— Oui. Elle se repose à l'étage. J'espère... j'espère que vous tiendrez compte de ce que je vous ai dit l'autre jour sur son état de santé. Sans surprise, toute cette affaire l'a considérablement affectée.

— Oh, pauvre femme, dit Charlot, et elle se dirigea vers la maison.

Simon la regarda fixement. Il n'arrivait pas à croire qu'une fonctionnaire puisse dire une telle chose. Sachant qu'il ne devrait pas le faire, il courut pour la rattraper.

— Chef ? appela-t-il.

Charlot s'arrêta et le regarda d'un air de défi, les mains sur les hanches. Simon, qui avait vaincu de nombreux hommes puissants dans les couloirs des affaires internationales, se trouva soudain incapable de penser à une seule chose appropriée à dire. Son comportement était consternant, mais la dernière chose dont il avait besoin était de se la mettre à dos.

— Essayez d'être douce avec elle, dit-il.

La lèvre de Charlot se tordit en un sourire victorieux.

— On verra, dit-elle, et elle continua à marcher.

Elle trouva Camille encore au lit, toujours vêtue de sa veste de lit matelassée Chanel, assise et en train de regarder dans le vide.

— Bonjour, Madame Valette, dit la chef. Je suis sûre que tout cela est très éprouvant mais j'ai un tueur à traquer, alors vous m'excuserez si je passe outre les politesses habituelles.

Camille recommença à se mordiller la lèvre.

— Quand est-ce que vous êtes arrivée à Castillac ? demanda-t-elle. J'ai entendu dire que vous êtes aussi une nouvelle venue.

— Excusez-moi, ce n'est pas pertinent. Maintenant, pouvez-vous m'expliquer comment vous avez établi la liste des invités pour votre soirée de samedi ?

Camille regarda ses pieds.

— Vous allez penser que je suis idiote.

— Probablement. Expliquez-moi simplement, s'il vous plaît.

— Eh bien, je voulais vraiment rencontrer des gens dans notre nouveau village. Je sais qu'il faut du temps pour se faire des amis, et j'ai pensé que je pourrais essayer d'accélérer un peu le processus. Un des premiers matins ici, je suis allée au Café de la Place pour le petit-déjeuner - si vous n'y êtes pas allée, je le recommande vivement. Une bonne tasse de café fort, et le—

— Oui, oui, vous pouvez passer les critiques de restaurants.

Camille fit une pause et déglutit.

— Quoi qu'il en soit, j'ai rencontré là-bas un serveur particulièrement amical, surtout quand je lui ai dit que je venais d'emménager à Castillac. Et de fil en aiguille, il m'a aidée à établir la liste des invités.

— Donc, vous avez demandé à un serveur que vous n'aviez jamais rencontré d'établir une liste d'invités pour un dîner ?

— Oui.

Elle se remit à se mordiller la lèvre.

— Vous êtes consciente que cela paraît un peu étrange ?

Camille haussa les épaules, incapable de trouver quoi que ce soit d'autre à dire à ce sujet.

— Étiez-vous jalouse de Violette Crespelle, Madame Valette ?

— Pardon ?

— Elle était jeune, talentueuse et pleine de vie, d'après ce qu'on me dit. Alors que vous êtes, excusez-moi, une sorte d'invalide ?

La bouche de Camille s'ouvrit puis se referma.

— Je ne veux pas que vous m'insultiez ici. Simon ! appela-t-elle, mais les fenêtres étaient fermées et elle savait qu'il ne l'entendrait pas s'il était dehors sur son tas de pierres.

Mais à son soulagement, il ouvrit presque immédiatement la porte de la chambre.

— Ma chérie ? dit-il. Quelque chose ne va pas ?

— Je vais partir, dit la chef Charlot avec un sourire satisfait.

Elle n'aimait pas ces Valette ; elle les trouvait arrogants et égocentriques.

Cela lui ferait plaisir d'accuser l'un d'eux de meurtre.

Le problème, c'était qu'elle ne pensait pas vraiment que l'un ou l'autre soit coupable.

❦ 20 ❦

— **J**e trouve ça tellement intéressant que vous ayez déménagé ici sur un coup de tête et que vous soyez devenue détective privée ! Enfin, je suppose que n'importe quel grand amateur de mystères serait excité par le tournant qu'a pris votre vie, dit Elise Mertens.

Elle et son mari, Todor, étaient assis sur la terrasse avec Molly, Ben et Arthur Malreaux, pour profiter d'un verre au crépuscule. Les Jenkins étaient partis visiter encore une autre cathédrale quelque part.

— « Sur un coup de tête » décrit assez bien la situation, dit Molly en riant. Même si, une fois que j'ai rencontré Ben, c'était peut-être le destin, ajouta-t-elle, et il passa un bras autour de ses épaules et l'embrassa sur le côté de la tête.

— Alors, quand est-ce que vous allez l'épouser ? demanda Elise à Ben. Je peux dire des choses comme ça parce que j'ai soixante-douze ans. Une fois qu'on dépasse soixante-dix ans, on a le droit de dire tout ce qu'on veut.

— Oh, Elise, dit Todor, mais il souriait.

— En fait, dit lentement Molly. Nous *allons* nous marier. Et c'est la première fois que je le dis à voix haute.

— Félicitations, dit Arthur Malreaux.

— C'est merveilleux ! dit Elise. Où est-ce que vous allez faire la cérémonie ?

— Nous... nous n'avons pas encore réglé les détails, dit Molly. Alors, Arthur, avez-vous eu de la chance pour retrouver les membres de votre famille ?

Arthur baissa les yeux.

— Eh bien, dit-il, détournant son regard vers les bois qui s'assombrissaient à mesure que le soleil descendait. Quand on commence à chercher quelque chose, parfois on découvre des choses auxquelles on ne s'attend pas.

— Je ne vous le fais pas dire, dit Ben.

Ils attendirent tous, mais Arthur ne continua pas.

— Un autre verre, quelqu'un ? demanda Ben, en tendant la main vers la bouteille de cassis.

— J'ai atteint ma limite, dit Todor. Et puisqu'Elise vous a déjà prévenu que les gens de notre âge peuvent dire ce qu'ils veulent, je vais aller de l'avant et vous poser la question, Arthur. Qu'avez-vous découvert qui vous a surpris ?

Arthur passa sa main dans ses cheveux épais et ondulés. Il se leva soudain de la table.

— Si vous voulez vraiment savoir, j'avais cru que ma cousine au second degré avait été impliquée dans la Résistance. Pour diverses raisons que je ne vais pas aborder, cela signifierait beaucoup pour moi d'avoir un parent qui se serait comporté avec honneur pendant une période si effrayante et dangereuse.

Il fit une pause. Les autres étaient au bord de leurs sièges, se demandant ce qu'il avait découvert. Molly remarqua à quel point c'était excitant d'anticiper de mauvaises nouvelles.

— Il s'avère que mes informations initiales ne pouvaient pas être plus fausses. C'était une collaboratrice de la pire espèce, responsable de la mort de résistants dans toute la Dordogne, tout cela parce qu'elle remplissait ses propres poches.

— Oh mon Dieu, dit Elise.

Todor secoua la tête et vida le reste de son vin.

— Bien sûr, *vous* n'avez rien fait de tout cela, dit Molly. Cela ne se reflète pas mal sur vous parce que vous n'aviez rien à voir avec ça.

Arthur haussa les épaules, semblant porter un poids très lourd sur ses épaules.

— Comment avez-vous découvert la véritable histoire ? demanda Ben.

— Madame Gervais. Je tiens à vous remercier de me l'avoir présentée, Molly. Elle était très heureuse de parler avec moi, et nous avons passé pas mal d'heures ensemble. J'ai découvert que beaucoup de gens ne veulent pas parler de cette époque. Elle était une rare exception.

— Je suis désolée qu'elle ne vous ait pas dit ce que vous vouliez entendre, dit Molly. Et... cela va peut-être paraître, je ne sais pas, très américain, je suppose... mais si l'héroïsme est vraiment important pour vous - s'il compte tellement que vous étiez prêt à passer vos vacances à retracer l'histoire de votre cousine au second degré - alors trouvez un moyen d'être un héros vous-même. Ce n'est pas comme s'il n'y avait pas un million de façons de le faire de nos jours.

— C'est vrai, les Américains sont beaucoup plus intéressés par l'amélioration de soi que le reste d'entre nous, dit Elise en riant.

— Difficile de dire ce qui est mieux, dit Ben. Un optimisme débridé sur ce que nous pouvons accomplir, ou un pessimisme constant qui fait de toute réalisation une belle surprise.

Tout le monde rit.

— Je suppose que la grande majorité des gens pendant la guerre essayaient simplement de garder la tête basse et d'espérer qu'aucun de leurs proches ne soit tué, dit Todor. Quelques-uns étaient courageux et vaillants, et quelques-uns étaient lâches. Je n'imagine pas qu'il soit possible de savoir quels facteurs déterminent dans quel groupe une personne finit.

— Todor lit tout le temps des livres sur la psychologie, dit

Elise. Je ne peux pas vous dire combien de conditions il nous a diagnostiquées à tous les deux. Les autres rirent.

— Un collaborateur est probablement un narcissique, dit Todor, nullement découragé par la plaisanterie de sa femme. Quelqu'un qui pense que le monde tourne autour de lui, qui pense qu'il mérite le meilleur de ce qui est disponible - et il ne se souciera pas du tout des autres.

— C'est justement ça, dit Arthur. Si ce n'était qu'une question de ma cousine qui souhaitait s'enrichir, ce ne serait pas si grave. Mais elle stockait de la nourriture pour faire plus de profit, et laissait les gens mourir de faim.

— Classique, je suis triste de le dire.

— Qu'est-ce qui fait qu'une personne devient comme ça ? demanda Arthur.

— Je ne pense pas que quelqu'un le sache, dit Todor. Les expériences de la petite enfance, la biologie, la génétique... le cerveau et la façon dont les personnalités se forment sont presque entièrement des eaux inexplorées, même si vous trouverez beaucoup de gens prêts à donner leur opinion. Pas grand-chose qui soit étayé par la science réelle, j'en ai peur.

Arthur mangea une olive tout en concluant que ce qu'il avait découvert n'avait fait qu'accroître le mystère, sans le résoudre.

Molly était complètement distraite, en train de réfléchir à ce que Todor avait dit et à la façon dont cela se rapportait à l'affaire Crespelle. Presque tous les meurtriers étaient-ils des narcissiques, se demandait-elle. Par définition, vous prenez la décision que vos propres besoins, quels qu'ils soient, valent plus que la vie d'une autre personne.

Et vu sous cet angle, une personne à la soirée se démarquait des autres. Elle avait hâte que les hôtes retournent dans leurs logements pour pouvoir en discuter avec Ben.

21

erla était dans la cuisine, entamant tout juste la préparation du dîner des Valette, quand les gémissements commencèrent. Laissant tomber une aubergine dans l'évier, elle se figea, un sentiment de terreur la traversant. Elle ne savait pas si elle devait aller voir si quelqu'un avait besoin d'aide ou fuir la maison aussi vite que possible.

Chloë et Gisele étaient sous la petite table dans l'entrée. Gisele avait trouvé une nappe qui touchait presque le sol, et les deux filles avaient apporté des peluches et des biscuits avec elles, prévoyant de bivouaquer indéfiniment. Quand elles entendirent le bruit venant de l'étage, Gisele serra Chloë contre elle et mit ses mains sur les oreilles de sa sœur.

Simon avait placé une petite chaise sur le balcon de leur chambre, et Camille y était assise, en train de regarder les hirondelles plonger après les insectes en ce début de soirée, après avoir mis son livre de côté. Quand elle entendit les gémissements, elle ferma la porte derrière elle et le son s'étouffa quelque peu.

Simon était au tas de pierres, sa chemise sombre de sueur tandis que l'air se rafraîchissait. Il s'arrêta quand il entendit le premier gémissement, espérant s'être trompé sur la cause. Un autre lui parvint, plus fort et plus déchirant. Il soupira. Posant le pied-de-biche, Simon se dirigea vers la maison et monta jusqu'à la chambre de son père.

— Père, dit-il doucement.

Raphaël ne regarda pas dans la direction de Simon mais beugla à nouveau, un son long et lugubre qui venait du fond de sa poitrine. Ce son aurait brisé le cœur de quiconque l'entendrait, et pour Simon, l'entendre venir de son père le remplissait de chagrin et de frustration.

— J'aimerais pouvoir dire quelque chose qui te calmerait, dit-il en tendant la main pour la poser sur le bras de Raphaël.

Raphaël tressaillit et se dégagea de son fils. Ses yeux étaient écarquillés, et Simon avait le net sentiment que son père voyait des choses que lui-même ne voyait pas.

— Tu veux boire quelque chose ? Tu as faim ? Tu as froid ?

Il avait posé ces questions à chaque fois que son père avait ce genre de crise ; elles n'avaient jamais mené à aucune compréhension de ce qui n'allait pas, mais il continuait à les poser parce qu'il n'avait aucune idée de quoi faire d'autre.

D'un mouvement brusque, Raphaël se leva de sa chaise. C'était un homme plus grand que son fils, son corps bien plus sain que son esprit.

— *Où sont mes ciseaux ?* beugla-t-il.

— Tu aimes l'aubergine ? Je ne me souviens plus. Je sais que Mère faisait cette ratatouille quand on était en Provence l'été. Tu te souviens comme elle la faisait cuire longtemps pour que les légumes...

— Mes *ciseaux* !

— S'il te plaît, calme-toi, Père. Après que tu as poignardé les coussins du canapé, j'ai pensé qu'il valait mieux prendre les ciseaux. Vas-y, exprime toute ta colère si tu veux, rends toute la maison aussi misérable que toi !

Raphaël gémit, son angoisse à nu. Son fils baissa la tête, souhaitant, pas entièrement de manière égoïste, que son père meure.

$\maltese$ 2 2 $\maltese$

Ben en avait assez de traiter avec Bernard Petit, mais gardait l'espoir de bientôt résoudre le problème de cet homme. Il avait commandé un ensemble de détecteurs de mouvement avec caméra, qu'il prévoyait d'installer à divers endroits dans et autour de la maison des Petit. C'était un investissement coûteux, mais Ben pensait que si Petit rechignait à payer pour les caméras, il trouverait de nombreuses utilisations pour cet équipement à l'avenir.

Après avoir passé toute la matinée à traîner des échelles pour installer les caméras, Ben, comme tout bon Français, était prêt pour un bon et long déjeuner. Il retourna en voiture à Castillac et s'installa sur la terrasse du Café de la Place, rêvant du pâté de la mère de Pascal et d'une grande assiette de cassoulet, d'humeur à manger un plat consistant puisque la journée était devenue plus froide.

— Désolé, mais il a fait si chaud dernièrement que le cassoulet n'est pas au menu, dit Pascal à un Ben terriblement déçu.

— Ah, je pouvais presque le goûter, dit Ben, laissant son irritation envers Petit déborder sur le déjeuner.

— Peut-être le bœuf bourguignon ? demanda Pascal, avec une

lueur malicieuse dans les yeux, sachant que le ragoût de sa mère était le favori de tout le village.

Ben le commanda avec gratitude, accompagné d'un verre de Médoc.

— Terrible histoire, l'autre soir, dit Pascal.

Ben trouva qu'il avait l'air un peu pâle.

— Oui. J'aimerais te parler à un moment donné, peut-être si tu as du temps après ce déjeuner ?

Pascal hocha la tête.

— Difficile de prévoir à quel point nous serons occupés. Et je ne pense pas pouvoir t'aider. Mais je serai ravi de discuter, bien sûr.

Il se dirigea vers la cuisine, évitant gracieusement un autre serveur et une femme à la recherche des toilettes.

Ben remit sa veste et fixa le vide, réfléchissant à Violette Crespelle et à ses relations avec les autres membres de la maison Valette. Camille était-elle jalouse de l'attention et de l'affection que ses filles donnaient à la nounou ? Ou se passait-il quelque chose entre Violette et Simon ? Ou même, aussi improbable que cela puisse paraître, Raphaël ?

Du coin de l'œil, il aperçut un uniforme de gendarme, impeccable et parfaitement repassé, et se retourna pour voir Paul-Henri se diriger droit vers lui.

— Je peux ? demanda le jeune officier en désignant le siège en face de Ben.

— Certainement, répondit Ben, cherchant rapidement un moyen d'inciter Paul-Henri à lui parler des progrès que les gendarmes auraient pu faire dans l'affaire.

Pascal arriva comme par télépathie et déposa un autre couvert sans un mot.

— Je prendrai le ragoût, dit Paul-Henri, et Pascal fit un clin d'œil à Ben avant de disparaître dans la cuisine.

— J'aimerais vous parler en toute confidence, dit Paul-Henri, sa voix si basse que Ben pouvait à peine entendre ce qu'il disait.

— Bien sûr, dit Ben.

Paul-Henri passa ses dents sur sa lèvre inférieure, réfléchissant intensément.

— Jurez-vous de ne pas dire un mot de ce que je vais vous dire ? Enfin, vous pouvez le dire à Molly, puisque vous êtes partenaires et je sais que vous le feriez de toute façon. Mais à personne d'autre.

Ben répugnait à faire une telle promesse, mais son instinct lui disait que quoi que Paul-Henri ait dans sa manche, ça en vaudrait la peine.

— D'accord, dit Ben. Tant que vous ne me demandez pas d'enfreindre la loi.

Paul-Henri laissa échapper un rire nerveux.

— Loin de là ! L'idée est d'aider à attraper les criminels, pas d'en créer.

Pascal apparut avec le pâté.

— Mes compliments à ta mère, dit Ben.

Paul-Henri savourait habituellement ce plat, mais était trop absorbé par ses pensées pour y goûter en premier.

— Alors ? dit Ben tandis qu'il plongeait un couteau dans le pot et qu'il étalait une épaisse couche de pâté sur un morceau de baguette grillée.

— Je... je n'ai pas beaucoup confiance en la nouvelle chef, dit lentement Paul-Henri.

Intéressant, pensa Ben.

— Elle est très à cheval sur les règles, ce qui aurait dû me convenir parfaitement, mais en réalité... bon, laissez-moi en venir au fait. Je prends mon travail très au sérieux, Monsieur Dufort. L'idée qu'un meurtrier soit en liberté, en train de semer le chaos dans le village, c'est intolérable, franchement, et je crois que vous comprenez parfaitement ce que je veux dire.

Ben hocha la tête tout en mastiquant.

— Je ne suis pas différent de beaucoup d'autres habitants de Castillac ; j'ai beaucoup de respect pour ce que vous et Madame

Sutton avez accompli ces dernières années. C'était un plaisir, quand Maron était chef, de travailler avec vous deux, et je peux dire en toute modestie que je pense que nous avons bien travaillé ensemble et fait en sorte que le village soit plus sûr pour nous tous.

Oh, comme il est verbeux, pensa Ben en prenant une gorgée de son vin.

— En bref, dit Paul-Henri en baissant encore la voix, si bien que Ben dut se pencher à moitié sur la table pour l'entendre. En bref, je suis si inquiet de la compétence de la nouvelle chef que je vous propose - complètement contre le protocole, j'en suis douloureusement conscient - je vous propose de partager avec vous les informations pertinentes à l'enquête. Je crois que Maron en faisait autant, n'est-ce pas ? Et ce partage, contre le protocole ou non, a prouvé avoir d'excellents résultats, jusqu'à présent un taux d'arrestation de cent pour cent si mon arithmétique est correcte.

Ben avait envie de bondir de sa chaise et de faire une danse de la victoire, mais il avait une longue expérience dans le contrôle de ses émotions et ne laissa rien paraître à Paul-Henri.

— Nous apprécierions cela, dit-il doucement, et il sourit avec anticipation lorsque Pascal sortit avec un plateau sur lequel reposaient deux assiettes fumantes.

Après avoir mangé plusieurs bouchées du riche et savoureux ragoût, relevé de romarin, de thym et d'une autre épice qui restait le secret bien gardé de la mère de Pascal, Ben attendit de voir si Paul-Henri allait dire quoi que ce soit sans y être poussé.

— Nous avons Lapin dans notre ligne de mire, dit Paul-Henri, après avoir avalé et essuyé sa bouche avec une serviette. Vous savez que la nuit du meurtre, il a disparu juste au moment où les lumières se sont éteintes et n'a pas été revu depuis ?

Ben soupira.

— Je craignais que Charlot ne tire la mauvaise conclusion de cela. Mais vous connaissez Lapin, Paul-Henri, au moins un peu ?

Pensez-vous vraiment qu'il soit un meurtrier ? Et pourquoi diable tuerait-il quelqu'un qui venait d'arriver en ville, une parfaite inconnue ?

— Premièrement, vous croyez que Lapin et Crespelle ne se connaissaient pas, mais vous ne l'avez pas vu pour lui demander, n'est-ce pas ?

Ben secoua la tête.

— C'est bien ce que je pensais. Comme vous le savez mieux que quiconque, seul un travail de terrain minutieux et précis permettra de déterminer qui avait un lien avec la nounou. Deuxiè-mement, qui suis-je pour juger de ce dont les gens que je connais sont capables ? Chaque jour, des gens sont connus pour déraper, Monsieur Dufort. Et troisièmement, comment expliquez-vous sa fuite soudaine sans prévenir personne ? Même sa nouvelle épouse ne sait pas où il est. Vous devez admettre que son comportement...

Ben soupira à nouveau, plus longuement et plus bruyamment cette fois.

— Sa fuite n'était pas la meilleure décision, c'est indéniable. Mais c'est *Lapin*, Paul-Henri. Il n'a jamais été connu pour prendre de bonnes décisions. Je le connais depuis que nous étions en primaire ensemble...

— Avec tout le respect que je vous dois, je ne pense pas que ses premières années d'école soient pertinentes pour l'affaire. Peut-être que s'il est innocent, vous le trouverez et il pourra revenir laver son nom. Mais en attendant, la chef Charlot et moi...

—Je croyais que vous n'aviez pas confiance en Charlot ?

— Eh bien, je... Je ne dis pas que je ne suis jamais d'accord avec elle sur quoi que ce soit. Ou que c'est d'ailleurs mon travail d'être d'accord ou pas d'accord, dit-il. En bref, je ne suis même pas en train de discuter avec vous de Lapin ou pas Lapin. Je n'ai aucun intérêt dans cette course, vous comprenez ? Je veux seule-ment que le tueur soit traduit en justice, tout comme vous. Si

Lapin est innocent, j'ai confiance que vous - et lui - serez capable de le démontrer.

Ben essuya les dernières traces de sauce dans son assiette avec un morceau de baguette arraché.

— Oh, c'était un bon repas. Je prévoyais d'aller courir cet après-midi mais maintenant je n'en suis plus si sûr.

— Vous ne gardez pas des horaires de travail habituels ?

Paul-Henri semblait horrifié à l'idée d'une telle irrégularité.

Ben haussa les épaules, appréciant le malaise de l'autre homme.

— Parfois nous travaillons très tard, parfois très tôt le matin. Donc prendre un très long déjeuner, peut-être une sieste ou faire un peu de sport - tout s'équilibre à la fin.

Il avait abandonné l'espoir que Paul-Henri ait quelque chose d'utile à dire quand l'officier se pencha en avant et dit à voix basse :

— Une dernière chose. C'est à propos de Camille Valette. Avant de déménager à Castillac - et je crois que ce n'était pas très longtemps avant - elle a passé du temps dans un hôpital psychiatrique.

— Hm, dit Ben, sans s'engager.

— Ça ne vous intéresse pas ? Vous ne pensez pas que c'est potentiellement significatif ?

— Pour l'enquête ? Peut-être, peut-être pas. Vous connaissez le diagnostic ?

— C'est exactement la question que j'ai posée. Charlot ne connaît aucun détail, seulement que Valette y est restée près d'un mois. Quelque part juste en dehors de Paris, dans une des banlieues. Probablement un endroit chic, comme un hôtel haut de gamme, ajouta-t-il en laissant libre cours à son imagination.

— D'accord. Autre chose ?

— Comme je l'ai dit, nous n'avons pas encore de détails. Je reprendrai contact quand j'en aurai.

— Ce sera très apprécié, Paul-Henri, dit Ben, même s'il ne semblait pas aussi reconnaissant que Paul-Henri l'aurait souhaité.

Dans l'ensemble, il était plutôt déçu par Ben. Il ne semblait pas impressionné par le risque que Paul-Henri prenait pour lui transmettre des informations qui ne devraient absolument pas être transmises à quiconque en dehors de la gendarmerie. Et il ne semblait pas non plus avoir la même image claire de Camille à l'asile que Paul-Henri avait : en train d'errer dans les couloirs, vêtue d'une fine chemise de nuit en coton et une expression vide, un couteau ensanglanté levé dans son poing... juste à titre d'exemple.

D'accord, peut-être qu'il déviait un peu vers un scénario opératique, Paul-Henri se l'admit à lui-même. Mais ça *pourrait* être vrai.

Ils commandèrent un café. Ben ne faisait intentionnellement pas de foin sur l'offre de Paul-Henri, pensant que sa nonchalance pourrait le faire parler plus efficacement que de l'enthousiasme. Mais au lieu de devenir bavard, Paul-Henri devint maussade. Il pensait à la longue liste d'affronts et d'insultes qu'il avait subis de la part de la chef Charlot, et pas du tout à l'affaire Crespelle.

PENDANT QUE BEN déjeunait avec Paul-Henri, Molly avait filé au village sur son scooter pour rendre visite à Merla et Ophélie. Molly trouva l'endroit sans aucun problème, une petite maison sans prétention dans la rue Saterne, à seulement trois numéros de la maison décrépite et en ruine de Madame Luthier, que Molly n'avait toujours pas rencontrée.

Merla la fit entrer quelques secondes après que Molly eut frappé, et lui offrit du café, que Molly, étant Molly, accepta avec un sourire.

—Je ne pense pas avoir quoi que ce soit à vous dire, dit Merla. Vous savez que je ne travaille pour les Valette que depuis quelques jours. Et honnêtement, je n'ai pas l'habitude de faire des commérages sur mes employeurs. Comme vous pouvez l'imaginer, la discrétion est une partie importante de mon travail.

— Bien sûr ! dit Molly. Si une jeune femme n'avait pas été assassinée dans leur bibliothèque, je ne vous poserais pas une seule question sur la famille. Cependant, j'espère que vous conviendrez que les circonstances exigent... eh bien, d'être plus ouvert sur certaines choses que vous ne le seriez autrement ?

Merla fit un bref hochement de tête - très bref - tandis qu'Ophélie servait le café et quelques petites pâtisseries.

Molly la remercia. Elle vit que Merla était nerveuse et ne voulait pas la submerger ou lui donner une raison de se fermer.

— Très bien, commençons, dit-elle, sur un ton qu'elle espérait rassurant. Comment les Valette vous ont-ils trouvée ?

— Pascal. Je suppose que Madame Valette a pris son petit-déjeuner au Café de la Place quelques jours après leur emménagement. Elle s'est mise à parler avec Pascal, comme presque tout le monde le fait, et a dit qu'elle cherchait un cuisinier à temps partiel. J'ai remplacé au Café de temps en temps - quand ils avaient besoin d'aide supplémentaire pour le service traiteur lors d'événements spéciaux et autres. Alors Pascal a pensé à moi.

— C'est un bon ami, dit Molly, et les deux femmes hochèrent la tête mais ne dirent rien de plus.

— Et les Valette vous plaisent ? En tant qu'employeurs ?

— Pas de problèmes. J'ai traité exclusivement avec Monsieur Valette. Monsieur est venu à la maison et m'a offert le poste, et m'a payée. Rapidement, exactement comme nous en avions convenu, ce que j'ai trouvé bien de sa part, compte tenu de ce qu'ils traversaient tous.

— Et personnellement ?

Merla fut prise au dépourvu.

— Mes sentiments personnels ne font pas partie du travail. Monsieur me parle du menu, je fais les courses, je cuisine. Ils n'ont reçu qu'une seule fois, et comme vous vous en souvenez, Ophélie est venue aider au service et m'assister en cuisine.

— Donc vous ne les aimez pas particulièrement, dit Molly avec un petit sourire.

Merla s'autorisa l'ombre d'un sourire.

— J'ai eu un mariage difficile, dit-elle doucement. Je ne vous raconte pas ça parce que ça me fait plaisir d'en parler, mais mon ex-mari était un coureur de jupons comme vous n'en avez jamais vu. Je ne suis pas sûre qu'il y ait une seule femme dans toute la Dordogne à laquelle il n'ait pas fait des avances. Et beaucoup d'entre elles ont dit oui. Désolée de dire ça de ton père, Ophélie.

Ophélie balaya les excuses de sa mère d'un geste. Elle était très intéressée d'entendre ce que sa mère pensait vraiment des Valette, car elle-même n'avait pas réussi à lui soutirer un seul mot, et espérait que Molly y parviendrait mieux.

— Et donc...

Merla passa la main dans ses cheveux courts.

— Donc ce n'est pas surprenant, n'est-ce pas, que je n'aime pas particulièrement travailler dans une maison où je soupçonne que ce genre de chose se passe.

Au début, Molly ne comprit pas ce que la cuisinière voulait dire. Puis elle demanda pour s'en assurer :

— Oh ! Quel genre de chose ?

— Monsieur et la nounou. Je ne peux pas le jurer, je ne les ai jamais vus faire quoi que ce soit, alors n'allez pas vous imaginer me faire témoigner parce que je ne le ferai pas. Mais je peux sentir ces choses-là. J'en ai l'expérience, comme je l'ai dit. Je parierais tout ce que vous voulez que Monsieur Valette et Violette avaient quelque chose à cacher.

Molly prit quelques inspirations.

— Juste pour être absolument claire... quand vous dites « quelque chose à cacher », vous voulez dire quelque chose de... sexuel ?

Merla hocha la tête, cette fois avec emphase, comme si Molly était un peu lente d'esprit.

— Comme je le dis, je ne suis pas à l'aise de parler comme ça. Je veux garder mon travail ! Mais tout de même... cette pauvre fille...

Pendant encore un quart d'heure, Molly leur posa d'autres questions, principalement sur la nuit du meurtre. Mais c'était l'insistance de Merla sur une liaison entre Simon et Violette qui était de loin la plus intéressante, notamment parce qu'elle s'intégrait parfaitement dans la façon dont Molly voyait déjà l'affaire se dessiner.

Parfaitement, en effet.

23

Même si Simon pensait que les filles devraient être dispensées d'école pendant une semaine étant donné les circonstances, Camille l'emporta, et elles n'eurent que trois jours de congé. Dans ce cas, cependant, il était préférable pour les filles d'être à l'école, où chaque jour se ressemblait plus ou moins, où tout ce qu'elles avaient à faire était de terminer leurs devoirs - un soulagement, compte tenu de tout ce qui se passait à la maison.

À la fin de la journée scolaire, Gisele trouva Chloë dans la cour de récréation, en train d'essayer de grimper le long d'un mur en s'appuyant sur de petites saillies décoratives dans la pierre. Un garçon l'encourageait, mais il n'était pas clair s'il était sincère ou s'il essayait de l'inciter à monter plus haut pour qu'elle tombe.

— Allez, viens, lança Gisele. Il est temps de rentrer à la maison.

Elle se protégea les yeux du soleil et leva le regard vers sa sœur, qui s'agrippait au linteau tout en cherchant un appui pour ses pieds. Une fois que Chloë avait quelque chose entre les dents, il était presque impossible de l'en détacher. Gisele jeta un coup d'œil au garçon, mais Chloë bougeait trop lentement et il avait perdu tout intérêt ; avec un cri, il courut rejoindre un groupe de garçons à l'autre bout de la cour et disparut.

— Chloë ! dit Gisele. Tu vas t'attirer des ennuis !

La plus jeune ne trouvait rien de plus haut où se tenir, et son public l'avait abandonnée, alors avec un soupir dramatique, elle lâcha le linteau et sauta au sol, s'écorchant le genou.

Chloë se releva d'un bond, ne pleurant pas même si son genou la piquait terriblement.

— On peut au moins passer par l'épicerie et acheter des bonbons ?

Gisele sourit. Elle avait beau être la sœur aînée, plus responsable, elle aimait les bonbons autant que n'importe quel enfant. Les sœurs se tinrent la main et quittèrent la cour de récréation, un filet de sang coulant lentement le long de la jambe de Chloë.

— Je vais prendre des Haribo acides. Les petites pommes. Oh, j'espère qu'ils en ont. Les acides sont vraiment les meilleurs, tu ne trouves pas ? Gisele ! Hé, Gisele !

Sa sœur regardait fixement un groupe de villageois, parmi lesquels elle avait aperçu Molly Sutton.

Chloë donna un coup de coude dans le flanc de Gisele et fila vers l'épicerie, qui se trouvait à une demi-rue de là.

Gisele ne se pressa pas pour la rattraper. Elle tenait ses livres d'école contre sa poitrine, tambourinant des doigts dessus, se demandant... si elle devait parler à Madame Sutton ? Elle semblait si amicale. Mais cela ne signifiait pas qu'elle prendrait au sérieux ce que Gisele avait à dire.

Les adultes peuvent être si stupides, pensa-t-elle en passant rapidement devant le groupe de villageois, sans vouloir être remarquée. Ils ne réalisent pas que les enfants ont des yeux et des oreilles, tout autant qu'eux. Ils pensent que nous ne voyons rien, que nous ne faisons attention à rien.

Mais certains d'entre nous le font.

Elle se glissa dans l'épicerie juste à temps pour dissuader Chloë de poser sept sachets de Haribo sur le comptoir.

— Je n'ai de l'argent que pour un chacune, dit Gisele tout en lorgnant une barre de chocolat aux raisins et aux amandes, un peu trop chère.

Il n'y avait personne d'autre dans le magasin et elles firent leur achat avant de rentrer chez elles.

— Je sais, dit Gisele. Et si on déposait nos sacs sans rien dire à personne, et qu'on emportait nos bonbons dans les bois ? On peut faire semblant d'être des exploratrices ou quelque chose comme ça.

— Papa nous verra. Il est toujours en train de jouer avec ces cailloux à côté de l'allée.

— On peut faire le tour, là où il ne peut pas nous voir. On mettra nos livres près de la porte de derrière et on filera vers la liberté !

Chloë sourit à cette idée, comme Gisele savait qu'elle le ferait.

24

Il était trop tard pour le déjeuner et trop tôt pour le dîner, c'était précisément la raison pour laquelle Molly avait demandé à Simon Valette de la retrouver Chez Papa à dix-sept heures. Elle voulait un certain degré d'intimité, ainsi qu'un endroit où il serait plus susceptible de parler librement que chez lui. Et il n'était jamais mauvais de discuter autour d'un verre.

— Alors, comment avance l'enquête ? lui demanda Nico en essuyant le comptoir.

— Bof, dit Molly, ne voulant pas trop s'avancer sur sa théorie, même pour elle-même.

— Je vais te donner mon avis, même si tu ne me l'as pas demandé. Il y a quelque chose de louche quand un type comme Simon Valette quitte son boulot à Paris et déménage dans un endroit comme Castillac.

— Qu'est-ce que tu entends exactement par « louche » ?

— Ça veut dire que ça mérite une explication. Je n'ai pas vraiment appris à connaître le gars, mais il est allé à l'École Nationale d'Administration, non ? Un type comme ça, les diplômés de l'ENA, le monde est à leurs pieds. Les meilleurs emplois, de superbes appartements, des contacts importants dans les affaires et le gouvernement. Il était tout en haut de l'échelle, au sommet du sommet, non ? Pourquoi abandonner tout ça ?

Molly réfléchit.

— Tu peux me faire un kir, s'il te plaît ? Et continue avec les questions, celle-là est bonne.

Nico attrapa la crème de cassis et se mit au travail pendant que Molly essayait de trouver des raisons pour lesquelles Simon aurait tourné le dos à tout ce succès. Elle fit chou blanc.

— Je n'ai pas parlé à la nounou l'autre soir. Et toi ? demanda Nico.

— Pas beaucoup, j'en ai peur. Elle semblait assez énergique et pleine de vie. Les enfants avaient disparu et elle essayait de les trouver. J'ai eu l'impression que ce n'était pas inhabituel.

— Tu penses que Simon pourrait s'intéresser à une femme qui, euh, n'est pas si belle que ça ?

— C'est une bonne question, Nico. Eh bien... elle n'était pas magnifique, d'accord. Mais je dirais définitivement qu'elle était attirante. À mon âge, la jeunesse en elle-même commence à paraître sacrément attrayante.

— À ton âge ?

Nico éclata de rire.

— Au même niveau que Madame Gervais ?

— J'aurai quarante ans dans un nombre de jours alarmant, dit Molly à voix basse, comme si elle protégeait un secret d'État.

— Ah bon ? Tu fais une fête ?

— Je ne pense pas que ce soit une raison de célébrer.

Ce n'était pas que Molly était vaniteuse, ou particulièrement inquiète de vieillir en général. C'était juste qu'à ce stade, chaque année qui passait réduisait davantage la possibilité d'avoir un enfant, et ce fait était difficile à affronter.

La porte s'ouvrit et Simon Valette entra d'un pas vif, vêtu d'une veste décontractée d'apparence très coûteuse, d'une chemise boutonnée à rayures soigneusement repassée, et d'une écharpe artistiquement nouée autour de son cou.

— Bonjour, Simon, dit Molly. J'ai bien peur que vous deviez rentrer chez vous pour vous changer. On ne s'habille pas de façon si élégante par ici et vous allez faire passer tous les autres hommes pour des clochards.

Les yeux de Simon s'écarquillèrent.

— Je plaisante ! dit Molly avec un grand sourire. Prenez un verre et allons discuter dans l'arrière-salle.

Nico servit à Simon un verre de vin rouge local qui n'était pas très bon, et lui et Molly allèrent s'asseoir dans un box à l'arrière, face à face.

— Vous avez des nouvelles ? demanda-t-il avec espoir.

— Oh, pas encore. Ça prend pas mal de temps juste pour organiser les informations, Simon. Surtout avec un groupe aussi important. Rien que pour cartographier les allées et venues...

— Ah oui, bien sûr. Eh bien, s'il y a quoi que ce soit que je puisse faire pour accélérer les choses...

— C'est très apprécié. Je voulais cependant vous poser quelques questions spécifiques. Tout à fait routinières. Violette... elle était avec vous depuis environ six mois ?

— C'est exact.

Il prit une gorgée de son vin et grimaça légèrement, bien qu'il ne fît aucun commentaire.

— Comment Camille s'entendait-elle avec elle ?

— Bien. Elle... Camille, je veux dire... n'est pas très... elle n'a pas été en forme, comme je vous l'ai expliqué. Je pense qu'elle était soulagée d'avoir quelqu'un d'autre pour s'occuper de nos filles. Pas que Violette remplaçait Camille, je ne dis pas ça du tout. Mais vous savez... Violette tressait leurs cheveux, s'assurait que leurs vêtements étaient jolis, jouait avec elles... des choses que Camille ne pouvait pas faire jour après jour. Et si vous me voyiez tresser des cheveux, eh bien...

Il adressa à Molly un sourire éclatant, et elle ne put s'empêcher de remarquer à quel point il était magnétique quand il vous accordait toute son attention.

— Donc les filles aimaient bien Violette ? Diriez-vous qu'elles l'aimaient beaucoup ?

— Oui, je dirais ça. Les leçons de dessin, par exemple, ont eu beaucoup de succès auprès de mes deux filles.

— Et Camille... ce serait tout à fait compréhensible, mais était-elle jalouse de l'attention que vos filles portaient à Violette ?

— Je ne crois pas, non. Elle ne m'en a jamais rien dit. Comme je l'ai dit, je pense que le soulagement était le sentiment principal de Camille. De la gratitude que les filles aient quelqu'un d'aussi fiable. Nous comptions tous sur Violette, Camille y compris.

Simon lâcha son verre et porta le bout de ses doigts d'abord à son menton puis à sa joue. Il passa son doigt le long de son visage plusieurs fois, se caressant pensivement.

— Et vous, Simon ? poursuivit Molly. Bien sûr, je sais que c'est vous qui nous avez engagés, et c'est assez gênant d'aborder ce genre de choses. Mais je suis sûre que vous comprenez que toutes les pistes d'investigation doivent néanmoins être explorées.

Simon fit un geste de la main comme pour balayer son malaise.

— Bien sûr, bien sûr, dit-il. Oui, nous avons quelques sque-lettes dans le placard familial qui seraient... quelque peu embarras-sants s'ils devenaient publics. Comme toutes les familles, je suppose. Mais allez-y, Molly, rien de tout cela n'a de réelle importance.

— Très bien, dit Molly en prenant une gorgée de son kir puis en arrangeant son carnet pour prolonger le moment. Dites-moi, dit-elle enfin, y avait-il quoi que ce soit entre vous et Violette que Ben et moi devrions savoir ?

Simon prit une inspiration rapide. Il but une gorgée de son vin avec la même petite grimace.

— Il ne s'est absolument rien passé entre Violette et moi, dit-il. Elle faisait du bon travail et j'étais reconnaissant de l'avoir dans le personnel de maison. Je ne peux pas, pour rien au monde, trouver la moindre idée de pourquoi quelqu'un aurait voulu sa mort. Certainement pas moi ou Camille, je peux vous le jurer.

— D'accord. J'ai entendu dire que vous êtes diplômé de l'ENA ? Je suppose que c'est comme Harvard pour un Américain, et vous savez que j'ai grandi à Boston, donc j'ai un faible pour cet endroit.

Simon sourit et hocha la tête.

— Oui, je suppose qu'on pourrait les considérer comme équivalents.

— En termes de prestige, je veux dire.

— Oui.

— Je me demande pourquoi, avec ce genre de qualification impressionnante - et votre travail était exactement ce à quoi on pouvait s'attendre, également très important et conséquent. Et lucratif, ajouta-t-elle. Pourquoi abandonner tout ça ? Pourquoi venir à Castillac, parmi tous les endroits possibles ?

Simon se pencha en arrière dans la banquette et haussa les épaules, ce haussement d'épaules typiquement français qui était bien plus expressif que de simples mots.

— Oh, une combinaison de choses, Molly. La santé de Camille. Le stress de la ville est stimulant, mais pas nécessairement toujours la meilleure chose pour tout le monde, vous comprenez ? Et peut-être... peut-être y avait-il aussi une touche de crise de la quarantaine.

— Ha ! Vous êtes trop jeune pour une crise de la quarantaine !

—J'ai toujours été précoce, dit-il d'un air impassible.

Molly rit, complètement séduite par son charme, même si au moins, elle se rendait compte de cette séduction pendant qu'elle se produisait.

Elle avait pensé à quelques autres questions aléatoires à poser afin que son intérêt pour les potentielles interactions entre Simon et Violette ne paraisse pas être la seule raison de demander une rencontre. Molly l'observa attentivement. Il ne semblait ni anxieux ni tendu. Il répondit au reste de ses questions avec réflexion et bonne humeur, et au bout d'une demi-heure environ, elle le remercia pour son temps et lui dit au revoir.

— Tu as eu ce dont tu avais besoin ? demanda Nico.

— Bof, dit Molly.

Ce n'était pas parce que Simon n'avait rien admis entre lui et Violette qu'elle devait le croire. Sa femme était malade, et il était clairement un homme qui aimait prêter attention aux femmes *et* recevoir de l'attention de leur part. Molly se mit à la place de Camille : elle imagina être arrachée d'un superbe appartement parisien et déposée à Castillac avec un beau-père difficile, puis être confinée dans la chambre la plupart du temps pendant que son mari charismatique et une nourrice pleine d'entrain (que ses enfants adoraient) géraient la maison... cela faisait brûler Molly de jalousie rien que d'y penser. Elle n'avait aucune idée des statistiques sur la jalousie comme motif de meurtre, mais elle était prête à pousser Simon par la fenêtre après avoir imaginé la situation pendant un instant.

Et le fait était que peu importait que Simon trompe réellement sa femme ou non, songea Molly en rentrant chez elle sur son scooter. Si Camille pensait qu'il avait une liaison, ou même qu'il *pourrait* en avoir une - elle aurait pu saisir l'opportunité de l'obscurité soudaine couvrant un dîner plein de gens pour mettre fin à ce qui était pour elle une menace existentielle.

Parfois, le suspect le plus probable est effectivement le meurtrier, pensa-t-elle. Il suffit de relier les points entre les moyens, le motif et l'opportunité, et tout détective avec un tant soit peu de talent finirait par frapper à la porte de la chambre de Camille Valette, et de personne d'autre.

Quand Molly revint à La Baraque, Ben était dans la cuisine et la maison sentait incroyablement bon.

— Oh, je meurs de faim ! s'exclama Molly alors qu'elle se

frayait un chemin à travers Bobo et le chat roux pour l'embrasser. Et, est-ce que je peux juste ajouter que rentrer à la maison et te trouver derrière le comptoir en train de préparer le dîner est à peu près la meilleure vue qui soit !

Ben se contenta de sourire et remua les carottes, qui baignaient dans une quantité scandaleuse de beurre et caramélisaient lentement.

— C'est un poulet rôti que je sens ?

Ben sourit et hocha la tête.

— Comment s'est passée la rencontre avec Simon ?

— Bof, dit-elle, mais elle sourit ensuite. C'était terriblement gênant à certains moments, en fait, ce qui ne fait que renforcer ma réflexion.

— Ah bon ?

— Laisse-moi t'expliquer. Évidemment, nous devons attendre les rapports ADN de Florian, et ça aiderait de trouver la corde qui a été utilisée comme garrot, mais à ce stade, je ne vois tout simplement pas cette affaire comme un grand mystère. Parfois, la réponse la plus évidente est la bonne, tu sais ?

— Euh... eh bien, pour cette dernière partie, oui, parfois la chose évidente est correcte. Même si je ne suis pas du tout sûr de ce que c'est dans ce cas.

— Sérieusement ? Tu n'as pas pensé que c'était probablement Camille depuis le début ?

— *Camille ?* Non. Pas du tout. Pas un instant.

Ben et Molly se regardèrent avec des expressions mêlées d'horreur et d'incrédulité.

— Comment pourrais-tu... commencèrent-ils tous les deux en même temps.

— Laisse-moi commencer, dit Molly en se ressaisissant un peu.

Elle sortit un reste de son assaisonnement préféré à la moutarde citronnée du réfrigérateur et le remua avant d'en verser sur la salade.

— D'accord. Étape par étape. Nous avons un meurtre dans

une maison pleine de gens, ce qui semble au début être une foule de suspects, n'est-ce pas ? Mais à moins que l'un de nos amis ne soit un maniaque homicide secret qui préfère s'en prendre à des inconnus, le scénario le plus probable de loin est que le meurtrier est l'une des personnes qui connaissait réellement la victime, correct ?

— Correct, dit Ben, quelque peu à contrecœur.

— Cela nous laisse Simon, Camille et Raphael. Je pense qu'on peut s'accorder pour dire que les filles ne sont pas en lice ?

— Correct, dit Ben, plus volontiers.

— N'importe lequel des trois avait l'opportunité. La maison était plongée dans l'obscurité totale et on peut accéder à la bibliothèque par la cuisine. J'ai parlé à Merla et Ophélie, et elles disent toutes les deux qu'elles auraient pu être dans le garde-manger juste avant le meurtre, ce qui aurait permis à n'importe qui de se glisser dans la cuisine sans être observé. Elles ont également dit que Simon et Camille sont passés plusieurs fois par la cuisine pendant la soirée. Elles étaient bien sûr concentrées sur la cuisine et ne peuvent pas se souvenir qui est passé quand.

— Mais elles n'ont pas mentionné que Raphael était passé ?

— Elles ne montaient pas la garde, Ben. Il aurait pu passer pendant qu'elles sortaient quelque chose du four, avant que les lumières ne s'éteignent. Ou elles auraient pu être dans le garde-manger. Écoute, n'importe lequel d'entre nous aurait pu accéder à la bibliothèque par la salle à manger. Mais en plus, tous les Valette auraient pu prendre le chemin de derrière. C'est ce que montrent les preuves.

— D'accord, dit Ben. Donc cela réduit les suspects au nombre de trois. Je ne vois toujours pas pourquoi tu choisis Camille plutôt que les autres.

— Tu es d'accord qu'ils avaient tous l'opportunité d'atteindre Violette dans la bibliothèque ?

— Oui, d'accord. Les points d'opportunité entre les trois suspects sont égaux. Je t'accorde aussi les moyens, puisqu'une corde pour faire le travail ne serait pas difficile à trouver pour quiconque, même si, honnêtement, je ne suis pas du tout convaincu que Raphael ait la capacité mentale pour réaliser quelque chose d'aussi net.

— Je suis d'accord, dit Molly. Merci de conforter ma conclusion. Et cela nous amène au mobile. Et là, mon cher, tous les indices pointent vers Camille.

Ben secoua lentement la tête.

Les yeux de Molly s'écarquillèrent.

— Pourquoi est-ce que tu n'es pas d'accord ? J'apprécie Simon, mais ça n'a rien à voir avec ça. Et je suis bien consciente qu'il est notre client et qu'il nous a expressément engagés pour éviter la conclusion à laquelle j'arrive, ce qui, pour être honnête, est un peu suspect en soi, non ? Pourquoi avait-il si peur que sa femme soit accusée d'un meurtre, à moins qu'il n'ait deviné, ou su, qu'elle l'avait commis ? Quoi qu'il en soit, pour en venir à l'information que je ne t'ai pas encore dite... Merla l'accuse d'avoir eu une liaison avec Violette.

— As-tu des preuves qu'elle a raison ? Est-ce qu'il l'a admis ?

— Bien sûr que non. Mais le truc, Ben, c'est que ça n'a pas d'importance qu'il l'ait fait ou non. Seulement que Camille le pensait. Ou s'en inquiétait. Et si Merla pensait qu'il se passait quelque chose, sa femme n'aurait-elle pas été suspicieuse aussi ?

Ben sortit le poulet du four et ne répondit pas tout de suite.

— Mettons le repas sur la table, versons un peu de ce bon Médoc, et continuons à discuter, dit-il finalement.

Ils s'affairèrent, Ben découpant le poulet en morceaux, chacun avec une couverture croustillante de peau aux herbes, et Molly ouvrant le vin et raclant les carottes dans un plat de service.

— J'ai quelque chose à te dire, dit-il, après avoir avalé quelques bouchées du plat réconfortant. Paul-Henri est mécontent de Chantal Charlot. À tel point qu'il est prêt à nous fournir des informations de temps en temps. Il pense que Charlot poursuit le mauvais suspect... mais je crois que son motif est plus lié à l'envie d'embarrasser Charlot qu'à une grande peur que le tueur reste en liberté.

— Intéressant, dit Molly, en cassant le bout d'une baguette et en le tartinant de beurre. Je me demande ce qu'elle a fait pour le contrarier à ce point. Il est tellement respectueux des règles, c'est un peu choquant qu'il soit prêt à aller à l'encontre du protocole comme ça.

Ben hocha la tête.

— Donc, ce qu'il m'a transmis aujourd'hui, pratiquement sans détail explicatif, c'est que Camille Valette a passé du temps dans un hôpital psychiatrique.

Ils se regardèrent. Ben attendit.

Molly prit une longue gorgée de son vin, savourant la saveur boisée, puis un morceau de poulet.

— Il n'a pas du tout donné de détails ? Comme les circonstances, le diagnostic ?

— Rien d'autre. Je ne pense pas que Paul-Henri me cachait quoi que ce soit, il ne savait tout simplement pas.

— Eh bien, sans plus d'informations, je ne pense pas qu'on puisse en faire grand-chose.

— Je suis content de t'entendre dire ça.

— Ce serait ridicule de penser qu'avoir une maladie mentale signifie automatiquement qu'on est violent et meurtrier.

— C'est exactement ce que je pense.

— Pas automatiquement... mais peut-être, dit Molly avec obstination. D'accord, j'ai fait de mon mieux pour l'affaire. Maintenant, voyons ton point de vue, dit Molly en réussissant un sourire qui n'était que légèrement forcé.

❧ 25 ☙

Heureux d'avoir une raison d'être hors du commissariat pendant que la chef y était, Paul-Henri se rendit au cabinet du Dr Vernay, pour poursuivre son travail sur la liste des invités du dîner des Valette. Il s'arrêta brièvement sur le pas de la porte pour vérifier son uniforme, épousseta un peu de peluche sur sa manche, et frappa à la porte.

Robinette Vernay, les joues roses et débordante de santé, ouvrit la porte et le fit entrer.

— Oh, je suis vraiment désolée, officier, dit-elle, en prenant Paul-Henri par surprise. Vous avez l'air en bien piteux état. J'ai peur que le docteur soit avec un patient en ce moment, pouvez-vous attendre un peu ? Y a-t-il quelque chose que je puisse faire en attendant pour vous mettre plus à l'aise ?

Paul-Henri ne savait que dire. Il tira sur le bas de sa veste et bomba le torse.

— Je ne suis pas sûr de comprendre ce que vous voulez dire, dit-il. Je suis ici pour voir le docteur, oui, mais pour une affaire de police, pas en tant que patient.

— Ah, dit Robinette, l'air sceptique. Vous devriez peut-être laisser le docteur vous examiner rapidement, pendant que vous y êtes. Votre teint n'est pas bon, dit-elle d'un air sinistre.

Mal à l'aise, Paul-Henri prit place dans la petite salle d'attente. Il regarda autour de lui les efforts minimes de décoration, souhaitant soudain pouvoir boire un verre avant d'aller voir le docteur. Cela faisait des années qu'il n'avait pas fait de bilan de santé, et si la femme du docteur avait un talent pour le diagnostic ? Cela serait parfaitement logique qu'elle ait développé une telle intuition, étant donné qu'elle avait vu défiler un cortège de malades dans le cabinet jour après jour pendant des années. Et si elle pouvait sentir une maladie terrible sur le point de causer des symptômes, quelque chose de si affreux que—

— Le docteur va vous recevoir maintenant, dit Robinette en passant la tête par la porte. J'ai un peu de pineau, si vous voulez ?

Le fait qu'elle ait deviné ce qu'il venait de penser n'apaisa pas l'anxiété de Paul-Henri. Il acquiesça et prit le verre en entrant dans la salle d'examen du Dr Vernay.

— Bonjour, officier Monsour, dit le Dr Vernay par-dessus son épaule tout en se lavant les mains au lavabo. Que puis-je faire pour vous ?

— J'apprécie que vous preniez le temps, dit Paul-Henri, remarquant un picotement à l'arrière de son cou et lui attribuant des causes funestes.

Il but une gorgée de pineau.

— La gendarmerie interroge tous ceux qui étaient présents au dîner des Valette, comme vous pouvez vous y attendre.

— Bien sûr, bien sûr. Une terrible affaire. Pas vraiment mon domaine, vous comprenez - je vois des gens qui sont malades, parfois de façon tragique, mais dans l'ensemble je m'occupe des vivants. Ce dont je suis reconnaissant.

— Oui, dit Paul-Henri, distrait par une démangeaison sur son mollet gauche qu'il était sûr d'être une urticaire naissante. Donc, d'abord, juste une question générale - avez-vous remarqué quoi que ce soit cette nuit-là, n'importe quoi qui pourrait être utile à notre enquête ?

— Quel genre de chose avez-vous à l'esprit ?

— Oh, ça pourrait être n'importe quoi vraiment. Un échange entre deux personnes. Un regard, même. Une impression qu'il y avait quelque chose d'inexpliqué sous la surface. Un commentaire entendu qui, rétrospectivement, semble troublant...

Le Dr Vernay tenait son menton dans une main, sa posture habituelle pour réfléchir.

— Je ne pense pas qu'il y ait quoi que ce soit, dit-il enfin. C'était une soirée inhabituelle, comme vous le savez maintenant... une soirée où les hôtes ne connaissaient aucun des invités. Un peu étrange, n'est-ce pas ? Bien sûr, nous, les villageois, étions là dans notre bonne humeur habituelle, et je pense que ça se passait plutôt bien malgré la circonstance inhabituelle, jusqu'à... eh bien, l'horrible affaire avec la nounou. Quel était son nom déjà ?

— Violette Crespelle.

— Oui, c'est ça.

Le docteur hocha la tête.

— Une charmante fille. Vraiment tragique.

— Avez-vous vu quelqu'un entrer dans la bibliothèque après que les lumières se sont éteintes ?

— Je suis désolé de dire qu'il faisait si sombre que je ne pouvais pas voir ma main devant mon visage. C'était le chaos pendant quelques instants, avec des gens qui se précipitaient et se cognaient contre les meubles, jusqu'à ce que Pascal, je crois, réussisse à rallumer les lumières. Il s'avère que certains de nos amis adultes sont affligés d'une peur du noir, dit-il, l'air amusé.

— C'est Pascal qui a rallumé la lumière ? Monsieur Valette était-il avec lui ?

— Je ne pense pas. Je ne sais pas où il était.

— Et Madame Valette, savez-vous où elle se trouvait pendant l'instant d'obscurité ?

Le Dr Vernay fit une pause. Il mit ses mains dans les poches de sa blouse.

— Comme je l'ai dit, je ne l'ai pas vue, ni elle ni personne d'autre.

Paul-Henri sentit que le docteur avait quelque chose de plus à dire.

— Et quelle est votre impression de Madame Valette, docteur ?

— Mon impression ?

— Quel genre de personne est-elle ? Je sais que vous ne lui avez pas fait d'examen, c'était une soirée après tout - mais y avait-il quelque chose chez elle qui, eh bien, vous inquiétait d'une manière ou d'une autre ? Ou qui a suscité une certaine curiosité de votre part, disons, de nature professionnelle ?

Paul-Henri comprit qu'il guidait manifestement Vernay, mais après tout, ils n'étaient pas au tribunal, et l'interrogatoire était parfaitement légal.

Le Dr Vernay hocha lentement la tête.

— Je crois que je vois ce que vous voulez dire. Eh bien, je n'aime pas... elle n'est pas une de mes patientes, donc je suis libre d'en parler... mais néanmoins, ce n'est pas comme ça que j'aime faire les choses, vous comprenez. Je ne suis vraiment pas du genre à colporter des ragots.

— Des ragots ? dit Paul-Henri. C'est une enquête pour meurtre, docteur. S'il vous plaît, continuez.

Vernay semblait mal à l'aise, mais finit par hausser les épaules et dire :

— Tant que vous notez que ce n'est définitivement pas une opinion professionnelle, car sans un examen réel et divers types de tests, ce que je vais dire n'est que... rien de plus qu'une impression. Et pas une impression éclairée.

Paul-Henri fit un bref signe de tête et attendit.

— Camille Valette m'a effectivement intéressé, en vérité, au-delà de la simple curiosité sociale. Au début, je me suis interrogé sur ce dîner pour un groupe d'étrangers. Je comprends que les Valette étaient nouveaux dans le village, mais la plupart des gens laisseraient les connexions sociales se développer de manière plus... organique, je pense qu'on pourrait dire. N'êtes-vous pas d'accord ?

Paul-Henri haussa les épaules, mais il pensait la même chose. Pour une Parisienne riche et bien connectée d'avoir invité un groupe d'inconnus sur la recommandation d'un serveur, également inconnu d'elle, c'était pratiquement impensable selon lui.

— Donc la réalisation même de ce dîner a piqué mon intérêt, si l'on peut dire, poursuivit Vernay. Mais ensuite, il y a eu d'autres moments, des échanges avec diverses personnes...

Il s'interrompit.

— Oui ?

— Eh bien, permettez-moi d'insister encore une fois sur le fait que je ne suis pas psychiatre et que tout ce que je pourrais dire à ce sujet provient simplement de la lecture de revues médicales, et non d'une expérience clinique ou d'une formation spécialisée. À peine plus valable que l'opinion d'une personne lambda dans la rue. Mais je me suis demandé, officier Monsour - et peut-être que nous tous qui étions invités vendredi soir nous le sommes demandé - pourquoi une famille éminente et prospère comme les Valette s'est retrouvée à Castillac ? S'ils étaient beaucoup plus âgés et cherchaient à prendre leur retraite, alors peut-être que cela aurait un sens, bien que ce soit déjà tiré par les cheveux. Mais un homme avec un emploi distingué, dans la fleur de l'âge, avec une jeune famille - on doit se poser la question, n'est-ce pas ? Il m'est venu à l'esprit que la réponse pourrait se trouver du côté de son épouse et non de Monsieur Valette lui-même. Alors, dans cette optique, je suis devenu un peu plus attentif à Madame Valette, et j'ai remarqué...

Paul-Henri attendit. Il était généralement un homme patient, mais la démangeaison sur son mollet le distrayait et le perturbait, et il lâcha :

— Oui ? Qu'avez-vous remarqué, s'il vous plaît ?

— Je me suis demandé si - pure spéculation, je vous le rappelle - si peut-être Madame Valette avait reçu le genre de diagnostic qui... qui rend les situations sociales problématiques, si je puis m'exprimer ainsi. Et que peut-être Monsieur Valette voulait la cacher dans un petit village où elle aurait moins de chances de causer du tort.

— Pourriez-vous être plus précis ? Quel genre de diagnostic ?

— Un trouble de la personnalité est ce qui m'est venu à l'esprit. Ces personnes peuvent être... elles peuvent se comporter de manière inexplicable, dit le Dr Vernay.

Il baissa la voix presque jusqu'à un murmure.

— Et elles peuvent être violentes.

— Intéressant, dit Paul-Henri, en se penchant pour se gratter la jambe même s'il était certainement assez bien élevé pour savoir que se gratter en public, lors d'une enquête de police ou autre, était un comportement intolérablement impoli. Pouvez-vous me dire ce qu'elle a fait ou dit pour vous donner cette idée ?

— Eh bien, l'impulsivité est une caractéristique de cette condition, et le dîner correspond certainement à cela, à mon avis. Ensuite, quand l'orage a éclaté et que les lumières se sont éteintes, je n'ai vu aucun signe qu'elle s'inquiétait pour ses enfants. Complètement centrée sur elle-même, c'est ainsi qu'elle m'est apparue. Oh, j'ai l'air de la pire des commères du village ! Vraiment, cela me ferait plaisir si vous pouviez rayer tout ce que je viens de dire, officier Monsour. Ce ne sont que les plus vagues élucubrations, sans doute dues à l'insistance humaine à trouver des raisons à tout, alors que parfois il n'y en a pas.

Paul-Henri remercia le docteur, décidant d'observer l'évolution de la démangeaison plutôt que de lui demander d'y jeter un coup d'œil sur-le-champ. L'entretien avait été fructueux, peu importe à quel point le docteur s'en défendait, et Paul-Henri avait hâte de présenter à la chef encore plus de preuves qu'il y avait un meilleur suspect à portée de main que le pauvre vieux Lapin. Même si c'était un rustre.

❧ 2 6 ❧

Ce vendredi après-midi, Ben était de nouveau à Bergerac pour rencontrer Bernard Petit. Molly se promena avec Bobo jusqu'au chantier de rénovation et observa avec satisfaction plusieurs hommes qui commençaient les préparatifs pour la construction des murs, mélangeant un bac de mortier et disposant leurs outils avec soin. Profitant de la chaleur de cette fin septembre, elle fut tentée de faire une longue promenade pour s'éclaircir les idées, mais cela devrait attendre.

Elle devait parler à Simon de nouveau. Il aurait été préférable de le voir ailleurs que chez lui, mais Molly était pressée. Si elle pouvait le convaincre de lui dire pourquoi sa femme avait été à l'hôpital psychiatrique - avec quelques détails, comme s'il s'agissait d'un séjour volontaire - Molly pensait qu'elle aurait une idée plus précise quant à la justesse de son intuition concernant Camille. Elle retourna donc à La Baraque, mangea une tartine avec de la confiture de fraises de Madame Sabourin, enfila une veste et une écharpe, puis prit le scooter pour se rendre de l'autre côté du village au manoir des Valette.

Elle repéra Simon immédiatement ; il travaillait sur la ruine, torse nu, et soulevait avec force une grosse pierre pour la mettre dans une brouette.

— C'est un travail plutôt rude pour un diplômé de l'ENA, dit-elle avec un soupçon de malice.

— Êtes-vous en train de dire que je suis faible ? répondit Simon en souriant. Je pourrais vous raconter des histoires d'analyse de données qui vous défriseraient les cheveux, dit-il. Pas que les vôtres en aient besoin, ajouta-t-il en regardant sa tignasse sauvage, rendue encore plus désordonnée par le trajet en scooter.

— Je suis désolée de débarquer à l'improviste, dit Molly, l'appréciant de plus en plus à chaque rencontre. Mais quelque chose a attiré mon attention et j'aurais besoin d'éclaircissements.

Simon la regarda avec une expression ouverte.

— Oui ?

— C'est à propos de Camille, dit Molly en baissant la voix. Et de l'hôpital Sainte Anne ?

Simon fit une petite grimace. Il s'essuya le front avec un mouchoir et grimaça à nouveau.

— Ce n'est pas ce que vous croyez, dit-il.

— Je ne dis pas que ça a l'air d'être quoi que ce soit de particulier. C'est juste... vous comprenez pourquoi je pose la question, j'en suis sûre. Ce serait impardonnable d'être aussi indiscrète dans d'autres circonstances. Mais Camille... y était-elle de son plein gré ? Il est important que Ben et moi le sachions.

— Oui, dit Simon. Tout à fait. C'était... c'était un moment de grande détresse pour elle, et...

Il porta une main à son visage et frotta sa joue d'un doigt en réfléchissant à ce qu'il allait dire ensuite.

— Elle a toujours lutté contre une anxiété terrible, dit-il. Et un jour, ça a plutôt atteint son paroxysme.

— Et le diagnostic ?

— Je ne suis pas entièrement sûr qu'elle en ait eu un, du moins au-delà d'une anxiété et d'une dépression sévères.

Il prit une profonde inspiration et posa un pied sur une pierre.

— J'ai soutenu de tout cœur son séjour à l'hôpital, mais je ne peux pas dire que j'ai été impressionné par les soins qui lui ont été prodigués. La santé mentale reste plus un mystère qu'autre chose, dit-il.

Il baissa les yeux vers le sol un instant avant de les relever vers Molly.

— Vous comprenez maintenant un peu mieux, je suppose, pourquoi le déménagement à Castillac semblait être une bonne idée ?

Molly hocha la tête.

— Oui, bien sûr. Je veux dire, j'aime ce village de tout mon cœur, alors ça ne me surprend jamais si quelqu'un d'autre y est attiré. Je... je suis moi-même venue ici parce que j'avais besoin de me reconstruire émotionnellement.

Elle envisagea d'en dire plus mais s'arrêta.

— Le problème, c'est que... je pense que les gens sont curieux à propos de votre déménagement à cause de *vous*. Une Américaine qui débarque au hasard n'inspire pas autant de curiosité qu'un diplômé de l'ENA avec un poste important chez Byatt Industries. Comme je l'ai dit, on ne voit pas beaucoup de gens avec votre CV par ici.

Il haussa les épaules et détourna la tête. À ce moment-là, la lumière frappa le côté de son visage et Molly vit une cicatrice sur sa joue qu'elle n'avait pas remarquée auparavant. Elle faisait environ cinq centimètres de long, allant de sa pommette vers sa mâchoire, exactement là où son doigt était posé un instant plus tôt lorsqu'il pensait au séjour de sa femme à l'hôpital.

Elle l'a coupé, pensa simplement Molly, et à l'instant même où elle eut cette pensée, elle sut qu'elle avait raison. Qui savait quelles étaient les circonstances - peut-être que c'était un accident (même si elle en doutait). Quelle que soit l'histoire, Molly était certaine que Camille Valette avait utilisé un couteau contre son mari et lui avait laissé cette cicatrice sur sa joue séduisante.

Ce n'était pas le moment d'insister. Mieux valait parler à Ben et aux gendarmes, voir s'ils pouvaient obtenir une confirmation de l'hôpital d'une manière ou d'une autre, et laisser les prochaines étapes se dérouler à partir de là.

Elle resta dans l'allée de la maison des Valette pendant encore vingt minutes, plaisantant avec Simon et prenant peut-être plus de plaisir qu'elle n'aurait dû. C'était touchant, un mari prêt à couvrir sa femme de cette façon, et dans un coin de son esprit, tandis qu'ils parlaient des nouvelles locales et des événements du village, Molly imaginait la scène où Camille avait entaillé le visage de son mari avec la lame.

S'étaient-ils disputés ? Ou s'était-elle faufilée pour le surprendre ? Et comment diable peut-on pardonner à quelqu'un qui vous attaque ainsi ?

Elle n'était pas sûre d'en être capable, pour être honnête. Ben ferait mieux de se tenir à l'écart des couverts, pensa-t-elle avec un petit sourire en faisant un signe d'au revoir à Simon et en partant pour La Baraque.

$$\text{❄} \quad 27 \quad \text{❄}$$

Les hurlements étaient si forts que la carafe à décanter posée sur le buffet tremblait.

— Bon sang, dit Simon en franchissant la porte d'entrée, le visage renfrogné. Qu'est-ce que c'est que tout ce bruit ?

— C'est Maman, dit doucement Gisèle. Avec Chloë.

Simon jeta un rapide regard inquiet à sa fille avant de monter les marches quatre à quatre. Il fit irruption dans la chambre pour trouver Camille toujours au lit, vêtue de la même veste de chambre matelassée Chanel qu'elle avait portée toute la semaine, adossée à une pile de coussins aux taies brodées, l'expression maussade. Chloë se tenait au pied du lit, en train de pleurer à chaudes larmes.

— Que se passe-t-il ? demanda-t-il d'une voix basse.

— Elle m'a frappée, et je m'enfuis ! Je déteste cette famille ! cria la fille à pleins poumons, avant de se précipiter hors de la pièce sans s'arrêter pour chercher du réconfort auprès de son père.

Simon prit une profonde inspiration.

— Arrête, dit-il en plissant les yeux vers sa femme. Je te l'ai dit des centaines de fois, tu dois *arrêter*.

— Penses-tu qu'elles devraient être autorisées à être imperti-
nentes ? Je devrais simplement laisser les filles, mes propres filles,
dire et faire tout ce qu'elles veulent ? C'est ça que tu veux,
Simon ?

— Bien sûr que non ! dit-il. Ce n'est pas du tout ce que je dis
et tu le sais très bien ! Nous en avons parlé et reparlé, Camille. Tes
thérapeutes...

— Tu m'as forcée à descendre ici pour que je ne puisse plus les
voir ! C'est de ta faute, Simon. Tout est de ta faute.

Camille baissa la tête et renifla.

— Tu sais que je ne supporte pas quand tu me cries dessus, dit-
elle, cherchant à tâtons un mouchoir d'une main.

Rassemblant tout son contrôle, Simon traversa la chambre
jusqu'à la salle de bain et commença à enlever son pantalon poussiéreux pour se préparer à la douche.

— Et maintenant tu m'ignores, c'est ça ? dit Camille.

Alors que Simon entrait dans la douche, il entendit Raphaël
commencer à hurler. Il prit le savon, une nouvelle barre de
lavande de Marseille, et en inhala le parfum avant de plonger la
tête sous l'eau, faisant de son mieux pour les bloquer tous.

Oh, quelle perte Violette s'est avérée être, pensa-t-il.

Il essaya de chasser les sentiments de ressentiment et de
fureur qui bouillonnaient en lui, mais il n'y parvint pas, et l'eau
chaude ne fit rien pour les apaiser.

❧ 28 ❧

—Allez, Molly, tu ne fais que deviner et tu le sais bien !
Elle haussa les épaules.

— Eh bien, peut-être. D'accord, *bien sûr* que je devine. Mais...
tu sais, cette sensation que tu as quand une idée te vient et que tu
sais au plus profond de toi qu'elle est juste, peu importe si tu as
des preuves ou non ? Je sais que tu vois ce que je veux dire.

— Oui. Et j'admets que ton intuition a un assez bon palmarès.
Il tendit la main et lui caressa la joue.

— Je ne rejette pas ce que tu dis, loin de là.

— Merci ! dit Molly, ravie.

— Mais je pense toujours qu'on ne peut pas aller voir Charlot
avec nos soupçons. Pas encore. D'une part, comme je sais que je
n'ai pas besoin de te le rappeler, tout ce qu'on a, ce sont des
preuves circonstancielles et des soupçons. Même si Camille a
effectivement attaqué Simon et l'a tailladé, ça ne veut pas dire
qu'elle a étranglé Violette. Et d'autre part, Charlot ne nous
connaît pas du tout. Ce n'est pas comme avec Maron, où nous
avions un passé commun, et où nous savions d'avance qu'il accordait de l'importance à ce que nous avions à dire.

— Je comprends, dit Molly. Je suppose qu'il n'y a aucun moyen d'obtenir une confirmation de l'hôpital que Camille y était parce qu'elle avait attaqué Simon ?

— Pas légalement. Vu les lois sur la confidentialité.

— Eh bien, et illégalement alors ? Les détectives privés ne sont-ils pas censés offrir quelques pots-de-vin par-ci par-là ? Les gens ne s'y attendent-ils pas, en fait ?

— Dans les séries télévisées, peut-être. Ce serait différent si l'hôpital était à Castillac. Mais là-bas, dans une banlieue parisienne, nous n'avons aucun levier, aucun contact.

— Peut-être que Paul-Henri en a.

Ben haussa les épaules.

— Je vais tâter le terrain avec lui.

Ils s'assirent à table, tous deux pensifs.

— Mais tu n'es toujours pas vraiment convaincu, n'est-ce pas ? dit Molly. Est-ce parce que tu ne crois pas vraiment qu'elle ait blessé Simon au visage, ou parce que même si elle l'avait fait, ça ne suffirait pas à te faire croire qu'elle est la meurtrière ?

— Un peu des deux. Jouons le scénario : disons que Camille est instable et violente, et qu'un jour elle prend un couteau contre son mari. Peut-être qu'elle a été provoquée, peut-être qu'elle a eu une sorte d'épisode psychotique. Mais dans tous les cas, quel rapport avec la nounou ? Attaquer un conjoint, à mon avis, c'est complètement différent que d'attaquer n'importe qui d'autre. Le potentiel de ressentiment et de rage est tellement plus grand.

— Des paroles inquiétantes, venant de mon fiancé, dit Molly d'un ton pince-sans-rire.

Ben sourit.

— J'ai entendu dire que le simple fait de laisser la lunette des toilettes relevée peut finalement conduire à une mort prématurée.

Molly n'allait pas se laisser distraire.

— Mais tu ne vois pas que si le mariage était un gâchis, c'est une raison de plus pour qu'une épouse déséquilibrée puisse tuer la nounou ? Elle serait furieuse et jalouse à parts égales, et particulièrement vu qui est Simon.

— Élabore, s'il te plaît ?

— Je veux juste dire que c'est un homme charmant. Il aime les femmes. Je ne serais pas du tout surprise d'apprendre qu'il se passait quelque chose entre lui et Violette... ou que la nounou souhaitait qu'il se passe quelque chose, et que Simon l'ait menée en bateau, ou un scénario de ce genre.

— Donc tu ne lui fais pas confiance ?

Molly rit.

— Lui faire confiance ? Bien sûr que non ! Une jeune femme a été brutalement étranglée dans sa bibliothèque, évidemment que je ne lui fais pas confiance.

— Mais tu n'envisages pas que *lui* soit peut-être le meurtrier et non sa femme ?

— Non. Enfin, je l'ai envisagé, on doit considérer tous ceux qui étaient dans la maison cette nuit-là. Il avait les moyens et l'opportunité, je te l'accorde. Mais où est le mobile, Ben ? Comme je l'ai dit, il aime les femmes. J'imagine qu'il regrette plutôt la présence de Violette, qu'il y ait eu quelque chose entre eux ou non.

Ben prit un moment avant de répondre. Il savait qu'il n'avait rien à craindre - du moins il l'espérait -, mais entendre Molly parler avec tant d'admiration du charme de Simon n'était pas son truc préféré. Quand le pincement au cœur fut passé, il dit :

— Peut-être qu'ils avaient une liaison, que Violette a menacé de le dire à Camille, et que Simon a senti qu'il devait la faire taire ?

— Simon te semble-t-il si déséquilibré ou désespéré ? D'innombrables épouses - et mariages - ont survécu à l'infidélité sans que personne ne soit assassiné.

— Certains mariages n'ont aucun problème avec ça.

— Ah bon ? dit Molly d'un air espiègle. Donc dans notre cas, si je—

— *Non*, dit Ben en l'attirant plus près. Je n'aime pas partager.

Molly sourit.

— Ce n'est pas non plus mon idée du plaisir. Contente qu'on ait réglé ça.

Ben l'embrassa, puis soupira.

— Je trouve cette affaire un peu impénétrable. De l'extérieur, on dirait que ça devrait être la chose la plus simple - un groupe de personnes coincées dans la maison quand un meurtre est commis, la plupart d'entre elles n'ayant aucun lien avec les propriétaires de la maison ou avec la victime. Je sais que pour l'instant Camille semble être la coupable évidente, et je ne veux pas être, comment dit-on en anglais, « sticks in the dirt » ?

— « Stick in the mud », un rabat-joie, dit Molly sans sourire, le charme de la confusion de Ben sur cette expression particulière s'étant estompé depuis longtemps.

La vérité était qu'elle se sentait toujours irritée quand elle avait une idée et qu'elle n'arrivait pas à le convaincre qu'elle avait raison, même si son insistance sur les preuves était tout à fait appropriée - ce qui ne la rendait que plus agaçante.

— Bon, dit-elle en s'illuminant. Ne restons pas toute la soirée à débattre de Camille. C'est vendredi soir, la bande sera probablement au complet Chez Papa. On les rejoint ?

Bobo s'allongea près de la porte, la tête sur ses pattes, l'air aussi mélancolique que possible, alors Molly lui donna une friandise au foie en sortant.

— Je ne sais pas pour toi, mais je trouve que mener l'enquête est épuisant, même quand tout ce que je fais c'est rester assise devant l'ordinateur, dit Molly en montant dans la voiture de Ben.

— Tu as trouvé quelque chose ?

— Eh bien, j'ai appris de cet invité de la Saint-Valentin dernière, tu te souviens d'Ira Bilson ? Il m'a montré à quel point un peu de travail de détective sur Internet peut être précieux. Les gens se connectent et pensent qu'ils sont cachés, mais oh comme ils se trompent lourdement, dit-elle en riant.

— Alors qu'est-ce que tu as trouvé ?

— Rien. Pour le moment.

— Je vais te dire, je ne vois pas l'intérêt d'Internet, du moins au-delà des affaires. Commander des choses en ligne et se les faire livrer, bien sûr presque tout le monde aimerait ça. C'est un tel gain de temps, entre autres. Mais socialement... je préfère tellement parler à quelqu'un en face à face. Les expressions du visage et même les silences, à mon avis, peuvent être si significatifs. Mais il n'y a pas de silences dans les conversations sur Internet, n'est-ce pas ?

— Eh bien, en quelque sorte. Si quelqu'un met longtemps à répondre. Mais ce n'est pas vraiment la même chose, tu as raison. Il n'y a aucun doute qu'on perd certains aspects de la communication qu'on a en personne. C'est un peu comme écrire une lettre - ni mieux ni pire, juste différent. Si tu veux mon avis.

— Et si on demandait aux experts ? dit Ben alors qu'ils entraient Chez Papa sous un chœur de bonsoirs. Bonsoir, tout le monde, dit Ben. Molly et moi nous demandions justement, combien d'entre vous passent du temps à socialiser en ligne ? Pas pour faire des achats, mais pour discuter avec des gens que vous connaissez dans la vraie vie ou que vous avez rencontrés en ligne ?

Tout le monde dans le bistrot leva la main sauf Nico.

— Vraiment ! s'exclama Ben, stupéfait.

— Tu vois ? Nous sommes tous en train d'avancer dans le vingt-et-unième siècle, et nous t'avons laissé derrière avec les fouets du cocher ! dit Molly.

Nico eut l'air légèrement affligé et Molly l'assura qu'elle ne faisait que plaisanter.

— Je suis sûr qu'Internet est une grande aubaine pour le monde des détectives privés, c'est certain, dit Nico. Mais je préfère de loin me réunir avec des amis autour d'une table plutôt que sur un écran. La nourriture est meilleure, dit-il en attrapant la bouteille de cassis avant que Molly n'ait à dire un mot.

— Je suis entièrement d'accord sur ce point, dit Molly. Je me demande... pensez-vous qu'on est la même personne quand on rencontre quelqu'un en ligne et qu'on apprend à le connaître ?

Est-ce qu'on change qui l'on est, d'une certaine façon, intention-nellement ou non, puisqu'on n'est pas vraiment vu ?

— Je ne parle pas de mon ventre bedonnant, dit un homme au bout du bar, et tout le monde rit.

— J'ai rencontré des gens sur des forums de discussion poli-tique, dit Nico, mais la conversation porte sur des idées, ce n'est pas personnel. À mon avis, nous devons protéger notre vie privée maintenant plus que jamais.

Molly pencha la tête sur le côté, considérant son ami Nico, qui avait toujours eu un côté secret. Certains de ses plus grands secrets avaient été découverts, mais une habitude de toute une vie ne s'effacerait pas si facilement, pensa-t-elle.

— D'accord, deuxième question, dit-elle en élevant la voix et en s'adressant à toute la salle. Combien d'entre vous ont déjà googlé quelqu'un qu'ils connaissent, ou cherché des informations en ligne sur leurs amis ou leur famille ?

Encore une fois, toutes les mains se levèrent.

— C'est un monde différent, dit Ben à voix basse.

Peut-être, pensa Molly. Mais si nous arrivons à le maîtriser, ce monde différent pourrait être un atout formidable pour Dufort & Sutton Investigations. Bien que la façon d'y parvenir soit une autre question, plus difficile.

Tout ce que Molly voulait faire le samedi matin était de s'asseoir devant son ordinateur pour essayer de trouver ne serait-ce qu'un petit bout de quelque chose, n'importe quoi, qui pourrait éclairer un peu Camille Valette et son penchant pour la violence. Elle essaya plusieurs moteurs de recherche différents et devint de plus en plus créative avec ses mots-clés, mais après plusieurs heures de recherche assidue, elle n'avait absolument rien trouvé.

À neuf heures, elle se força à s'éloigner de la cafetière et de l'ordinateur. C'était le jour du changement, après tout, et peu importe à quel point l'affaire était intéressante ou la piste froide, il fallait dire au revoir à Arthur Malreaux, Constance allait arriver d'une minute à l'autre pour faire le ménage, et un nouveau couple devait arriver plus tard dans l'après-midi. Il était temps de se remuer et de tout préparer.

— Molls ! cria Constance, qui s'était laissée entrer.

Molly apparut de sa chambre, en train de passer un peigne dans ses cheveux.

— Bonjour, Constance, dit-elle, inquiète de l'expression de son amie. Quelque chose ne va pas ?

— C'est sûr, dit Constance, les yeux embués.

Oh là là, pensa Molly. Qu'est-ce que Thomas a encore fait ?

— C'est Madame Gervais, dit Constance.

Elle secoua la tête, son visage se décomposant.

— Que s'est-il passé ? dit Molly, le cœur serré.

— Elle... elle est morte la nuit dernière. Ou peut-être ce matin. Je ne suis pas sûre exactement quand. Sa voisine... Madame Gervais n'a pas répondu à la porte, alors la voisine est entrée, et elle était... elle était morte dans son lit.

Molly déglutit péniblement, puis une seconde fois. Madame Gervais avait atteint l'âge de cent quatre ans et avait réussi à mourir dans son propre lit. Bien joué, pensa Molly, bien joué.

— Je suis vraiment désolée. Je suppose qu'on ne devrait pas être choquées, mais ça ne veut pas dire que la nouvelle n'est pas terrible.

— Eh bien, je *suis* choquée. J'étais presque sûre qu'elle était immortelle.

— Ça en avait l'air. Les rues de Castillac ne seront plus les mêmes sans elle.

— Non, elles ne le seront pas, dit Constance en sanglotant. Et je pense que tu devrais aller jeter un coup d'œil là-bas. Je ne dis pas qu'il s'est passé quelque chose de louche ou quoi que ce soit, mais on ne sait jamais, Molly. On ne sait jamais. Quelqu'un aurait pu se faufiler là-bas et lui tenir un oreiller sur la tête. On ne sait jamais de quoi les gens sont capables.

Molly soupira. Parfois, Constance demandait un peu trop d'énergie pour la gérer.

— Je suis sûre à cent pour cent qu'il n'y a rien eu de louche, dit-elle. Allez, viens dans mes bras. Je suis triste aussi. Elle va vraiment me manquer.

Elles eurent une longue étreinte larmoyante, puis se redressèrent et commencèrent à rassembler le matériel de nettoyage, toutes deux sentant qu'un travail productif et physique leur ferait du bien. Molly porta l'aspirateur au pigeonnier, réalisant qu'elle ne savait pas si les Jenkins prévoyaient de rester une semaine de plus. Elle pouvait toujours mettre le nouveau couple dans l'annexe, donc ça n'avait pas vraiment d'importance de toute façon, mais elle remarqua qu'elle devenait négligente sur certains détails de la gestion du gîte et se promit de faire mieux.

Les Jenkins étaient sortis, sans doute en train de visiter une autre église, et Molly entra et passa l'aspirateur dans les deux pièces. C'étaient des hôtes ordonnés et il n'y avait pas grand-chose à faire. Molly récura l'évier et s'assura qu'il y avait suffisamment de savon dans la cuisine et la salle de bain, puis se dirigea vers le cottage, où elle s'attendait à voir Todor et Elise qui l'attendaient.

— Je pense qu'on ne partira jamais, annonça Todor alors qu'elle approchait.

Il souriait et ouvrait les bras vers le ciel.

— Malgré cette soudaine gastro, Elise et moi avons passé un moment merveilleux ici. Se promener dans le village, c'est un peu comme remonter le temps, n'est-ce pas ?

— Oui, dit Molly. Même si évidemment il y a des voitures et des téléphones portables et toutes sortes de choses modernes autour, très souvent si la lumière est bonne, on peut regarder une des rues et avoir l'impression d'être revenu au Moyen Âge d'une certaine façon.

— Ce sont ces vieilles pierres, dit Todor.

— Je les aime tellement, dit Molly.

Elle pensa alors à Madame Gervais, à quel point elle était habituée à jeter un coup d'œil dans la rue et à voir la vieille dame se déplacer avec son chariot de courses, s'arrêtant pour parler à des amis en chemin.

— Est-ce que... Je suis désolé de m'immiscer, mais est-ce que quelque chose ne va pas ? demanda Todor.

— Hm, ah, j'ai quelque chose dans l'œil, dit Molly. Est-ce que Elise et vous prévoyez de sortir aujourd'hui ? Je peux revenir passer un coup d'aspirateur rapide si vous voulez.

Todor se lança dans une longue description de tout ce qu'ils prévoyaient de faire avant de partir, et finit par demander à Molly s'il serait possible de payer un peu plus pour le gîte et de rester pour une durée indéterminée.

— Je ne plaisante pas quand je dis que je ne veux jamais partir, dit-il en riant. Même s'il ne s'agit que d'un rêve éveillé, bien sûr. Nous devrons rentrer à un moment donné. Peut-être le mois prochain ? En attendant, il y a encore tellement de pâtisseries à essayer chez Bujold.

— Un homme comme je les aime, dit Molly en esquissant un sourire moins radieux que d'habitude à la mention de pâtisserie, puisque cela - comme presque tout pour les prochains jours - lui rappelait Madame Gervais et une tarte aux abricots qu'elles avaient un jour partagée à la pâtisserie.

Elle se précipita rapidement vers l'annexe pour souhaiter un bon départ à Arthur Malreaux, mais elle trouva sa chambre vide. Il avait laissé un mot de remerciement sur le lit - pas effusif, car ce n'était pas le genre d'Arthur. Mais Molly comprit qu'il appréciait la petite aide qu'elle lui avait apportée, même si les histoires qu'il avait entendues de Madame Gervais n'avaient pas couvert son ancêtre de gloire comme il l'avait espéré.

Après une brève consultation avec Constance, Molly sauta sur son scooter et se dirigea vers le village. Elle arriverait juste à temps pour la fin du marché, où elle espérait qu'une enquête en personne serait beaucoup plus productive que celle en ligne ne l'avait été.

Il aurait été facile de se laisser distraire par tous les détails de la vie du village, y compris les naissances et les décès, sans parler des pâtisseries et du changement de saisons - mais pas pour Molly. Le meurtre de Violette Crespelle était toujours présent dans son esprit, les détails défilant dans un diaporama constant tandis qu'elle essayait de mettre de l'ordre dans ce chaos.

29

Le lundi matin, Molly se tenait devant son armoire, essayant de trouver quelque chose à porter pour les funérailles de Madame Gervais, ses pensées désordonnées et anxieuses.

— Je n'ai jamais rien à me mettre. J'ai besoin de faire du shopping, peut-être à Bordeaux ? Mais parler d'acheter des vêtements - ou quoi que ce soit, en fait - semble tellement déplacé, face à... Oh ! Est-ce que nous avons déjà demandé à Paul-Henri des nouvelles de la famille de Violette ? Et, c'est une pensée macabre, mais qu'en est-il de *ses* funérailles ?

— J'ai posé la question à Paul-Henri quelques jours après le meurtre. Violette a une sœur qui vit aux États-Unis. Les deux parents Crespelle sont morts.

— Oh. Non pas que je voudrais qu'un parent ait à subir la perte d'un enfant, mais ça semble encore plus triste que Violette n'ait pas ses parents pour la pleurer.

— Sa sœur a demandé que le corps soit incinéré, donc je suppose qu'il n'y aura pas de funérailles, ou du moins pas de cérémonie au cimetière. Quant à une virée shopping à Bordeaux, on peut faire ça quand tu veux. Ça pourrait nous faire du bien à tous les deux de sortir de Castillac pour une journée. On pourrait passer la nuit, manger un bon repas...

— Comme tu me tentes.

Ben s'approcha derrière Molly et l'embrassa sur le côté du cou, ce qui ne manquait jamais de la faire fondre.

— J'aimerais te tenter pour plus qu'un dîner, mais si nous voulons arriver à temps pour ces funérailles, je suis désolé de dire qu'il est temps d'y aller, dit-il en l'embrassant une dernière fois.

Rapidement, Molly se coiffa et se massa quelques produits dans les cheveux, lança un autre biscuit au foie à Bobo parce que maintenant la chienne en attendait un à chaque fois que Molly sortait, et elle fut prête à partir. Ils se tinrent la main une fois arrivés rue des Chênes pour la courte marche jusqu'au cimetière. Bientôt, ils purent voir des villageois en train de marcher vers les grilles en fer forgé et une longue file de voitures garées le long de la route.

— Ouah, dit Molly. Regarde la foule !

— Madame Gervais connaissait tout le monde, dit Ben. Et pense : toutes les personnes qu'elle a connues enfants et même adolescentes sont mortes maintenant, donc ce n'est même pas proche du nombre d'amis qu'elle a eus au cours de sa vie.

Ils se frayèrent un chemin sous l'arche qui disait « *Priez pour vos morts* », embrassant les joues de leurs amis en chemin. Molly étant Molly, elle prêtait une attention particulière à toutes les personnes liées à l'affaire Crespelle : elle vit Marie-Claire en train de marcher avec Rex Ford ; le Dr Vernay et sa femme Robinette ; Nico et Frances.

— Garde un œil ouvert pour Lapin et Anne-Marie, murmura Molly à Ben. J'espère vraiment qu'il est sorti de sa cachette.

Frances se détacha de Nico et tomba dans les bras de Molly.

— Oh, je suis vraiment désolée pour ta perte, dit-elle. Et je déteste dire ça parce que ça semble tellement banal, alors que je veux vraiment dire que je suis désolée pour tout Castillac d'avoir perdu cette femme incroyable, et je suis juste si triste même si je ne peux pas vraiment dire que j'ai déjà eu une conversation avec elle, à cause de mon manque de français.

En réponse, Molly serra son amie dans ses bras.

— Elle était unique en son genre, dit Molly. Salut, Nico.

Nico l'embrassa sur les joues en secouant la tête.

— J'ai toujours pensé que je mourrais dans la vingtaine, dit-il. Et quand ça n'est pas arrivé, je... merde, je ne veux pas parler de moi. Aujourd'hui, c'est pour Madame Gervais.

— Bien sûr, dit Frances en glissant un bras autour de lui. Mais tu as le droit de parler d'autres choses aussi, je veux dire, allez quoi. Mon impression de Madame Gervais est qu'elle apprécierait que les gens ne soient pas trop moroses.

— En effet, dit Ben. Je m'attends à ce que Chez Papa soit bondé après les funérailles, avec de nombreux toasts animés et interminables.

Ils sourirent tous faiblement par anticipation. À ce moment-là, le corbillard arriva et la foule se calma. Quelques jeunes hommes que Molly ne reconnaissait pas servirent de porteurs, ainsi qu'Edmond Nugent, qui était tellement plus petit que les autres que le cercueil de Madame Gervais penchait dangereusement d'un côté.

Molly scruta la foule, à la recherche de Lapin, mais elle ne le vit pas.

— Que fait Simon Valette ici ? murmura Ben à son oreille, donnant un petit coup de menton vers la route, où l'on pouvait voir la tête de Simon osciller au-dessus du mur de pierre alors qu'il se dirigeait vers le cimetière.

— Aucune idée, dit Molly. Tu ne vois pas Paul-Henri ou Charlot, si ?

Ben secoua la tête.

Le cercueil fit son chemin maladroit vers la tombe sous le regard de centaines de paires d'yeux.

Frances laissa échapper un sanglot bruyant et Nico la prit dans ses bras.

— J'ai l'impression de ne pas avoir ma place ici ! chuchota-t-elle fort. Je ne la connaissais même pas vraiment !

Molly lui lança un regard, puis se fraya un chemin derrière la foule vers un endroit plus élevé où elle pourrait mieux voir. Il y avait Anne-Marie, vêtue d'un beau tailleur noir... Molly essaya de s'approcher d'elle mais la foule était trop dense et inflexible.

Cent quatre ans, Molly ne cessait de penser. Cela signifierait que je serais encore en vie en *2071*.

Elle s'arrêta, abasourdie. J'ai déjà commencé une nouvelle vie une fois, pensa-t-elle, mais si mes calculs sont corrects, je pourrais avoir le temps d'en commencer plusieurs autres avant que tout soit fini. Puis, alors que le cercueil était descendu, Molly baissa la tête et pensa à son amie, Madame Gervais. Comment son intelligence et sa bonne humeur brillaient dans ses yeux vifs, comment elle ne reculait devant aucune vérité, comme elle l'avait récemment démontré avec l'invité de La Baraque, Arthur Malreaux.

Elle va terriblement me manquer, pensa Molly en s'essuyant les yeux, alors que plus d'une centaine de personnes pensaient exactement la même chose presque au même moment.

*

Après la cérémonie, Ben et Molly se dirigeaient lentement vers la route pour aller déjeuner Chez Papa quand le portable de Molly vibra dans sa poche.

— C'est le numéro des Valette, dit-elle à Ben en fronçant les sourcils puis en tendant le cou pour trouver Simon, mais elle était trop petite pour voir par-dessus les têtes.

— Allô ? dit-elle d'une voix hésitante dans le téléphone.

— Bonjour, Madame Sutton, dit une jeune voix.

Molly avait du mal à entendre ; la voix était incertaine et la foule était devenue bavarde et bruyante.

— Bonjour ? dit-elle. C'est... Gisèle ?

— Oui, Madame, dit doucement la jeune fille.

Molly mit sa main sur son autre oreille, essayant d'entendre, mais la jeune fille ne dit rien d'autre.

— C'est agréable d'avoir de tes nouvelles, Gisèle. Puis-je... quelque chose ne va pas ? Tu veux que je vienne ?

— Non, ce n'est pas... pas ici. Je me demandais si vous pourriez me rejoindre quelque part, ailleurs qu'à la maison ? Je ne connais pas bien le village, mais il doit y avoir...

— Que dirais-tu de la pâtisserie Bujold ? C'est du côté du village le plus proche de chez toi, rue Picasso. Demande simplement à n'importe qui dans la rue et on pourra t'indiquer. Ça te convient ? J'y vais tout de suite.

— Merci, murmura Gisèle avant de raccrocher.

— Je dois sauter le passage Chez Papa pour l'instant, j'ai un autre arrêt à faire d'abord, dit Molly à Ben. Essaie de trouver Simon dans cette foule, dit-elle. Découvre ce qu'il fait ici, si tu peux trouver un moyen de demander sans paraître trop impoli. Ce n'est pas que j'aie des soupçons ou quoi que ce soit, c'est juste que... ça semble étrange, alors je suis curieuse de savoir ce qu'il dirait. Quoi qu'il en soit, c'était Gisèle. Elle veut me rencontrer, alors j'y vais...

Ben hocha la tête et fit un signe de la main, mais Molly ne put pas filer comme elle l'aurait voulu ; le chemin était encombré de gens qui ne semblaient pas du tout pressés, mais qui restaient là à échanger des histoires sur Madame Gervais et à parler de ce qu'ils allaient manger pour le déjeuner au lieu de passer la grille et de laisser les autres passer.

— Pardon ! répétait Molly, encore et encore, ne progressant qu'en utilisant judicieusement ses genoux et ses coudes, jusqu'à ce qu'enfin elle franchisse la grille et se mette en route vers le village, inquiète que Gisèle n'arrive à la pâtisserie Bujold en premier et ne pense qu'elle lui avait posé un lapin.

Molly arriva essoufflée à la boutique pour la trouver fermée. Bien sûr, elle réalisa trop tard que probablement toutes les entreprises du village étaient fermées pendant que tout le monde assistait aux funérailles. Elle fit les cent pas devant la porte, sa curiosité quant à la raison de l'appel de la jeune fille la rendant presque malade. Elle espérait qu'Edmond arriverait bientôt - elle avait désespérément besoin d'un expresso et d'un croissant aux amandes, ayant sauté le petit-déjeuner pour rentrer dans sa robe.

— Ah ! Le soleil brille vraiment, que je te vois ici, en train d'attendre sur le pas de ma porte ! lança Edmond, à mi-chemin dans la rue. Je pensais que tu serais Chez Papa, avec la moitié du village. Je suis touché que tu sois venue ici à la place. Et c'est une décision chanceuse pour toi, Molly Sutton, car ce matin même j'ai préparé la tarte aux abricots avec la couche de crème pâtissière dont tu es si folle.

— Tu viens de rendre une journée terrible bien meilleure, dit Molly, l'eau lui venant instantanément à la bouche.

Du coin de l'œil, elle vit une enfant tourner au coin de la rue et leva rapidement la main pour faire signe à Gisèle.

— Par ici, chérie ! cria-t-elle. Je l'ai invitée à prendre le thé, expliqua-t-elle à Edmond, qui avait levé les sourcils. C'est Gisèle Valette.

— Je sais très bien qui c'est, renifla Edmond. J'étais au dîner, tu sais.

— Bien sûr, désolée, j'étais seulement... je suis un peu distraite, admit-elle. J'ai besoin d'avoir un tête-à-tête avec Gisèle pendant quelques minutes. Tu pourrais trouver quelque chose d'important à faire à l'arrière, une fois que nous aurons nos pâtisseries et notre thé ?

Edmond leva le nez en l'air avec une grimace, mais il acquiesça.

— Bavardage de filles, renifla-t-il.

— Entre, dit Molly à Gisèle, qui s'attardait à la porte comme si elle allait s'enfuir. À mon humble avis, cette boutique est la meilleure chose à Castillac, et tous les nouveaux venus devraient y être amenés dès leur premier jour. Alors nous allons faire de notre mieux pour rattraper le temps perdu.

Derrière le comptoir, l'expression d'Edmond s'éclaira. Molly et Gisèle choisirent leurs pâtisseries sans trop hésiter. Edmond apporta les boissons à la petite table dans le coin puis disparut docilement à l'arrière, les laissant en privé.

— Je suis contente de t'avoir fait découvrir cet endroit, dit Molly confidentiellement. C'est-à-dire, si tu aimes les pâtisseries ? Je suppose qu'il doit y avoir des gens quelque part qui y sont indifférents, mais même eux pourraient changer d'avis s'ils essayaient celles d'Edmond. C'est vraiment un artiste.

Les yeux de Gisèle étaient écarquillés et Molly pouvait dire qu'elle souhaitait que le sol s'ouvre et l'engloutisse sur-le-champ.

— Et aussi, continua Molly, je suis très contente que tu m'aies appelée. Sais-tu... bien sûr que tu ne sais pas, à quoi est-ce que je pense ?... Je vais avoir *quarante* ans. C'est vrai ! C'est vieux, n'est-ce pas ? Mon anniversaire est dans quelques semaines. Mais je ne l'ai dit à personne. Même mon fiancé ne le sait pas. Tu penses que je devrais passer outre et organiser une grande fête ? Tu aimes les grandes fêtes ?

— Pas vraiment, dit Gisèle.

Molly attendit mais elle n'ajouta rien d'autre.

— Oh mon Dieu, je suis une vraie idiote... Gisèle, je suis tellement désolée de babiller à propos de fêtes, alors que la dernière fête chez toi... c'était... traumatisant, c'est le seul mot. Je sais que Violette doit terriblement te manquer.

La jeune fille haussa les épaules, mais Molly n'était pas dupe au point de croire que la jeune fille s'en moquait.

— J'espère que vous attraperez celui qui a fait ça, murmura Gisèle. J'ai entendu dire que vous êtes une détective célèbre, et je suis contente que mon père vous ait engagée.

— Je le suis aussi. Et mon partenaire et moi travaillons très dur sur l'affaire.

Molly fit une pause et prit une bouchée de la pâtisserie à l'abricot, savourant les morceaux caramélisés brûlés et la crème à la vanille.

— Je me demande, parce que tu sembles être une personne qui remarque les choses... aurais-tu peut-être quelque chose à me dire sur l'affaire ? Quelque chose que tu aurais entendu, ou vu, ou n'importe quoi ?

Gisèle secoua la tête.

— Non. Je ne crois pas, pas vraiment. J'aime beaucoup les histoires de détectives, et il y avait une émission à la télé qu'on regardait à Paris... mais je sais que c'est juste du faux, et je ne sais pas vraiment ce que font les détectives dans la vraie vie.

Molly rit.

— C'est beaucoup moins glamour qu'à la télé, je peux te le dire. Souvent, les meilleurs indices viennent d'un travail qui est une corvée minutieuse, pour être honnête - fouiller dans les poubelles de quelqu'un et trouver des reçus, interroger les gens encore et encore jusqu'à ce qu'ils finissent par mentionner la chose apparemment insignifiante qui fait basculer l'affaire. Tu serais surprise de voir à quel point une affaire repose souvent sur un petit détail que tout le monde néglige.

— Mais *vous*, vous le voyez, dit Gisèle en regardant Molly intensément.

Molly haussa les épaules.

— Je le cherche, dit-elle. Mais même dans les affaires que j'ai résolues, qui sait ce que j'ai pu manquer ?

— Et vous les avez toutes résolues ?

— Jusqu'à présent. Mais il n'y en a pas eu tant que ça. En réalité, j'ai eu beaucoup de chance, je ne veux pas que tu te fasses une fausse idée de moi, je ne suis pas une détective de génie comme Sherlock, vraiment pas. Tu veux une autre pâtisserie ? demanda-t-elle, voyant que l'assiette de Gisèle était vide à l'exception de quelques miettes.

Gisèle secoua la tête. Elle décida d'être directe.

— Gisèle, tu peux être franche avec moi. Est-ce qu'il y a ... une raison particulière pour que tu m'aies appelée ?

— Je... j'ai appelé parce que... eh bien, je ne *voulais* pas vous appeler, Madame Sutton, mais vous avez été si gentille l'autre jour, et avec Violette partie... *s'il vous plaît*, ne le dites pas à mon père ou à ma mère. Je ne pense pas qu'ils aimeraient ça du tout.

Molly hocha gravement la tête.

— Je suis très, très douée pour garder les secrets, dit-elle.

Gisèle esquissa un sourire. Ses deux dents de devant étaient un peu de travers, ce que Molly trouvait adorable.

— Violette me manque, dit-elle, toujours en chuchotant. Je pouvais lui dire des choses. Ça me faisait du bien de lui parler quand Maman...

Molly sentit un picotement sur sa nuque.

— Quand Maman... ?

— Frappe, dit Gisèle, à peine assez fort pour être entendue.

Elle fit une grimace qui rappela Simon à Molly.

Molly inspira brusquement. Elle n'était pas choquée d'entendre cette nouvelle, mais que pouvait-elle bien faire à ce sujet ?

— Oh, chérie. Ta sœur et toi ne méritez pas ça.

Gisèle secoua la tête, les yeux embués de larmes.

— Est-ce que ton père aide ? demanda doucement Molly.

La fillette haussa à nouveau les épaules.

— Il n'aime pas ça, dit-elle. Mais elle est plus forte que lui.

Molly réfléchit à cela. D'un côté, il était difficile d'imaginer qu'un homme avec le charme, l'intelligence et les accomplissements de Simon puisse être dominé par qui que ce soit. Mais d'un autre côté, Molly comprenait que ces qualités pourraient ne pas être la meilleure protection contre la violence. Ses bonnes manières pourraient, en fait, être son talon d'Achille.

Molly reporta son attention sur Gisèle. Elle se sentait désemparée, voulant offrir du réconfort mais sachant qu'il y avait peu, voire rien, qu'elle puisse faire pour aider. Y avait-il des lois sur ce genre de choses en France ? Elle en doutait, étant donné que les enseignants avaient longtemps été autorisés à frapper leurs élèves en classe.

La seule solution que Molly pouvait envisager serait de

prouver la culpabilité de Camille dans le meurtre de Violette Crespelle. Bien sûr, personne ne souhaiterait que sa mère soit arrêtée pour meurtre, mais au moins cela mettrait une distance sûre entre la mère cruelle et les chères petites filles, qui méritaient beaucoup mieux, comme n'importe quel enfant.

— Je ne vous ai pas appelée pour ça, dit Gisèle en se redressant et en regardant Molly avec une expression sérieuse.

— Il y a autre chose ?

— C'est à propos de l'autre soir. Je... j'aime observer les gens. Et écouter.

— Tu veux dire le soir du dîner chez tes parents ?

Molly ressentit ce picotement qu'elle avait parfois, qui signifiait que quelque chose d'important était dans les parages.

Du moins parfois c'était le cas.

— Oui, le soir où Violette a été étranglée, dit Gisèle de manière factuelle. J'ai pris quelques notes sur ce que les gens disaient. Vous voulez les entendre ?

— Bien sûr que je le veux, dit Molly.

— Alors, ce docteur ? J'ai raté le début mais il disait quelque chose comme quoi quelqu'un avait dû lui raconter toutes sortes d'histoires de cette époque et que les étudiants pouvaient être si vilains, ou quelque chose comme ça.

— À qui a-t-il dit cela ?

— À Violette, répondit Gisèle en haussant les épaules. Et il a dit que son nom de famille lui rappelait de se gaver de crêpes.

Molly hocha la tête, souhaitant que la fille ait quelque chose de plus substantiel à rapporter.

— Aussi, le professeur d'art a tapoté les fesses de Violette quand elle est passée, quand elle courait après Chloë. Comme s'ils étaient petit ami et petite amie ? Mais ils ne l'étaient pas. Violette m'a dit qu'elle était trop occupée pour avoir un petit ami.

— Je vois. Autre chose ?

— Chloë et moi étions sous la table pendant le dîner, vous vous souvenez ? J'avais demandé à Ophélie de nous préparer une petite boîte de nourriture et nous avons passé tout ce temps assises à côté des jambes de tout le monde.

Molly sourit.

— On voit beaucoup de choses là-dessous, dit Gisèle.

— Sans aucun doute.

Le picotement de Molly avait disparu, à son grand regret, tout comme sa pâtisserie et son café.

— Eh bien, as-tu d'autres petites anecdotes pour moi ? J'ai bien peur de devoir rentrer chez moi et voir quel genre d'enquête je peux mener depuis mon ordinateur.

Elles se levèrent. Molly chercha Edmond du regard mais il était toujours confiné à l'arrière, et elles sortirent au son du tintement de la cloche sur la porte.

— Une dernière chose, dit Gisèle. Je ne connais pas son nom, mais la femme avec les talons aiguilles, qui était assise à côté de l'homme qui portait les bottes rugueuses ?

— Marie-Claire Levy ? À côté de Ben ?

— Je suis désolée, c'est difficile de se rappeler de tous les adultes. Je pense que oui. Quoi qu'il en soit, je l'ai entendue dire quelque chose à ce professeur d'art après que Violette était sortie de la salle à manger. Elle a dit : « Personne ne sait, faites en sorte que ça reste ainsi. » Assez doucement, pour que personne n'entende.

Molly avait écouté attentivement tout ce que Gisèle avait dit, mais elle commençait à se sentir fatiguée et distraite, ressentant la pression de trop de directions à la fois.

— Ma douce, dit-elle en serrant la main de Gisèle puis en l'embrassant sur les joues. Tu m'as beaucoup aidée. Je vais rentrer chez moi et noter tout ce que tu m'as dit. Et sache que tu es la bienvenue à La Baraque à tout moment. Pas besoin d'appeler à l'avance.

Gisèle hocha la tête avec un petit sourire.

— As-tu besoin que je te raccompagne chez toi ?

La fillette regarda Molly comme si elle était folle.

— Quoi, Madame Sutton ? Ça fait des années que je me débrouille toute seule dans mon quartier à Paris. Je peux gérer Castillac.

Je n'en doute pas, pensa Molly, en la regardant descendre le trottoir d'un pas décidé, toutes deux se sentant mal à l'aise à l'idée de ce qui les attendait chez elles.

❦ 30 ❧

Anne-Marie Broussard n'était mariée à Lapin que depuis peu de temps. Elle n'était pas originaire de Castillac mais l'avait rencontré lors d'un marché aux puces à Limoges et l'avait épousé après une cour éclair, à la grande surprise des habitants de Castillac, qui avaient toujours connu Lapin comme étant une sorte de fouine avec les femmes et qui n'avait jamais eu de relation amoureuse durant plus d'un mois.

Pourtant, jusqu'au dîner chez les Valette, le mariage s'était extrêmement bien passé pour tous les deux. Lapin et Anne-Marie aimaient passer du temps ensemble ; ils s'entendaient bien sans se chamailler, ni se faire la tête, ils étaient physiquement bien assortis, se respectaient mutuellement, riaient et discutaient politique sans animosité - la liste de leurs compatibilités conjugales était longue et impressionnante.

Et c'était peut-être une partie du problème, pensait Anne-Marie, en ce dixième jour de la disparition de Lapin. Peut-être que j'ai commencé à prendre tout cela pour acquis, à supposer que le mariage continuerait joyeusement sans que j'y prête une attention particulière. Il devait y avoir quelque chose qui n'allait pas et je ne l'ai pas vu.

Nerveusement, elle rangeait la maison bien qu'elle fût déjà en parfait état. Elle passa devant un miroir dans l'entrée et s'arrêta pour se regarder. Elle était d'âge moyen, ses cheveux courts et naturellement bouclés. Elle était un peu épaisse au niveau de la taille et des rides commençaient à apparaître sur son front et autour de ses yeux. Anne-Marie soupira, pensant à la façon dont Lapin la poursuivait dans leur maison, en chantant des arias alors qu'il essayait de l'attraper, et comment ils tombaient sur le canapé en riant d'incrédulité devant leur bonheur. Que devait-elle penser de ces souvenirs maintenant ?

Et quelque chose d'autre la tracassait. Chez les Valette, Anne-Marie avait pour la première fois vu son mari regarder une autre femme avec désir. La nounou était passée dans la salle à manger à plusieurs reprises, avant et pendant le dîner, et Lapin ne l'avait pas quittée des yeux. Sans surprise, le cœur de la nouvelle épouse s'était serré. Mais sûrement, se disait-elle, c'était monnaie courante. Ce n'était pas comme si elle n'admirait pas Pascal quand elle allait prendre son petit-déjeuner au Café de la Place - ça ne voulait rien dire du tout. Elle n'allait pas se transformer en épouse harpie et jalouse pour rien de plus qu'un regard. Ce n'était pas qui elle était, se disait-elle lors de la soirée, et elle avait plutôt parlé avec animation à Nico, qui était assis à sa gauche, et à Pascal à sa droite.

Non, ce n'était pas le regard fixe de Lapin qui l'inquiétait, pensait-elle en polissant la table à manger en merisier - c'était son départ sans un mot quand les lumières s'étaient éteintes. Elle et Lapin avaient été si proches au fil des mois ; ils avaient partagé leurs peurs et leurs espoirs sans rien se cacher. Ce n'était même pas tant la fuite que le fait de ne rien lui en avoir dit, ni sur le moment, ni plus tard, alors qu'il savait qu'elle serait malade d'inquiétude. Elle ne pouvait pas croire - même après les jours passés sans contact - qu'il avait fait quelque chose de mal. Il ne pouvait tout simplement pas, cela n'avait aucun sens.

Pourtant... où diable était-il ?

✿

AVEC L'EXPRESSION blessée de Gisele encore fraîche dans son esprit, Molly était déterminée à trouver ne serait-ce qu'une once de preuve qui pourrait éventuellement faire éloigner temporairement Camille de la maison des Valette, sans la faire arrêter. Elle n'avait aucune idée de ce que cela pourrait être, mais n'était-ce pas justement la tâche principale d'un enquêteur que de chercher sans savoir ce qu'on cherchait ? Enfilant une veste et quittant La Baraque avec seulement un signe de la main à Bobo, elle sauta sur le scooter et se mit en route.

Je ne pense même plus au coupé Citroën, réalisa-t-elle en tournant dans la rue des Chênes. Il y a des mois, la voiture de luxe avait eu besoin d'une petite réparation et était restée au garage pendant une semaine, et depuis, Molly l'avait presque toujours laissée au garage, préférant le vent dans ses cheveux et même le froid en conduisant le scooter.

Cette réflexion fugace sur les alternatives de transport fut la seule distraction qu'elle s'autorisa pendant le trajet jusque chez les Valette. Elle décida qu'elle demanderait à interroger Raphaël, le père de Simon. Il était possible qu'il lui dise quelque chose d'incriminant sur Camille ; peut-être que sa belle-fille baissait sa garde autour de lui, le sous-estimant à cause de sa démence et supposant qu'il serait un témoin peu fiable.

Chez les Valette, Molly gara le scooter et regarda autour de la cour, sans voir personne. Elle frappa à la lourde porte en bois mais il n'y eut pas de réponse.

— Ho hé ! appela-t-elle, ayant adopté la manière française d'annoncer sa présence.

Elle s'approcha de la ruine, pensant qu'elle aurait pu manquer Simon, mais il n'était pas là. Alors qu'elle faisait le tour de la maison, elle tendit l'oreille pour écouter si elle entendait les filles, mais tout était silencieux.

Je n'imagine pas que Raphaël soit sorti, pensa-t-elle, et bien qu'elle sache parfaitement qu'elle ne devrait pas, elle tourna la poignée de la porte d'entrée et se fraya un chemin à l'intérieur de la maison.

— Ho hé ! appela-t-elle, et elle écouta.

Elle crut entendre quelque chose à l'étage, comme les pieds d'une chaise en train de racler le bois nu. Lentement, elle grimpa les escaliers, priant pour que Simon ou Camille n'apparaisse pas.

— Raphaël ?

Sa porte était entrouverte et la lumière du soleil s'y déversait. Molly frappa doucement, ce qui poussa la porte à s'ouvrir davantage. Elle le vit assis dans un fauteuil, face à la fenêtre. Ses épaules s'affaissaient et il ne se retourna pas au bruit de son coup ou de ses pas.

— Raphaël ? Je suis désolée de vous déranger, dit-elle. Je m'appelle Molly Sutton. Je me demandais si ça ne vous dérangerait pas de me parler un peu de l'autre soir ?

Le vieil homme tourna la tête dans sa direction. Ses cheveux étaient ébouriffés à l'arrière et il avait besoin de se raser, mais Molly crut voir une lueur de curiosité dans ses yeux.

— Qui êtes-vous ? demanda-t-il en plissant les yeux.

— Je suis Molly Sutton. Je suis détective privée et j'étais aussi présente au dîner vendredi dernier quand Violette Crespelle a été assassinée.

Peut-être aurait-elle dû être un peu plus circonspecte, mais elle avait le sentiment que c'était un homme qui appréciait la franchise.

Raphaël se leva et s'approcha d'elle. C'était un homme grand avec une large carrure, et il n'était pas dépourvu de force physique.

— Qui est Violette Crespelle ? dit-il.

Molly déglutit.

— La nounou. La jeune femme qui vivait ici et qui aidait à s'occuper de vos petites-filles.

— Des voleurs, dit Raphaël.

Il s'approcha et prit Molly par l'épaule, puis l'embrassa sur les deux joues avec une certaine force.

— Quelqu'un vous a-t-il volé quelque chose ? dit Molly, essayant de faire un pas en arrière.

Lâchant ses bras, Raphaël rejeta la tête en arrière et rit.

— Voler quelque chose ? Ils volent tout, chérie, *tout*.

— Quelles choses ?

Molly n'était pas sûre de la raison pour laquelle elle n'abandonnait pas simplement pour rentrer chez elle. Il n'était manifestement pas dans son état normal.

— Mes ciseaux, souffla-t-il. Et ma ficelle. Je leur ai toujours dit qu'il était important d'avoir de la ficelle. Ça peut servir. Mais ces jeunes, que connaissent-ils des privations ? Ils utilisent une chose et la jettent. Tout est jetable. Et puis ils reviennent vous voir pour en avoir plus parce que tout ce qu'ils ont emprunté a disparu.

Raphael regarda Molly avec stupéfaction. Il n'avait jamais réussi à leur faire comprendre.

— Est-ce que vous appréciiez Violette ? demanda-t-elle d'un ton désinvolte.

— Violette ? dit-il.

Il se dirigea vers la table près de son lit, ouvrit un tiroir étroit et en sortit une cordelette. Molly pensa que c'était peut-être un lacet de chaussure. Lentement, il enroula la cordelette autour des doigts de sa main gauche.

— Qui êtes-vous ? demanda-t-il à nouveau en s'approchant lentement d'elle.

— Molly Sutton, répondit-elle d'une voix anormalement aiguë. Je me demandais si vous vous souveniez de quelque chose de l'autre soir, la nuit de la terrible tempête, dit-elle, pensant que les éclairs violents et le tonnerre auraient pu faire impression sur lui.

Il ne répondit pas, mais enroula l'autre extrémité de la cordelette autour de sa main droite. Il était à longueur de bras, fixant ses yeux, cherchant.

— Vous ne me connaissez pas, dit Molly pour essayer de le

rassurer. Je suis sûre que ça doit être très difficile à votre âge - bon sang, à n'importe quel âge – d'être déraciné et de déménager dans une nouvelle maison, un nouveau village. Qu'est-ce que vous aimez faire, Raphael ? Vous aimez la pêche ?

Pourquoi diable est-ce que je parle de pêche, pensa-t-elle, observant ses mains tendre la cordelette. Était-ce inconscient, ou essayait-il de l'effrayer ?

Cela fonctionnait, que ce soit intentionnel ou pas. Molly jeta un coup d'œil derrière elle pour s'assurer que la porte était ouverte afin de pouvoir s'enfuir si nécessaire.

— La pêche ? dit Raphael d'un air songeur. Cette maison est pleine de voleurs, ajouta-t-il dans un murmure rauque.

— Et d'un meurtrier ? chuchota Molly en retour, prenant un risque.

❧ 31 ❧

Contrairement à ses prédécesseurs, la chef Charlot passait la majeure partie de son temps de travail à son bureau. Elle envoyait Paul-Henri faire les entretiens préliminaires pour l'affaire de meurtre et s'occuper des problèmes mineurs qui surgissaient dans un petit village. Il ramenait le chien de Madame Bonnay chez elle, retrouvait Monsieur Vargas au cimetière et le ramenait à sa femme - parfois, Paul-Henri avait l'impression que son travail principal à la gendarmerie consistait à ramener des créatures égarées chez elles. Chose contre laquelle il n'avait rien à dire, tout à son honneur.

— Vous êtes passé devant la maison des Broussard aujourd'-hui ? aboya la chef, le faisant sursauter à son retour au poste.

— Pas encore. J'y suis passé hier en fin d'après-midi. Il n'y avait pas de voiture dans l'allée. Voulez-vous que je demande à nouveau à Anne-Marie si elle a eu de ses nouvelles ?

— Bien sûr que c'est ce que vous devriez faire, dit Charlot, le regardant comme s'il avait perdu la tête. Mais gardez à l'esprit qu'elle pourrait être complice et utiliser des techniques de diversion.

— Complice ? Comment en arrivez-vous à cette conclusion ?

Charlot soupira. Elle repoussa sa chaise de son bureau et se leva.

— Laissez-moi vous expliquer pas à pas. Une femme a été assassinée. Une seule et *unique personne* a disparu et n'a pas donné signe de vie. Cela fait de lui notre principal suspect.

— Avec tout le respect que je vous dois, vous l'avez déjà dit, chef. Et je suis d'accord que le comportement de Lapin après le meurtre est suspect. Mais comment impliquez-vous Anne-Marie dans tout ça ? Pensez-vous qu'elle connaît sa localisation et ment à ce sujet ? Peut-être est-elle une menteuse hors pair, mais elle semble sincèrement bouleversée et inquiète de l'absence de Lapin. Au bord du désespoir, je dirais même.

— Et vous croyez à cette démonstration d'émotion ? Vous ne pensez pas que cela peut être simulé ?

— Eh bien, oui, bien sûr, techniquement, je suppose que c'est possible. Je ne crois simplement pas que ce soit le cas ici. Ce n'est pas parce qu'une chose est possible qu'elle est même vaguement probable. Quelle raison Lapin aurait-il eu d'étrangler cette jeune femme qu'il n'avait jamais rencontrée auparavant ? Tout le monde à cette fête avait l'opportunité de tuer Crespelle, alors pourquoi ne nous concentrons-nous pas sur le mobile ? Connaissez-vous un lien entre les Broussard et la nounou que vous ne m'auriez pas communiqué ?

Charlot tourna le dos à Paul-Henri.

— J'attends les rapports du laboratoire, dit-elle. Nous sommes pratiquement paralysés jusqu'à ce que nous obtenions ces informations. C'est impossible de travailler avec ces villageois qui n'ont aucun sens de l'urgence !

Paul-Henri était habitué à ce que Charlot ignore ses questions, mais il essaya une dernière fois.

— Que va nous apprendre le laboratoire au-delà du fait que Crespelle a été étranglée ? Avez-vous une raison de penser qu'Anne-Marie était impliquée, que ce soit avant ou après que le meurtre a été commis ?

Charlot l'ignora à nouveau, provoquant une rougeur de colère qui commença à monter le long de son cou. Elle se laissa tomber dans sa chaise et décrocha le téléphone.

— Passez-moi Nagrand, c'est la chef Charlot. Bonjour à vous aussi... exactement... oui, c'est précisément la raison de mon appel.

Paul-Henri sortit du bureau et fit une promenade rapide autour du pâté de maisons pour se ressaisir. Le village avait son aspect habituel, les vieilles pierres dorées brillant presque au soleil, un chat errant traversant la rue, Madame Tessier en train de balayer le trottoir devant sa maison. Il était difficile de croire qu'un endroit d'un tel calme et d'une telle beauté pouvait aussi être vulnérable à une telle violence. Lorsqu'il fit le tour pour revenir à la porte de la gendarmerie, il dut se forcer à rentrer, supportant à peine d'être en présence de la chef.

— Honnêtement, je ne sais pas comment quoi que ce soit peut être accompli dans ce trou perdu, dit la chef en sortant de son bureau à grands pas. Il s'avère que le laboratoire a fait une erreur et c'est pourquoi cela a pris tant de temps. Certains des échantillons ont été mal étiquetés et ils ont dû tout recommencer depuis le début.

Paul-Henri secoua la tête, ne sachant pas comment elle arrivait à lui faire sentir que l'erreur du laboratoire était en quelque sorte de sa faute.

— Nagrand dit qu'ils ont encore assez de ce dont ils ont besoin. Ça ne devrait plus tarder maintenant.

Elle arriva à la porte et dit par-dessus son épaule :

— Ce n'est pas parce que Lapin est le suspect numéro un que je me repose en pensant que l'affaire est bouclée. Je vais aller parler aux gens de l'institut Degas. Ne jamais faire confiance à un artiste, c'est ce que je dis toujours, donc je ne vais pas leur accorder de passe-droit.

— Pourquoi ne faites-vous pas confiance aux artistes ? demanda Paul-Henri, véritablement déconcerté.

— Oh, vous savez comment ils sont, dit Charlot, le laissant tout aussi confus. Et demain matin, j'ai l'intention de rendre visite à Molly Sutton. Détective privée, vraiment. On pourrait dire que c'est la couverture parfaite si on voulait se lancer dans une série de meurtres.

— Un seul décès ne constitue guère une série. Suggérez-vous sérieusement que Molly et Ben ont quelque chose à voir avec le meurtre de Violette Crespelle ?

La chef Charlot se contenta de relever les coins de sa bouche comme si elle souriait - ce qui n'était pas le cas - et elle quitta le poste.

Paul-Henri resta assis à son bureau pendant au moins quarante-cinq minutes avant que la rougeur sur son cou ne se dissipe, mais sa fureur de devoir servir sous les ordres d'une femme qu'il ne respectait pas (et qu'en fait il détestait) était toujours aussi intense.

❧ 3 2 ❧

Rex Ford, professeur de longue date à l'institut Degas, flânait devant le bureau de Marie-Claire Levy, espérant la croiser comme par hasard. Son élève le plus prometteur avait été absent lors des deux derniers cours, et il voulait demander à Marie-Claire si le garçon avait appelé pour s'excuser. Une tâche quotidienne, familière aux enseignants de tous niveaux - mais Rex était connu pour prendre une chose simple et la rendre mille fois plus compliquée : un trait potentiellement utile chez un artiste, mais qui rendait souvent fastidieux le fait d'être son supérieur au travail.

L'assistante de Marie-Claire partit déjeuner, mais Rex resta dans le couloir, faisant semblant d'étudier quelque chose dans un cahier pendant que la femme plus âgée passait. Enfin, Marie-Claire elle-même émergea, l'air toujours aussi soignée, ses cheveux en un chignon impeccable et un chemisier de soie blanche drapant parfaitement la taille de sa jupe crayon en flanelle grise.

— Rex ! dit-elle, surprise. Que puis-je faire pour toi ?

— Oh, bonjour Marie-Claire, dit Rex, comme s'il était surpris de la voir. As-tu entendu quelque chose à propos de l'affaire du meurtre ?

Marie-Claire secoua la tête.

— Rien que tu ne saches déjà. J'ai entendu dire que Simon Valette avait engagé Molly et Ben, ce que j'ai trouvé curieux. Mais j'en suis reconnaissante, car je n'ai pas entendu un seul mot positif sur notre nouvelle chef des gendarmes.

— Moi non plus, dit Rex, toujours ravi de se joindre à toute complainte. Sais-tu que Charlot *marchande* à l'épicerie ? Enfin, on ne peut même pas appeler ça marchander - elle entre simplement, prend ce qu'elle veut et jette la somme d'argent qui lui plaît !

— Je n'ai jamais entendu parler de quelqu'un faisant une telle chose.

— Moi non plus, dit Rex. J'ai entendu un groupe de vendeurs au marché du samedi en parler. Ils veulent faire quelque chose pour l'arrêter, mais ils ne peuvent pas vraiment appeler les gendarmes, n'est-ce pas ?

Marie-Claire secoua la tête.

— As-tu... t'a-t-elle contacté, toi ou Paul-Henri ? Je m'attendais à ce qu'ils passent bien avant maintenant. Molly est passée il y a des jours, mais jusqu'à présent, rien des gendarmes.

— Je n'ai pas eu un mot, dit Rex. Non pas que je m'attende à ce qu'ils s'intéressent à ce que j'ai à dire. Les lumières se sont éteintes, je n'ai rien vu ni entendu, et c'est tout. Une affaire difficile, il me semble.

— Oui, dit Marie-Claire en jetant un coup d'œil furtif à sa montre.

— Tu ne... tu ne penses pas que nous devrions mentionner qu'elle est venue ici ?

— Non, dit Marie-Claire. Je ne veux pas que l'école soit mêlée à une affaire de meurtre. Ce n'est pas comme si le fait qu'elle ait postulé ici avait quoi que ce soit à voir avec ce qui s'est passé.

Rex pencha la tête mais ne dit rien.

— Bon, il faut que j'y aille, j'ai une réunion au village.

— D'accord, bien sûr, dit Rex.

Ce ne fut que lorsque Marie-Claire était à mi-chemin du

village qu'il se rappela avoir oublié de demander des nouvelles de son élève absent.

Ce soir-là, Paul-Henri Monsour mit un peu d'effort dans son dîner. Il coupa son blanc de poulet en deux dans le sens de la longueur et aplatit les escalopes, les pana et les fit frire jusqu'à ce que l'extérieur soit merveilleusement croustillant. Puis il fit une sauce rapide avec le jus de cuisson, une goutte de vin et une noix de beurre, la versa sur les escalopes et s'assit à sa petite table avec un sourire d'anticipation.

Il prit une gorgée d'un bon Bordeaux qui avait représenté une petite folie avec son salaire ; il saisit son couteau et sa fourchette, puis s'arrêta en plein geste. Son estomac était agité après une autre journée terriblement frustrante à la gendarmerie avec la chef Charlot. C'était comme s'il y avait un tas de crabes dans son ventre en train d'essayer de se frayer un chemin vers l'extérieur. Il prit une autre gorgée de vin et essaya de se calmer sans succès, puis claqua le couteau sur la table et attrapa son téléphone portable.

Paul-Henri fit défiler ses contacts pendant un moment, ne parvenant pas à se rappeler qui il cherchait jusqu'à ce qu'il voie le nom. Oui, Adam Carron, c'était ça. Un type désagréable, certes, mais le genre d'homme qui savait jouer comme un politicien au travail et qui y excellait. Ils avaient été ensemble à l'École des Officiers, et maintenant Adam était confortablement installé à un niveau administratif relativement élevé, ne s'étant jamais sali les mains avec un véritable travail de police pendant plus de quelques mois.

Paul-Henri n'était pas certain qu'Adam se souviendrait de lui, mais ça valait le coup d'essayer. Après tout, ça ne faisait pas si longtemps, et il pensait qu'Adam était probablement le genre de

personne qui se souvenait de tout le monde, au cas où ils pourraient un jour lui être utiles.

Il commença à appeler mais s'arrêta. Comment expliquer à
quelqu'un qui n'était pas avec Charlot, jour après jour, à quel
point elle était colossalement inepte ? Comment faire
comprendre qu'à ce moment même, elle bâclait une enquête sur
un meurtre et que le seul espoir de justice de Castillac ne reposait
pas sur la gendarmerie mais sur une paire de civils (même s'ils se
trouvaient être plutôt efficaces dans leur travail) ?

Paul-Henri reposa le téléphone et reprit son couteau et sa
fourchette. Le simple fait d'envisager de passer l'appel avait
quelque peu calmé son estomac, et il coupa un morceau d'esca-
lope qu'il mâcha avec appréciation.

Il avait juste besoin d'attendre son heure. Adam Carron l'aiderait, le moment venu. Il n'avait qu'à patienter et guetter le bon
moment, et la délivrance serait sienne.

❧ 33 ❧

L e lendemain soir, Molly invita les clients du gîte pour un apéro, se sentant un peu honteuse d'avoir consacré tant de temps et d'énergie à l'affaire Crespelle plutôt qu'à eux. Elle était toujours très inquiète pour les filles, et son entretien avec Raphael n'avait fourni aucune information utile.

Ah, pauvre Raphael, pensa-t-elle. Il est complètement perdu dans ce nouvel endroit. Impulsif, rempli d'une colère compréhensible - mais pas dangereux, pas vraiment. Que du bluff, selon elle.

Ben était à Bergerac en train d'essayer d'apaiser Bernard Petit, puisque jusqu'à présent les caméras de vidéosurveillance n'avaient rien enregistré d'intéressant.

Elle n'avait pas eu besoin de ranger beaucoup, et après avoir disposé les bouteilles et les verres sur la terrasse, Molly avait quelques minutes à tuer avant l'arrivée des hôtes. S'asseyant à son bureau, elle essaya pour la troisième fois de trouver un numéro de téléphone pour la sœur de Violette - et cette fois, caché dans les publications Facebook de Violette, elle pensa peut-être l'avoir trouvé.

Je ne devrais pas appeler maintenant, se dit-elle, sachant qu'elle risquait d'être interrompue. Mais Molly se disait toutes sortes de choses qu'elle ignorait ensuite, et cette fois-ci ne fut pas différente. Elle cliqua sur le numéro sur son ordinateur et en un clin d'œil, une voix féminine sortit du haut-parleur.

— Allô ? dit une voix faible.

— Bonjour, est-ce que je parle à Sofia Crespelle ? Je suis vraiment désolée de vous déranger. Je m'appelle Molly Sutton, je vis à Castillac...

— Euh !

— Je... je suis vraiment désolée... pour votre sœur. Je suis détective privée, dit-elle, se sentant toujours un peu bête de se présenter ainsi. J'essaie très fort de découvrir ce qui est arrivé à Violette.

Pas de réponse.

— Cela vous dérangerait-il si je vous posais quelques questions ? Je sais que c'est une intrusion.

— Comment puis-je savoir que vous ne faites pas partie d'un de ces journaux ?

Molly fit une pause, puis réalisa que Sofia s'inquiétait que les tabloïds s'emparent de l'histoire.

— Oh non ! s'exclama Molly. Je ne ferais jamais ça ! Peut-être que je peux vous envoyer un e-mail, et vous parler un peu de moi ? Je vous assure, tout ce que je veux, c'est obtenir justice pour votre sœur.

— Un peu tard pour ça maintenant, non ?

— Je ne pense pas, non. Ne seriez-vous pas satisfaite si son meurtrier allait en prison ?

— « Satisfaite » n'est pas le mot que je choisirais.

— C'est vrai, ce n'est... bien sûr que non.

— J'apprécie vos efforts. Mais je dois partir maintenant, merci d'avoir appelé.

Clic.

Molly se renversa dans sa chaise, pensive. Impossible de juger quoi que ce soit à propos d'une femme qui venait de perdre sa sœur dans un acte violent. Il n'était pas étonnant qu'elle soit méfiante. Au moins, j'ai son numéro maintenant. Je réessaierai plus tard, pensa-t-elle, sursautant au son de quelqu'un en train de frapper à la porte de la terrasse.

— Bonsoir ! s'exclamèrent les Jenkins depuis l'autre côté de la porte vitrée.

Ils s'étaient douchés et changés après une longue journée de visites.

— Puis-je vous faire un kir ? demanda Molly en ouvrant grand la porte. Et dites-moi quelle église vous avez vue aujourd'hui, et ce qui était intéressant. Je suis un peu gênée d'admettre qu'une fois installée ici, j'ai arrêté de faire beaucoup de tourisme. On remet toujours ça à plus tard, vous savez ?

— Oh oui, dit Deana en prenant un verre.

— Je pense que si je vivais ici, je n'arriverais jamais à rien faire parce que je serais constamment en train de m'absenter pour aller voir une chose de plus, dit Billy. La culture est tellement riche ! Les bâtiments sont si vieux !

— C'est réconfortant, n'est-ce pas ?

— Oui et non. Je vois ce que vous voulez dire, mais ça peut aussi me rendre très conscient de la fugacité de notre temps. Les vieilles pierres ne vont nulle part, mais nous ? Nous sommes là pour un battement de cil, et puis partis...

— Eh bien, voilà une conversation joyeuse pour l'heure de l'apéro ! dit Deana en lui donnant un coup de coude dans les côtes.

Billy sourit et embrassa le côté de la tête de Deana.

— Donc aujourd'hui, nous sommes allés à Cadouin, pour voir l'abbaye là-bas. Nous n'avons pas été déçus, je peux vous le dire ! Elle a le plus beau cloître - vous savez, un jardin intérieur avec une galerie couverte tout autour.

— C'est à vous donner envie d'être nonne, dit Deana.

— Dieu nous en préserve, dit Billy en souriant de nouveau. Mais sérieusement, je comprends ce que Deana veut dire. On peut imaginer une vie de contemplation, avec un travail simple et dans ce bel endroit serein... ça fait paraître nos vies trépidantes un peu folles.

Molly hocha la tête.

— Ce que vous venez de décrire ? C'est en grande partie la raison pour laquelle j'ai décidé de quitter les États-Unis et de m'installer ici. J'avais une vie réussie, du moins vue de l'extérieur. Mais toute cette précipitation me laissait une sorte de vide.

— Trinquons à une nouvelle vie ! dit Billy, et ils entrechoquèrent leurs verres.

— Est-ce que votre pays ne vous manque pas, cependant ? demanda Deana.

— Oh si. Absolument. Pas assez pour envisager d'y retourner définitivement, mais j'ai parfois des pincements au cœur, même aigus. J'aime beaucoup être un poisson hors de l'eau, mais parfois... on veut juste que tout soit familier et facile, vous savez ? Alors, parlez-moi encore de l'abbaye. Est-ce qu'elle est très ancienne ?

— Fondée au XIe siècle, c'est bien ça, Deana ? Mais les bâtiments principaux sont gothiques, construits aux XVe et XVIe siècles. Pas très sombres, pas du tout, mais magnifiques. Ils ont un morceau d'un linceul qu'on pensait être celui du Christ, mais qui s'est avéré venir d'Égypte au XIe siècle.

Alors qu'ils en étaient à leur deuxième kir, Todor et Elise arrivèrent et les rejoignirent, et Molly et les quatre locataires finirent par parler et boire sur la terrasse pendant des heures, échangeant des histoires sur leurs voyages et les endroits exceptionnels qu'ils avaient visités. Le dîner se résuma à des olives et du pain à l'ail que Molly avait préparé à partir d'une baguette rassise, mais ils allèrent tous se coucher heureux ce soir-là.

Ben s'était faufilé dans la maison sans les déranger, et Molly était heureuse de se glisser à côté de lui alors qu'il lisait encore un volume d'histoire napoléonienne.

— Est-ce qu'on devrait parler de l'affaire ? demanda-t-elle, ses yeux commençant déjà à se fermer.

— L'affaire Petit ne mène nulle part.

— Crespelle ?

— Je ne sais pas quelle sera notre prochaine action.

Molly hocha la tête d'un air endormi.

— J'ai parlé à la sœur de Violette aujourd'hui. Tu ne trouves pas étrange qu'elle ne soit pas venue ici ?

— Que pourrait-elle faire ?

Ben réfléchit à la question.

— Je peux le voir des deux façons, je suppose. Peut-être qu'elles n'étaient même pas proches - toutes les sœurs ne le sont pas, bien sûr. Si elles l'étaient, elle pourrait vouloir voir les dernières choses que sa sœur a vues avant sa mort, être dans le dernier endroit où sa sœur était en vie. Mais d'un autre côté, je pourrais comprendre qu'on évite Castillac pour toujours. Je n'apprécierais certainement pas une rencontre avec les Valette.

— Avec Camille, en tout cas, dit Molly en se blottissant contre Ben les yeux fermés.

— Je ne comprends pas pourquoi tu es si certaine de l'innocence de Simon. Parfois, j'ai l'impression que tu es assez vulnérable au charme masculin, chérie.

Il se retourna pour voir son expression, mais Molly s'était déjà endormie et commençait, très légèrement, à ronfler.

TÔT MARDI MATIN, Simon prenait un café dans la cuisine lorsque Camille fit irruption, vêtue d'un tailleur élégant, un sac à main coûteux au bras.

— Quelle matinée glorieuse, dit-elle en lui donnant un rapide baiser sur les lèvres.

Simon garda une expression neutre.

— Je vois que tu te sens mieux. Excellent ! Et tu es très chic, ma chérie. As-tu des projets, ou ce tailleur est-il juste pour que les Valette t'admirent en famille ?

Camille ouvrit un pot de yaourt et versa son contenu dans un bol en porcelaine qui appartenait à l'une des filles, orné de lapins sur le bord.

— Je vais au village, dit-elle. Je ne vais pas laisser cette histoire avec Violette monter tout le monde contre moi. Je me suis dit que tant que je me comporterais comme un ermite, les gens du village seraient libres d'inventer toutes sortes d'histoires à mon sujet. Et le seul moyen de contrer cela est de leur montrer qui je suis, en personne.

— Bravo ! dit Simon, avec un enthousiasme bien joué. Je me demande... sans vouloir être pénible, mais ne penses-tu pas que... pour Castillac, après tout... tu pourrais être un peu trop habillée ? Nous ne sommes plus sur le boulevard des Capucines, après tout.

Camille le fixa du regard. Ses épaules se haussèrent autour de ses oreilles et les coins de sa bouche s'affaissèrent.

— Bien sûr, porte ce que tu veux, ce qui te fait te sentir belle, ajouta Simon en sirotant son café. Je le mentionne seulement parce que tu parles explicitement de vouloir faire une certaine impression, donc...

Camille mangea une cuillère de yaourt, ouvrant grand la bouche pour ne pas déranger son rouge à lèvres.

— Les filles sont levées ? demanda Simon pour essayer de changer de sujet.

Camille le regarda d'un air interrogateur et il réalisa que sa femme n'y avait pas du tout pensé.

— Je vais m'en occuper, dit-il légèrement. De toute façon, elles ne mangent pas beaucoup avant l'école.

Il remplit à nouveau sa tasse, embrassa Camille sur la joue et quitta la cuisine.

Camille resta un long moment à regarder par la fenêtre au-dessus de l'évier. Puis elle s'approcha du comptoir et d'un bloc en bois qui contenait une collection de couteaux Sabatier. Elle sortit un couteau de chef de quinze centimètres du bloc, l'inclina à la lumière pour le voir briller, et le glissa dans son sac à main.

$\mathcal{H}$ 34 $\mathcal{H}$

M olly était dans le jardin en train d'arracher les mauvaises herbes, là où elle réfléchissait le mieux. Il lui fallait de la discipline pour se concentrer sur les pistes possibles plutôt que de se tourmenter mentalement sur le bien-être des filles Valette. Pour une raison quelconque, Gisèle l'avait choisie pour lui demander de l'aide, et jusqu'à présent, elle n'avait rien accompli. En arrachant une racine particulièrement longue et coriace, Molly s'interrogea distraitement sur la question d'une mise sur écoute. À quel point était-ce difficile à obtenir en France ? Serait-il un jour possible pour un détective privé d'en obtenir une légalement ? Et même si elle était obtenue et mise en place, Camille serait-elle assez bavarde, assez révélatrice, pour que cela en vaille la peine ?

Son téléphone portable vibra et Molly s'assit sur ses talons, puis elle essaya d'essuyer la terre de ses mains et le sortit de sa poche. Un message de Lawrence :

raphael valette mort. ai pensé que ça t'intéresserait

Raphaël ? *Quoi ?*

Molly était stupéfaite. Non pas qu'il y ait eu un autre meurtre - c'était malheureusement assez courant. Mais Raphaël ?

Ça... ça n'avait aucun sens. Ça ne correspondait pas du tout à l'image qu'elle avait de Camille, ou des Valette en tant que famille.

Elle se leva d'un bond et épousseta son jean, puis appela Ben, qui était allé vérifier l'avancement des rénovations.

— Voilà un choc, dit-elle quand il décrocha.

— Oui ?

— Je viens de recevoir un message de Lawrence. Raphaël Valette est mort.

— Je suis désolé d'entendre ça, dit Ben. Je suis sûr que c'est plutôt doux-amer pour la famille dans de telles circonstances.

— De quoi parles-tu ? Qu'est-ce qui pourrait être doux dans le fait d'avoir un membre de la famille assassiné, à peine deux semaines après qu'un autre membre du foyer ait été étranglé ?

— Assassiné ? Tu n'as pas dit ça, Molly !

— Je... eh bien, dit-elle en riant faiblement. Je suppose que Lawrence ne l'a pas dit non plus. J'ai totalement sauté à la conclusion. Désolée ! Tu pourrais peut-être appeler Florian et savoir ce qui se passe ?

Elle secoua la tête.

— Je suppose que je suis vraiment sur les nerfs. J'ai passé quelques heures ce matin à essayer de trouver quoi que ce soit en ligne qui pourrait aider l'affaire, mais je n'arrive à rien.

— C'est frustrant, dit-il.

— Et... tu es plutôt méfiant envers Camille, n'est-ce pas ?

Ben ne répondit pas tout de suite.

— Eh bien, dit-il finalement, bien sûr je pense que si elle a blessé Simon, elle n'est évidemment pas mentalement stable. Et je suppose que cela pourrait signifier à peu près n'importe quoi, mais oui, c'est un acte violent et le meurtre l'est aussi, évidemment. Je ne conteste pas qu'elle aurait pu avoir un mobile, que ses craintes soient fondées sur la réalité ou non.

— Mais Molly, tout cela revient à beaucoup de suppositions, beaucoup de sauts d'une pierre à l'autre pour traverser l'étang, si tu vois ce que je veux dire ?

— Et tu veux un pont.

— Un pont solide, en béton, si tu en as un.

Molly soupira.

— Je vais continuer à chercher. Tu me diras ce que Florian dit ?

— Bien sûr.

Elle lança un bâton à Bobo pendant quelques minutes, puis prit une longue douche tranquille, tout en passant en revue chaque moment du dîner chez les Valette, espérant voir ou entendre quelque chose qu'elle avait manqué les dix mille premières fois qu'elle avait rejoué la soirée dans sa tête.

Et une fois sèche et propre, Molly se rassit devant l'ordinateur, parcourant les mêmes sites qu'elle avait consultés auparavant et en essayant de nouveaux au hasard, espérant désespérément un peu de chance.

❧

MAIS L'INCLINATION naturelle de Molly n'était pas de rester assise à un bureau à fixer son écran d'ordinateur. Elle préférait de loin être sur le terrain, même si cela signifiait seulement descendre la rue des Chênes à toute vitesse sur son scooter. Alors au bout d'un moment, elle se leva, décidant qu'elle pouvait au moins terminer ses entretiens avec les invités du dîner. Juste au moment où elle se dirigeait vers la porte, son téléphone vibra à nouveau.

— Allô ?

— Molly ! C'est Anne-Marie. Je voulais juste te dire que, Dieu merci, Lapin est rentré à la maison.

— Bien ! J'espère qu'il t'a donné une explication pour t'avoir inquiétée comme ça ?

— Eh bien, en quelque sorte. Ce n'est pas exactement... Je veux dire, tout ce qu'il dit, c'est que quand les lumières se sont éteintes, il a complètement paniqué. Quelque chose à propos d'une punition qu'il recevait enfant ? Son père a l'air d'un vrai—

— Oui, terriblement cruel. Mais donc... ça n'explique pas pourquoi il est resté absent si longtemps. Les lumières sont revenues, après tout.

— Il était en chemin pour revenir quand il a entendu parler du meurtre. Il était sûr que sa disparition paraîtrait suspecte.

— Alors il s'est rendu encore plus suspect en restant à l'écart ? Lapin ! dit Molly en secouant la tête, mais en se sentant un peu désolée pour lui.

— Je sais. Il est ridicule, dit Anne-Marie, mais sa voix était pleine de sympathie.

— Vous devriez prévenir les gendarmes. Mieux vaut qu'il fasse le premier pas, plutôt qu'ils l'apprennent de quelqu'un d'autre.

— Oui, bonne idée, Molly. J'irai avec lui dès que possible. Tu sais... as-tu travaillé avec la chef Charlot ? Des conseils sur ce que nous devrions dire ?

Molly fit une pause pour prendre une profonde inspiration.

— Charlot... elle n'est pas facile. Elle va probablement vous aboyer dessus, dire des choses grossières à Lapin, vous accuser tous les deux de je ne sais quoi. Mais écoute, nous savons que Lapin n'a rien fait de mal, alors tenez bon et elle finira par devoir lâcher prise.

— Tu veux dire que Lapin est vraiment suspect ?

— C'est ce que j'ai entendu, Anne-Marie. Je suis désolée. Nous avons essayé de raisonner Charlot, mais elle insiste sur le fait que sa disparition le place en tête de la liste des suspects. Elle n'a rien d'autre cependant.

Molly sortit et ferma la porte d'entrée derrière elle.

— Elle ne peut rien avoir d'autre, n'est-ce pas, Anne-Marie ? Je veux dire, je sais que Lapin est innocent, mais sais-tu si Charlot aurait pu mettre la main sur quelque chose, quoi que ce soit qui semblerait incriminant ? Je te demande uniquement parce que, s'il n'a fait que partir, c'est un dossier plutôt faible pour qu'une chef de gendarmerie s'y accroche. Pas sans quelque chose en plus.

— Il n'y a rien d'autre, Molly. Rien du tout. Que je sache, ajouta-t-elle, un peu faiblement.

— Alors ne t'inquiète pas. Ben et moi allons résoudre cette affaire, et elle n'a certainement pas assez d'éléments pour essayer de l'imputer à Lapin. Je t'appellerai bientôt, et passe-lui mes amitiés. Et une fessée.

Simon Valette se tenait au milieu des ruines, entouré de décombres et de tas de pierres soigneusement triés, en train de regarder fixement l'allée où le fourgon du médecin légiste avait circulé quelques heures plus tôt, en route vers la morgue avec le corps de son père.

Tout semblait complètement irréel. Mort après mort... et ce sentiment d'irréalité était amplifié par le récent déménagement de la famille à Castillac, où ils avaient vécu des traumatismes en série sans le réconfort des gens et des lieux qui leur étaient familiers.

Mon père est mort, se répétait Simon encore et encore pour essayer d'y croire.

Camille était dans la cuisine, en train de planifier le dîner avec Merla. Après la mort de Violette, ils avaient engagé la cuisinière pour préparer le dîner de la famille deux fois par semaine, et heureusement, le jour de la mort de Raphaël était l'un des jours convenus ; Camille ne connaissait pas bien la cuisine, Simon n'était pas en état de faire quoi que ce soit, et après tout, les gens devaient se nourrir.

— Je pense à quelque chose dans un style paysan, dit-elle à Merla, qui était assise à la table de la cuisine avec un bloc-notes et un stylo, prête à noter.

Merla était perplexe.

— Pardon ? dit-elle. Un style paysan ?

— Oh, je veux juste dire un plat consistant, rien de sophistiqué, dit Camille, agacée. Que diriez-vous d'un simple ragoût de bœuf, vous pouvez faire ça ?

— Bien sûr, dit Merla en gardant un visage impassible. Je voulais vous demander à propos de vos préférences générales. Est-ce qu'il y a des aliments que quelqu'un n'aime pas ? Je sais que les jeunes ont parfois—

— Les filles mangeront ce qu'on leur donne, dit Camille.

Merla hocha la tête.

— Est-ce que vous avez... est-ce que vous avez besoin d'aide pour quoi que ce soit d'autre, étant donné le décès soudain de Monsieur Valette ?

Camille leva les yeux au plafond alors qu'elle réfléchissait. Ils ne pouvaient pas vraiment organiser une réception, car qui viendrait ? Sans parler du fait qu'après le désastreux dîner, elle avait décidé de ne plus recevoir pendant des mois, pour laisser ce souvenir s'estomper un peu dans l'esprit des gens.

—Je... je ne suis pas sûre de ce que seront les plans. C'est...

Compliqué, pensa Merla, mais elle ne dit rien.

De retour de l'école, Gisele et Chloë étaient dans leur chambre à l'étage, occupées à construire un fort avec toutes les couvertures qu'elles pouvaient trouver. Gisele avait traîné des chaises à haut dossier de quelque part pour y suspendre les couvertures, tandis que Chloë avait volé des oreillers dans toute la maison, de sorte que leur fort ressemblait maintenant, à leurs yeux, à une sorte de palais arabe à l'intérieur, avec des endroits douillets pour se prélasser et une sensation de grandeur princière. Elles étaient chacune assises sur un oreiller, perdues dans leurs pensées, ne prenant pas le plaisir habituel dans leur création.

— Il était horrible, chuchota Chloë.

Gisele était d'accord, mais ne dit rien.

— Tu crois qu'il est tombé ? demanda Chloë. Je veux dire, je sais qu'il était vieux et tout, mais je ne me souviens pas qu'il soit déjà tombé avant. J'ai entendu dire que les personnes âgées tombent parfois. Mais...

— Tout ce que nous savons, dit lentement Gisele, c'est que Grand-père est passé par-dessus la rambarde de son balcon et qu'il en est mort.

— Tu crois qu'on est en danger ? chuchota Chloë. D'abord Violette, maintenant Grand-père... et si l'un de *nous* était le prochain ?

Gisele passa un bras autour de sa sœur.

— Ne t'inquiète pas, dit-elle, même si elle s'inquiétait intensément. C'est important de s'en tenir à ce que nous savons, et de ne pas commencer à inventer des choses. Il a probablement glissé ou quelque chose comme ça. Tu sais comme les carreaux sur le porche deviennent glissants après la pluie - peut-être que c'était pareil sur son balcon. Et il était si grand que la rambarde ne pouvait pas le retenir.

— Peut-être qu'il a fait un salto, dit Chloë.

— Peut-être, dit Gisele en serrant sa sœur plus fort.

Simon quitta les ruines et fit le tour de la maison jusqu'au côté où se trouvait la chambre de son père. Il leva les yeux vers la porte du balcon, maintenant fermée. Puis il baissa le regard vers le sol, où les collègues du médecin légiste avaient eu du mal à mettre le corps de Raphaël sur une civière pour le soulever dans le fourgon.

— Repose en paix, Père, murmura Simon.

Il essaya d'évoquer quelques souvenirs plus anciens de leur temps passé ensemble, avant que la santé de Raphaël ne commence à se détériorer. Mais l'esprit de Simon était trop fracturé, trop occupé à sauter d'une pensée à l'autre avec une sorte de désespoir frénétique, incapable de rester en place plus d'un instant.

Il prit une longue et lente inspiration, fixant toujours l'endroit où le corps brisé de son père avait été trouvé. Était-ce fini maintenant ? Y avait-il encore des fils à démêler, des langues qui devaient être réduites au silence ? Il savait que les enquêtes et les investigations se poursuivraient pendant une éternité, mais c'était presque un inconvénient mineur en comparaison.

Les morts pouvaient-elles s'arrêter ?

Était-ce enfin terminé ?

❧

DÉSIRANT FAIRE un peu d'exercice, Molly marcha de La Baraque au cabinet du Dr Vernay. Pendant toute la demi-heure que dura son trajet, elle passa en revue les détails de l'affaire pour ce qui lui semblait être la millionième fois, s'attardant sur toutes les questions pour lesquelles Ben et elle n'avaient fait aucun progrès.

L'un des Valette était-il descendu à la cave cette nuit fatidique pour remplacer le fusible par un mauvais ? Violette Crespelle avait-elle un lien avec quelqu'un d'autre que les Valette ? Raphaël était-il capable de meurtre ? Avait-il été lui-même assassiné - et si oui, cela signifiait-il qu'il n'avait pas tué Violette ?

C'était comme être sur l'un de ces tourniquets de terrain de jeu, tournant et tournant encore, et tout devenait de plus en plus flou et difficile à saisir plus elle y pensait.

Alors qu'elle descendait la rue Malbec, Molly fut tentée de s'arrêter à la gendarmerie pour voir Paul-Henri et prendre la température générale de la gendarmerie. Il était certain que la réapparition de Lapin mettrait fin à cette ridicule chasse aux chimères ? Et qui savait où le regard suspicieux de Charlot pourrait se poser ensuite ? Molly ne comprenait pas pourquoi Charlot semblait écarter Camille ; était-il possible que les deux femmes se soient déjà croisées quelque part auparavant ?

Elle secoua la tête pour essayer de s'éclaircir les idées. Je complique les choses plus que nécessaire, se dit-elle en arrivant sur le pas de la porte du médecin.

Souriante, les joues roses, Robinette Vernay apparut rapidement après que Molly avait sonné.

— Bonjour, Molly ! Quel plaisir de vous voir. Je suis désolée que vous ne vous sentiez pas bien, entrez, je vous en prie, asseyez-vous et reposez-vous. Gérard est avec un autre patient mais je ne pense pas que ça sera trop long. Qu'est-ce qui ne va pas ?

— Oh, je vais bien, je ne suis pas malade - je suis ici pour lui parler du meurtre de l'autre soir.

— Ah. Oui, eh bien. C'est vraiment très inquiétant de voir comment le meurtre semble prospérer dans notre petit village. Je n'ai jamais rien vu de tel. Mais je suppose que quand beaucoup de nouvelles personnes s'installent, des gens dont on ne sait rien...

Molly sourit et leva les sourcils.

— Je ne parlais pas de vous ! s'exclama Robinette, les joues rosies. C'est presque comme si vous aviez toujours été à Castillac, Molly. Et nous avons beaucoup de chance de vous avoir.

Les deux femmes restèrent silencieuses quelques instants. Molly passa d'un pied sur l'autre, impatiente de voir le Dr Vernay.

— Vous avez l'air plutôt pâle, dit Robinette. Vous voulez un verre d'eau ?

— Vraiment, ça va, répondit Molly, au moment même où un vieil homme sortait de la salle d'examen, suivi du Dr Vernay.

— Tout avec modération, lança le médecin au vieil homme qui riait doucement, puis fit un signe de tête à Molly et se faufila par la porte.

Le Dr Vernay s'inquiéta de la santé de Molly, mais une fois qu'elle lui eut expliqué la raison de sa visite, il la conduisit dans son bureau qui, comme la salle d'examen, était un endroit chaleureux avec d'épais tapis et de nombreux tableaux aux murs.

— Je dois vous avouer que j'ai trouvé l'autre soir plutôt troublant, confia-t-il. Bien sûr, un meurtre *est* troublant, on ne peut pas l'éviter. Un tel moment de chaos soudain, n'est-ce pas ?

— C'est une bonne façon de le dire, acquiesça Molly. J'imagine que vous êtes un peu mieux équipé que la plupart d'entre nous pour faire face à la mort, ou est-ce que ma supposition est erronée ?

Le Dr Vernay se pencha en arrière dans son fauteuil et leva les yeux au plafond.

— C'est vrai, beaucoup d'entre nous dans la profession médicale y sommes habitués, comme vous dites. Mais d'autres... nous sommes entrés dans ce métier pour aider les gens, pour sauver des vies. Alors une mort insensée comme celle de Mademoiselle Crespelle... ça nous touche beaucoup. Très fort.

Molly hocha la tête. Tandis qu'elle essayait de mettre de l'ordre dans ses pensées pour l'entretien, son regard erra sur le mur derrière lui. Il y avait les diplômes habituels, un tableau d'un cheval en train de galoper sur une colline, et le portrait d'un homme qui avait l'air d'avoir mangé quelque chose de mauvais.

— C'est un ancêtre ? demanda Molly avec une sorte de sourire narquois.

— Oh, oui, dit le Dr Vernay en pivotant pour regarder. Gustave Vernay. Un peu dyspeptique, hein ?

Ils rirent.

— Et vous avez fait vos études à Nice ? demanda Molly en montrant son diplôme. Ça devait être incroyable !

— En effet, dit le Dr Vernay. Une ville charmante. J'aime beaucoup la mer.

— J'adorerais en savoir plus à ce sujet un jour, j'ai l'intention de faire un voyage sur la Côte d'Azur bientôt. Mais si ça ne vous dérange pas, parlons d'abord de l'affaire ? Je peux vous poser quelques questions sur l'autre soir ?

— Tout ce que je peux faire pour aider, Molly.

— Avez-vous remarqué quelque chose le soir du meurtre ? Quelque chose qui semblait... déplacé, curieux ? Peut-être quelque chose que vous avez écarté sur le moment, mais qui vous a amené à vous interroger plus tard ?

Le Dr Vernay acquiesça pendant qu'elle parlait. Il paraissait jeune pour son âge, que Molly estimait au début de la cinquantaine, avec un visage lisse et des cheveux qui commençaient à peine à grisonner aux tempes. Il mit ses mains dans ses poches, leva les yeux au plafond et réfléchit à sa question. Finalement, il haussa les épaules et secoua la tête.

— J'y ai réfléchi encore et encore. Le fait est que la coupure de courant a eu un effet si dramatique. J'ai moi-même été plutôt secoué pour une raison quelconque. J'ai bondi de ma chaise et je me suis mis à chercher mon manteau dans le vestibule, voulant par-dessus tout quitter cette maison et rentrer chez moi. Je me suis demandé depuis si j'avais eu une sorte de prémonition, ou du moins si j'avais senti la présence du mal d'une certaine façon... mais j'ai beau essayer, je n'arrive pas à identifier exactement ce qui m'a donné cette impression.

— Est-ce que vous avez eu de tels pressentiments *avant* que les lumières ne s'éteignent ?

Le Dr Vernay se mordit la lèvre.

— Je crois que oui, et l'obscurité les a amplifiés. Mais comme je l'ai dit... je n'arrive pas à mettre le doigt dessus.

Il fit une pause, époussetant un peu de peluche de son pantalon.

— J'avais pensé... il y avait une personne qui... en tout cas, je ne veux pas simplement colporter des ragots sur les gens sans raison valable. J'ai peur d'avoir envoyé le pauvre Paul-Henri sur une fausse piste en divaguant sur certaines pensées que j'avais. J'aimerais pouvoir revenir en arrière maintenant.

— Quel genre de pensées ? demanda Molly en se redressant un peu.

— Je ne devrais pas aggraver mon imprudence en répétant tout cela, dit le Dr Vernay avec un soudain sourire. Vous êtes vraiment implacable, n'est-ce pas ?

— J'essaie. Surtout, je suis très, très curieuse. Je vais de toute façon soutirer l'information à Paul-Henri, alors autant me le dire.

En riant, le Dr Valette se pencha à nouveau en arrière dans son fauteuil.

— D'accord, mais s'il vous plaît, Molly, prenez cela avec d'énormes pincettes. Après réflexion, je crois vraiment que j'ai parlé trop vite et j'aurais préféré n'avoir rien dit.

Molly attendit.

— Bon. C'est que... je me suis demandé si... Camille Valette était tout à fait saine d'esprit.

Molly se déplaça sur le bord de son siège.

— Oui, elle est folle. Mais *quel genre* de folle, Gérard ?

— Encore une fois, je dois m'abstenir. J'ai à peine échangé trois phrases avec elle, et je l'ai encore moins examinée. J'ai simplement pensé que sa relation avec ses enfants montrait une certaine... froideur...

— Pareil, dit Molly. Pareil. Et vous pensez que cette froideur pourrait indiquer une meurtrière potentielle ?

À contrecœur, le médecin commença à hocher la tête, mais s'arrêta.

— Impossible à dire. Presque tout le monde pourrait être poussé au meurtre, si les astres s'alignaient de la bonne manière, ne croyez-vous pas ? Comme je l'ai dit, je pense avoir parlé trop vite sur ce point. Veuillez le dire à l'agent Monsour si vous le croisez.

Molly demanda ce qu'il pensait de Simon et Raphael.

— Oh, Simon semble être un type plutôt sympathique. Assez sophistiqué pour Castillac, je dirais. Je serais surpris que leur expérience dure plus d'un an. Quant à son père, c'est juste un simple cas de démence et il n'y a pas grand-chose à en dire. Il pourrait être capable de blesser quelqu'un, même de tuer dans un moment de rage aveugle, mais pas de planifier une telle chose. Aucune chance que ce soit Raphael. Aussi pratique que ce serait pour vous que le meurtrier soit déjà décédé, ajouta-t-il avec un petit rire.

Soupirant et sentant un pincement de faim, Molly posa encore quelques questions accessoires, prit congé et se dirigea vers le Café de la Place pour retrouver Ben pour le déjeuner. Elle espérait que l'opinion réticente du médecin sur Camille serait enfin la chose qui le ferait changer d'avis.

❄ 36 ❄

— Tu sembles aller mieux, fit remarquer Simon à sa femme alors qu'il s'apprêtait à prendre une douche.

— Qu'est-ce qui te fait dire ça ? demanda-t-elle.

Son ton était anxieux et Simon se tourna vers elle. Il regrettait d'avoir parlé.

— Pourquoi, Simon ? dit-elle avec insistance. Je pense simplement que j'ai appris à mieux faire semblant.

Elle releva le menton et se détourna de lui.

— Aucun d'entre vous dans cette famille ne me comprend. Je suis entourée de gens, de bruit, de tous ces besoins, ces envies et ces pressions, mais je suis totalement seule.

— Nous le sommes tous, au fond, dit Simon doucement.

— Non ! Je suis plus seule que vous tous !

Simon poussa un profond soupir. Ce n'était pas la première fois qu'il regrettait d'avoir rencontré Camille. Mais comment aurait-il pu deviner que cette jeune femme élégante s'avérerait dangereusement instable, que son état émotionnel zigzaguerait d'heure en heure au point que personne dans la maison ne se sente jamais en sécurité ?

Il laissa tomber ses vêtements sur le sol et entra sous la

douche chaude. Il était couvert de saleté après avoir travaillé avec les pierres et l'eau qui coulait sur lui était d'abord brune, puis grise. L'eau était très chaude et apaisante. Ses yeux se fermèrent.

Il ne vit pas sa femme entrer dans la salle de bain. Ni qu'elle avait un couteau à la main, une expression de rage déformant son visage.

$\approx$ 37 $\approx$

Faisant signe à Pascal, Ben entra dans le café et s'installa près de la fenêtre. Une brise fraîche s'était levée et presque personne ne déjeunait sur la terrasse. Molly arriva quelques minutes plus tard et ils s'embrassèrent sur les joues avant de s'asseoir.

— Je pourrais manger un cheval, dit-elle. Euh, est-ce que Madame Longhale met parfois du cheval au menu ? Parce que je ne voulais pas dire ça littéralement.

Ben rit.

— Je pense qu'elle préfère le bœuf et l'agneau, dit-il. Et le canard, bien sûr. Tous les bons cuisiniers du Périgord savent préparer le canard.

Pascal arriva en brandissant de nouveaux menus.

— Maman s'est peut-être un peu emballée cette fois-ci, leur dit-il. Elle voulait changer les choses, elle disait qu'elle s'ennuyait de faire la même chose jour après jour. Donc le menu est entièrement différent.

— Plus de bœuf en daube ? demanda Ben, affligé.

— Pas pour le moment, dit Pascal. Excusez-moi, j'ai une table dont je dois m'occuper...

Il fit une petite révérence et s'éloigna rapidement.

— Mais qu'est-ce que c'était que ça ? demanda Molly.

Ben leva les yeux du menu.

— Quoi ?

— Pascal. Il est toujours l'homme le plus charmant de tout le village...

— Hum hum.

— ...Après toi, bien sûr. Tu n'as pas remarqué qu'il semblait un peu sec avec nous ? Pas fâché, mais... comme s'il voulait s'éloigner ?

— Je n'ai rien remarqué. Je suis occupé à pleurer le bœuf en daube que je comptais commander.

— Et... quand il est parti, il a donné cette excuse à propos d'une autre table, mais il est juste allé dans la cuisine. Il n'est pas du tout allé à une autre table.

— Hmmm, dit Ben alors qu'il étudiait le menu avec une intense concentration.

— Hm, dit Molly en ouvrant le sien et en commençant à lire. Je dis juste que jamais une seule fois en toutes ces années où j'ai vécu à Castillac, Pascal n'a manqué d'être chaleureux et charmant en me saluant.

— Tu trouves ça impoli ?

Ben plia son menu et le posa.

— Non, pas impoli. Plutôt... distrait. Comme s'il voulait s'éloigner de nous.

Ben haussa les épaules.

— Peut-être qu'il n'est pas d'humeur à parler de l'enquête. C'est vrai que quand nous sommes sur une affaire, nous ne parlons pratiquement que de ça.

Molly hocha la tête, peu convaincue.

— Peut-être que c'est juste la Journée des Mauvaises Manières ici au café... Je vois Boris je-ne-sais-plus-son-nom assis là-bas. Tu le connais ? Il conduit un camion de livraison pour le chantier de rénovation. Je ne l'aime pas.

Ben laissa tomber sa serviette par terre et jeta un coup d'œil en la ramassant.

— Je ne l'ai jamais vu avant. Il doit être nouveau au village.

— Est-ce que c'est totalement égoïste de ma part de souhaiter que les portes se soient fermées après mon arrivée ?

Pascal revint et prit leurs commandes avec efficacité - une quiche aux fruits de mer pour Molly et du rôti de porc pour Ben - puis repartit vers la cuisine sans plus de conversation.

— Tu vois ce que je veux dire ? Ce n'est pas bondé. Il nous évite !

— Oh, Molly, tu es comme un chien avec un os, dit Ben en soupirant. C'est juste un moment passager. Je suis sûr que ce n'est rien. Peut-être qu'il couve un rhume ou qu'il a une ampoule au talon. Il pourrait y avoir un million de raisons pour lesquelles il n'a pas envie de parler aujourd'hui.

— Oui, s'il était une personne normale. Mais là, on parle de *Pascal*.

Elle prit une profonde inspiration.

— D'accord, d'accord, je laisse tomber. Tu as quelque chose à rapporter sur l'affaire Petit ?

— Pas grand-chose. Il m'est venu à l'esprit que... que Monsieur Petit n'est pas entièrement franc avec moi.

— Comment ça ?

— Eh bien, comme tu le sais, j'ai installé des caméras vidéo à des endroits stratégiques. Entre parenthèses, elles étaient moins chères que tu pourrais le penser et je suis sûr que nous aurons l'occasion de les utiliser à l'avenir. Quoi qu'il en soit, elles n'ont absolument rien produit. J'ai regardé beaucoup d'images d'un chat errant le long de la maison, mais pas un seul humain à part la femme de ménage et Petit lui-même. Il n'a pas signalé d'autre vol.

— Tu penses à autre chose à faire ?

— À ce stade, non. Je suis tout ouïe si tu as une idée.

Molly écoutait, mais ses yeux suivaient Pascal alors qu'il servait une table dans le coin le plus éloigné et sortait pour s'occuper d'un couple courageux assis sur la terrasse. Elle et Ben discutèrent de la météo, de certains endroits dont les Jenkins leur avaient parlé et qu'ils voulaient visiter, puis, comme d'habitude, revinrent à l'affaire en cours.

— C'est juste insupportable pour moi que ces petites filles soient maltraitées, dit Molly. Est-ce que tu te prenais des fessées quand tu étais enfant ?

— Oh oui, dit Ben.

Il haussa les épaules.

— Comme tout le monde. C'était désagréable, sans aucun doute, mais comme c'était ce que presque tous les parents faisaient - et les enseignants aussi - c'était juste une partie du monde, si tu comprends ce que je veux dire. Je suis content que ça soit passé de mode.

— J'ai l'impression que ce que Camille fait à ses filles va au-delà de la fessée. Gisele m'a dit que parfois sa mère lui mettait du maquillage pour cacher les bleus.

Ben grimaça.

— Je veux l'arrêter.

— Je sais, chérie. Je sais.

Pascal apporta leurs assiettes avec panache mais ne resta pas bavarder même si Molly le regardait d'un air interrogateur. Et puis, dans le plus français des moments, alors qu'ils mangeaient la délicieuse nourriture faite maison, toutes les pensées de travail, de meurtre, de n'importe quel souci - tout s'évanouit et leur attention se porta entièrement et complètement sur le porc succulent aux bords croustillants, et les coquilles Saint-Jacques moelleuses nichées dans la plus réconfortante des crèmes à la ciboulette entourée d'une croûte beurrée et feuilletée. La conversation fut minimale, Ben parlant des plats préférés de son enfance, et Molly le scandalisant en racontant combien de bonbons elle avait mangés une fois qu'elle avait été assez grande pour marcher seule jusqu'à l'épicerie du coin.

— Tu veux un café ? lui demanda-t-elle, se sentant réchauffée et presque satisfaite après le repas.

— En fait, prends-en un sans moi, dit-il en fouillant dans son manteau pour trouver son portefeuille. Je vais aller voir Paul-Henri, et je veux y aller tout de suite, pendant qu'il est de bonne humeur après le déjeuner. On se voit à La Baraque ?

— D'accord. J'espère qu'il te donnera quelque chose de décent.

— Ce sera probablement beaucoup de plaintes à propos de Charlot, comme la dernière fois. J'ai l'impression qu'il pense que je suis lié d'une manière ou d'une autre à la gendarmerie et que je pourrai faire quelque chose pour la faire renvoyer.

— C'est un bon gars, Paul-Henri. Mais peut-être dans le mauvais métier.

Ben acquiesça, posa une pile d'euros sur la table et partit. Molly décida de voir ce que Madame Longhale avait préparé comme dessert tout en gardant un œil attentif et suspicieux sur Pascal.

MÊME SI ELLE aurait préféré lui parler au poste, la chef Charlot se dirigeait vers la boutique de Lapin, espérant le surprendre à l'intérieur. Elle avait demandé à Paul-Henri d'exiger sa venue, mais sans aucune pression légale pour l'y forcer, Paul-Henri s'était retrouvé plus ou moins à supplier Lapin, ce qui ne l'avait pas du tout fait bouger.

Le village était correct, pensait Charlot en traversant les rues étroites vers la boutique. Les gens étaient tout aussi ignorants qu'ailleurs, pas de surprise là-dessus. Rempli de prétentieux comme Dufort et Sutton, de commerçants malhonnêtes et de personnes insignifiantes. Elle souhaitait ardemment que son affectation à Castillac se termine le plus tôt possible, mais savait par expérience qu'essayer d'influencer les caprices de la gendarmerie était une mauvaise idée contre-productive.

Juste au moment où elle entrait sur la place, Ben Dufort arrivait à grands pas du même côté de la rue. Il aurait été impoli de traverser pour l'éviter, pourtant Charlot faillit le faire quand même. Cet homme était à la soirée quand le meurtre avait été commis, pensait-elle. Comment osait-il se poser en enquêteur, alors que lui et cette femme avec qui il vivait (et n'en parlons pas) n'avaient pas prouvé leur propre innocence.

— Bonjour, chef, dit Ben lorsqu'ils se rejoignirent.

— Bonjour, répondit Charlot, son sourire crispé.

— Je suis content que notre ami fugueur Lapin soit enfin rentré chez lui, dit-il en secouant la tête avec un petit sourire.

— Sans doute.

— Je comprends que vous allez - ou peut-être que vous l'avez déjà fait - lui parler officiellement, mais je voulais vous dire que je lui ai parlé, et il semble que ce soit un simple cas de... eh bien, de comportement névrotique, pourrait-on dire. Nous, au village, nous connaissons son histoire, vous comprenez - Lapin avait un père cruel, très cruel. Et donc, même maintenant, en tant qu'homme adulte, parfois ses réactions aux choses sont un peu... démesurées, pourrait-on dire.

— On pourrait le dire, on pourrait ne pas le dire... Je ne suis pas si pointilleuse avec mes caractérisations, Monsieur Dufort. Ce que je sais par expérience, c'est que les gens ne s'enfuient pas s'ils ne sont pas coupables.

Ben ouvrit la bouche pour répondre, mais elle lui coupa la parole.

— Je n'affirme pas de manière définitive que Monsieur Broussard, que vous vous obstinez tous à appeler Lapin, a tué Violette Crespelle. Nous attendons toujours, de manière exaspérante, le retour du rapport du laboratoire. J'espère que la matière prélevée sous les ongles de la jeune fille sera utile. En attendant, je ne suis pas disposée à laisser votre ami complètement hors de cause. Il peut être coupable ou non de meurtre, mais je peux parier n'importe quelle somme qu'il est coupable de *quelque chose*.

Ben la regarda, incapable de trouver quoi que ce soit à dire. Il la trouvait très désagréable et s'imaginait lui crier dessus, bien qu'il se contînt.

— Bon, je m'en vais, dit-elle en hochant légèrement la tête et en passant devant lui sur le trottoir.

Elle passa devant le Café de la Place et vit Molly Sutton à l'intérieur, assise seule. On ne peut pas échapper à ces gens, pensa-t-elle avec agacement.

La boutique de Lapin se trouvait à cinq minutes de marche du centre de Castillac, au bout de la rue Baudelaire. Charlot ne parla à personne en chemin. Elle passa le trajet à ruminer sur d'anciens griefs dans ce qui était une quête presque perpétuelle de *pensées des escaliers*, quand on trouve la réplique parfaite mais qu'on est déjà à mi-chemin dans les escaliers.

L'enseigne accrochée au mur extérieur de la boutique de Lapin indiquait « Laurent Broussard » en lettres dorées majestueuses. Charlot poussa la porte en faisant tinter la clochette et chercha le propriétaire du regard.

Le comptoir de devant était empilé de petites boîtes en carton, et les deux allées de chaque côté étaient encombrées de meubles - un fauteuil à bascule, une console qui semblait antique, Louis XIII. Charlot renifla, ressentant un vague sentiment de désapprobation qu'elle ne pouvait pas vraiment attribuer à quoi que ce soit.

La boutique était silencieuse. Était-il parti en laissant la porte déverrouillée ? Ces villageois n'ont aucune notion de sécurité, pensa-t-elle.

Un bruissement à l'arrière, puis des pas, et finalement le gros ventre de Lapin apparut sur le côté d'une grande commode alors qu'il se dirigeait vers l'avant de la boutique. Quand il vit qui était là, son visage s'affaissa.

— Bonjour, Madame, dit-il, essayant de se ressaisir. Je crois que vous êtes la nouvelle chef des gendarmes ? Je suis Laurent Broussard - tout le monde m'appelle Lapin - très heureux de faire votre connaissance.

Il avait souvent utilisé le baisemain comme moyen de désamorcer un moment gênant, mais cela ne semblait pas approprié pour la chef des gendarmes. Il sourit faiblement.

— En effet, je suis la chef Charlot. Pouvez-vous me dire pourquoi tout le monde vous appelle Lapin ? Pourquoi ne vous appellent-ils pas par votre vrai nom, un nom que vous devez approuver puisque vous l'avez mis sur l'enseigne de votre boutique ?

— C'est... c'est une longue histoire, chef. Enfin, peut-être que c'est une histoire qui pourrait... qui pourrait aider ma situation. Je suis né et j'ai grandi à Castillac, vous comprenez. Je voyage pour mon travail mais j'ai passé presque toutes les nuits de ma vie ici même, dans la même maison. Les gens... eh bien, vous voyez, dans un village de cette taille, on se connaît tous. Beaucoup d'entre nous se connaissent assez bien, si vous voyez ce que je veux dire.

Lapin s'arrêta de parler et regarda par la fenêtre une mère qui passait en poussant une poussette.

Charlot le regarda de travers, se demandant s'il était simple d'esprit.

— Je suppose que certains pourraient s'en offenser, mais je ne l'ai jamais fait, dit-il en se redressant un peu. Ils m'appellent Lapin parce qu'ils pensent que je suis un lâche. Un lapin effrayé. Et ça ne me dérange pas parce que, eh bien, c'est vrai. Comme mon comportement récent l'a amplement démontré.

Charlot cligna des yeux.

— Vous dites que vos vieux amis vous traitent de lâche mais que ça ne vous dérange pas ?

Lapin haussa les épaules.

— Parfois, il vaut mieux être vu pour ce qu'on est. Parfois la vérité—

— Oh, Seigneur, interrompit Charlot. Parlez-moi de l'autre

soir. À la soirée des Valette. Commencez par le début, si ça ne vous dérange pas.

Elle n'est pas *si* terrible, pensa Lapin.

— Voulez-vous une tasse de thé ? Un café ?

— Je ne suis pas venue dans votre boutique pour des rafraîchissements, dit-elle. Racontez-moi simplement l'histoire. Avec vos propres mots.

— Oui. D'accord, dit Lapin en se frottant les mains sur le ventre. C'était une chose plutôt étrange, cette soirée. Une invitation sortie de nulle part, vous comprenez. Je n'avais jamais rencontré les Valette, je ne connaissais même pas leur existence. Mais quand j'ai reçu l'invitation, j'en ai parlé à des amis, ils en avaient reçu une aussi, alors on s'est dit pourquoi pas - on irait et on leur donnerait une chance. Simon nous a servi un bon verre quand nous sommes arrivés. Par « nous », je veux dire moi et ma femme, Anne-Marie.

Il sourit en prononçant son nom.

— Alors, je ne sais pas, on a fait le tour comme on fait dans une soirée, en parlant à nos autres amis - je suppose que vous avez une liste de qui était là ? Je peux dire que je connaissais tout le monde, sauf les Valette et la pauvre Violette. Les autres sont des gens que je connais depuis toujours et pour qui je peux me porter garant.

— Je ne vous demande pas de vous porter garant de qui que ce soit, Lapin. Juste... racontez l'histoire.

Lapin prit une longue et bruyante inspiration par le nez. Il ferma les yeux.

— Bien. Nous avons bu le champagne dans le vestibule et peu après, nous sommes passés dans la salle à manger. Les gens étaient un peu réservés, puisque personne ne connaissait l'hôte et l'hôtesse. C'était gênant, vous comprenez. Je pense que l'hôtesse était assez nerveuse, ce qui est compréhensible - ce serait étrange de donner une fête et de ne connaître aucun des invités, n'est-ce pas ? Heureusement, il y a eu un peu d'animation inoffensive grâce aux enfants - j'imagine qu'une grande fête comme celle-là les excite tous. En tout cas, l'une d'elles a couru à travers la foule, et la pauvre nounou la poursuivait en la perdant de vue la plupart du temps. Il y avait aussi une autre fille, un peu plus âgée. Sérieuse. Je ne sais pas comment elles ont fait, mais elles ont réussi à se cacher sous la table pendant le dîner. Je le sais parce que j'en ai accidentellement frappé une du pied et j'ai entendu un cri. De mignonnes petites filles. Avez-vous des enfants, chef Charlot ?

— Racontez l'—

— Oui, oui. D'accord. Honnêtement, je n'ai pas grand-chose d'autre à dire. Nous étions en train de nous mêler aux autres, de partager une blague ou deux. Simon était sympathique avec la nounou, lui disant de ne pas s'inquiéter pour les enfants, qu'il était sûr qu'elles étaient hors de danger. J'ai trouvé ça gentil de sa part. J'aime beaucoup voir les pères être bienveillants, pas vous ?

Un muscle de la mâchoire de Charlot tressaillit.

— Certains d'entre nous ont échangé quelques mots avec Violette lorsqu'elle est passée - moi, je crois que Ben Dufort l'a fait aussi. Gérard - le médecin, vous savez - parlait de son nom de famille, lui racontant à quel point il avait apprécié manger des crespelles lors de je ne sais quelles vacances.

Lapin leva les yeux au plafond, mordillant sa lèvre supérieure en réfléchissant.

— Pendant tout ce temps, l'orage empirait de plus en plus. Vous vous souvenez de cette nuit-là ? C'était fou, la pluie, le tonnerre et les éclairs... pendant tout le dîner, c'était pratiquement le seul sujet de conversation. J'étais face à la fenêtre et je voyais sans cesse ces éclairs déchiquetés traverser le ciel.

Lapin se tut subitement.

— Continuez, dit Charlot.

Il soupira.

— Je ne sais pas si vous avez déjà eu le plaisir de goûter à la cuisine de Merla ? C'est l'une des meilleures de Castillac, vraiment. J'ai toujours pensé que c'était dommage qu'elle n'ait pas un petit restaurant quelque part, je suis sûr qu'elle—

— S'il vous plaît !

— Oui. Eh bien, nous avons mangé, nous avons énormément apprécié la nourriture. L'ambiance s'était un peu détendue, les gens commençaient à vraiment passer un bon moment. Et puis... les lumières se sont éteintes.

— Pourriez-vous être précis sur qui était où et ce que vous avez vu à ce moment-là ?

— Je suis désolé, c'est impossible. Vous devez comprendre, il faisait noir comme dans un four, chef. On ne voyait pas sa main devant son visage.

— Alors qu'avez-vous fait ?

— Je me suis levé de table, j'ai tâtonné jusqu'au vestibule, j'ai ouvert la porte d'entrée à la volée et j'ai couru.

Charlot pencha la tête.

— Dans l'orage ? Parce que... ?

— Je ne peux pas l'expliquer. J'ai paniqué. Je... je n'en ai vraiment pris conscience que cette nuit-là, mais il s'avère que j'ai une peur bleue du noir. On ne sait jamais ce qui peut arriver. On ne sait pas ce que les gens peuvent faire, dans une obscurité aussi totale.

Charlot et Lapin se regardèrent longuement.

— Je suppose que cela aurait bien servi à la fille Crespelle si elle avait ressenti la même chose, dit-elle finalement.

Lapin hocha la tête.

— Je sais que ça paraît mal, et je suis terriblement embarrassé d'être parti comme ça. Surtout de ne pas avoir appelé Anne-Marie tout de suite. Mais c'est ça la honte, ça vous donne envie de vous terrer dans un trou et de disparaître. Il m'a fallu beaucoup de temps pour comprendre que je devais rentrer chez moi et affronter les choses, d'une manière ou d'une autre. Mais je peux vous jurer que je n'ai jamais touché Violette ! Je ne pourrais jamais, jamais... Je ne sais pas ce que les gens du village vous ont dit, mais c'est probablement tout exagéré de toute façon. J'avais l'habitude de me vanter à propos des femmes et tout ça, mais la vérité est... enfin, tout ce que je peux dire, c'est que j'espère vraiment que vous attraperez celui qui a fait ça parce que je n'aime pas du tout l'idée d'avoir dîné avec un meurtrier. J'ai l'impression de regarder par-dessus mon épaule à chaque instant.

—Je ne vous en blâme pas, dit Charlot.

Elle tendit le cou pour regarder dans l'allée de gauche.

— Vous n'auriez pas un petit bureau dans cette maison de fous, par hasard ?

Lapin rayonna, comprenant que c'était la façon de la chef de dire qu'il était hors de cause, et il déplaça bruyamment plusieurs gros meubles pour qu'ils puissent se rendre à l'arrière de la boutique, où il avait effectivement un petit bureau.

Ne pas être arrêté pour meurtre et faire une vente le même jour ? Les choses commençaient peut-être à s'arranger un peu, pensa-t-il, impatient de le raconter à Anne-Marie à la fin de la journée.

❦ 38 ❦

Paul-Henri en était arrivé au point où il se réveillait chaque matin avec appréhension, ne voulant pas aller travailler et devoir faire face à la chef Charlot. Chaque jour, elle trouvait quelque chose à critiquer : les rebords de fenêtre étaient poussiéreux (ils ne l'étaient pas), son uniforme était sale (jamais !), il faisait trop de bruit en tapant sur son clavier (il ne pouvait rien y faire). Il avait peur de respirer de crainte de la déranger - et inutile de dire que dans ce genre d'atmosphère, il n'y avait guère de travail d'enquête qui se faisait. Au moins, il était capable de s'occuper du travail quotidien suffisamment bien, et Dieu sait qu'il n'y avait généralement pas beaucoup d'agitation à la gendarmerie de Castillac.

Mais ce mois-ci, ils avaient un meurtre sur les registres. Et aux yeux de Paul-Henri, au lieu de consacrer tous ses efforts à l'affaire, la chef Chantal Charlot semblait se préoccuper de chaque détail le concernant, de la propreté de la station, et de ce que les commerçants facturaient pour une série d'articles sans importance. Son attention était complètement accaparée par tout ce qui existait dans le monde sauf qui avait tué Violette Crespelle.

—J'attends les rapports du laboratoire, répétait-elle.

Paul-Henri prenait la criminalistique au sérieux autant que n'importe quel gendarme, mais dans l'affaire Crespelle, il ne voyait pas comment quoi que ce soit que le laboratoire avait à dire allait résoudre l'affaire. D'accord, il y avait probablement des preuves ADN sous ses ongles. Ça pouvait être les siens, ou ceux de quelqu'un d'autre. Ça ne prouverait pas que quelqu'un d'autre l'avait étranglée. Ça se révélerait probablement être celui d'une des filles de toute façon, pensait-il. Juste une égratignure pendant un jeu de chat perché un peu rude, quelque chose comme ça.

Même si, il devait l'admettre, lui-même n'avait pas usé ses semelles à travailler sur l'affaire, il commençait à sentir qu'à moins qu'une vidéo surprise de l'acte horrible ne soit découverte, le tueur allait s'en tirer. Dix-sept personnes dans la maison, une strangulation.

Aucun suspect.

Paul-Henri décida de retarder son arrivée à la station et de faire d'abord un tour du village pour prendre des nouvelles de divers villageois. Il passa d'abord Chez Papa, qui ne faisait pas beaucoup d'affaires au petit-déjeuner, mais Nico était derrière le bar à servir du café et des croissants à quelques personnes qui passaient sur le chemin du travail. Paul-Henri bavarda avec lui pendant une vingtaine de minutes, essayant de garder la conversation décontractée dans l'espoir que Nico baisserait sa garde un moment et dirait ce qu'il avait vraiment à l'esprit.

Mais ce qui préoccupait Nico n'était que Frances, ainsi que le deuil de Madame Gervais. Paul-Henri abandonna et continua son chemin, s'arrêtant ensuite chez le Dr Vernay. Après avoir insisté auprès de Robinette qu'il se sentait bien et qu'il n'attrapait pas la dengue ni rien d'autre d'ailleurs, on lui accorda quelques minutes avec le docteur. Vernay exprima sa tristesse pour Madame Gervais ainsi que pour Violette Crespelle, remarquant quel nom délicieux elle avait et combien lui et Robinette avaient apprécié manger des piles de crêpes quand ils étaient partis en vacances en Italie en 2002.

Mortellement ennuyé, Paul-Henri poursuivit son chemin, se dirigeant droit vers la pâtisserie Bujold où il pourrait voir Edmond Nugent et manger quelque chose de délicieux.

— On ne vous voit pas souvent ici, dit Edmond alors que Paul-Henri entrait dans la boutique vide. Je pensais que vous deviez donner votre argent à Fillon, ajouta-t-il en levant le nez en l'air avec un reniflement.

— Oh non, dit Paul-Henri. Ce n'est pas ça du tout. Je sais parfaitement bien qu'il n'y a aucun endroit à Castillac pour acheter des pâtisseries sauf ici à la pâtisserie Bujold ! Me prenez-vous pour un philistin ?

Edmond fut momentanément déstabilisé.

— Vous ne me voyez pas souvent uniquement parce que je surveille ma ligne, dit Paul-Henri. Si je me permettais de venir ici aussi souvent que je le voudrais, j'aurais besoin d'une garde-robe entièrement nouvelle en un mois.

Edmond gloussa.

— Alors, je suis sûr qu'il y a toutes sortes de règles ennuyeuses sur ce que vous pouvez dire, mais... est-ce qu'il y a eu des progrès sur le meurtre ? Ça rend le village mal à l'aise, vous savez, de penser que quelqu'un comme ça... est en liberté.

— Je voulais effectivement avoir quelques mots avec vous, si vous le permettez. Un éclair au café, dit-il, en pointant la rangée d'éclairs identiques dans la vitrine.

Edmond en sortit un avec une paire de pinces et le glissa dans un sac en papier ciré.

— Demandez toujours, dit-il. Même si... je dois admettre que je ne me réjouis pas de mon propre comportement cette nuit-là. J'ai hurlé comme un petit enfant quand les lumières se sont éteintes. J'étais *terrifié*. Et... eh bien, j'ai pensé que peut-être je n'avais pas fait de scandale parce que je suis un lâche — même si c'est en effet possible - mais parce que j'ai senti que quelque chose de terrible se passait.

Paul-Henri se pencha en avant, oubliant son éclair.

— Est-ce que vous pourriez fermer les yeux, repenser à ce moment, et vous souvenir de ce qui aurait pu vous mener à cette conclusion ?

Obéissant, Edmond ferma les yeux, s'agrippant au comptoir des deux mains. Il repensa à la soirée de la fête chez les Valette. Se rappela à quel point Molly était belle, sa chevelure rousse comme une couronne de boucles. Comment les petites filles ne cessaient de courir partout et de déranger tout le monde, et la nounou à leur poursuite...

— Rien, j'en ai peur, dit-il après quelques instants. Je peux dire que Rex Ford entrait dans la salle à manger depuis la bibliothèque quand les lumières sont revenues. A-t-il expliqué ce qu'il faisait là-bas, ou s'il s'était cogné contre quelqu'un ?

— Je lui ai parlé, bien sûr. Il dit qu'il s'est perdu dans l'obscurité et qu'il errait simplement au hasard.

— Hmmm.

Edmond savait avec certitude que le professeur fréquentait Fillon, une offense impardonnable. Il ne serait pas triste d'apprendre que Ford était coupable et serait emmené pour faire face à la justice.

Paul-Henri prit sa première bouchée de l'éclair et mâcha lentement les yeux fermés.

— Vous êtes un maître, dit-il finalement. J'ai mangé des éclairs des meilleurs pâtissiers de Paris toute ma vie, et vous, Monsieur Nugent, vous les avez tous surpassés.

Edmond rayonnait.

— Peut-être voudriez-vous emporter quelque chose, quelque chose pour égayer les derniers moments d'une journée difficile ? Je n'ai aucun doute que pourchasser des meurtriers dans le village est un travail épuisant. Peut-être... la tarte aux figues ?

— Comment avez-vous deviné ? C'est l'un de mes grands favoris, et ce n'est pas facile à trouver. Oui, j'en prendrai deux. Et s'il vous plaît, si vous vous souvenez de quoi que ce soit, vous savez où me trouver.

— Heureux d'être utile, dit Edmond.

Le jeune officier a bon goût en matière de pâtisserie, c'est vrai, pensa-t-il. Mais en tant que détective ? Je vous en prie. Il n'est rien comparé à notre Molly. Rien du tout.

‪☙ 39 ❧‬

Molly n'était pas du genre à refuser du chocolat sous quelque forme que ce soit, alors quand Pascal lui dit que sa mère avait fait sa célèbre tarte au chocolat et aux framboises, elle la commanda sans hésiter. Voyant que le restaurant n'était pas bondé, elle commença à engager la conversation, mais Pascal recula et se précipita dans la cuisine avant qu'elle ne puisse dire un mot.

Il se passait quelque chose, elle en était absolument certaine. Les gens ne se transformaient pas subitement en versions méconnaissables d'eux-mêmes, sans raison. Elle voulait savoir *pourquoi*.

Mais en attendant, il y avait une tasse d'expresso et une grosse part de la tarte au chocolat la plus chocolatée jamais réalisée, décorée de framboises entières tout autour et d'un coulis répandu sur la tranche dense comme un édredon rouge fruité. Molly prenait son temps, sirotant de petites gorgées du café corsé et savourant chaque bouchée de tarte tout en observant les moindres faits et gestes de Pascal.

Il n'y avait pas grand-chose à observer, cependant, car la salle était presque vide. Il encaissa une addition, apporta du pain supplémentaire à un autre client, resta à regarder par la fenêtre pendant cinq minutes, puis plia des serviettes sur une table dans le coin le plus éloigné. D'habitude, quand c'était calme, il venait à la table de Molly pour bavarder avec elle. Flirter, vraiment, se corrigea-t-elle. Parce que Pascal *était* un flirt, c'était certain, du genre le plus inoffensif et bien intentionné. Se pourrait-il que sa nouvelle romance avec Marie-Claire Levy le fasse agir si étrangement ? Pensait-il qu'un peu de bavardage avec Molly serait considéré comme une infidélité d'une certaine manière ?

Molly n'arrivait pas à y croire. Ils n'étaient plus au collège, après tout. Elle observait Pascal qui faisait semblant de s'occuper d'un tas de cendriers - elle pouvait dire qu'il faisait semblant de travailler, ayant elle-même joué cette comédie particulière autrefois.

Elle lui fit signe.

— Pascal ?

— L'addition ? articula-t-il silencieusement, mimant l'acte d'écrire sur un carnet.

Molly hocha la tête. Et quand il s'approcha de sa table, elle vit qu'il pensait jeter le papier et s'enfuir, mais elle était prête pour lui.

— *Pascal*, dit-elle, en saisissant fermement son poignet. S'il te plaît. Reste tranquille un moment.

Il la regarda, l'air abattu.

— Oh, Molly.

— « Oh Molly » quoi ? Tu te comportes comme n'importe comment depuis que je suis entrée. Que se passe-t-il ?

— Je suis le pire menteur au monde.

— En effet. Je mettrais ça dans la colonne des plus, en fait, mais oui, tu n'as aucun talent pour dissimuler. Je te suggère de ne pas rejoindre... comment s'appelle le groupe d'espions en France ?

— La DGSE ?

— Oui. Ça. D'accord, mon cher ami, crache le morceau. C'est à propos de l'autre soir, le meurtre ? Ou autre chose ? Frances a-t-elle causé un scandale qui ne m'est pas encore parvenu ?

— Non, non, Frances va bien, pour autant que je sache.

— Parce qu'elle est connue pour... enfin, peu importe. Continue.

— Je n'aime pas les commérages.

— J'ai remarqué ça chez toi. Ça fait de toi une sorte de bizarrerie à Castillac, comme tu le sais sûrement.

— Oui, dit-il en baissant la tête.

Molly regarda sa tête pleine de boucles presque noires, puis son beau visage quand il le releva.

— C'est... bon, je vais te dire ça uniquement parce que je sais que Simon Valette t'a engagée, et tu devrais avoir toutes les informations qui pourraient... qui pourraient être pertinentes. Pas parce que je veux parler dans le dos de quelqu'un.

— Je comprends, dit Molly. S'il te plaît, assieds-toi. Tu as le droit de t'asseoir ?

— Bien sûr, dit-il en tirant la chaise de Ben et en s'asseyant lourdement.

Il fit craquer ses doigts et souffla dans ses joues, retardant et retardant encore.

Mais Molly était patiente. Elle sentait que ce que Pascal allait lui dire vaudrait la peine d'avoir attendu.

— Cette nuit-là, chez les Valette. C'était fou quand les lumières se sont éteintes, pas vrai ? Les gens criaient et agissaient comme s'ils étaient attaqués par des monstres ou quelque chose comme ça. Je n'aurais jamais imaginé qu'un groupe d'adultes serait si déstabilisé par l'obscurité.

Il but une gorgée de l'eau de Molly.

— Alors j'ai pensé que j'allais essayer de rétablir les lumières, si je pouvais, et j'ai quitté la salle à manger en me guidant le long du mur jusqu'à ce que j'arrive dans le hall d'entrée.

Molly acquiesça, retenant son souffle.

— Et... donc c'était juste au moment où Violette a été tuée, n'est-ce pas ? Juste à ce moment-là, pendant les minutes d'obscurité avant que le fusible ne soit remplacé ?

— Oui.

Pascal prit une profonde inspiration et la retint. Finalement, il dit :

— Quand je suis arrivé dans le hall, quelqu'un m'a attrapé par les épaules. S'est pressé contre moi. Et m'a embrassé sur la bouche.

Les yeux de Molly s'écarquillèrent.

— Et tu n'as aucune idée de qui c'était ?

— Oh, bien sûr que si. C'était Camille. Elle portait le parfum Opium, je l'avais remarqué quand Marie-Claire et moi sommes arrivés chez eux. Camille et moi nous sommes fait la bise - tu sais, on s'était déjà rencontrés, et on avait eu une assez longue conversation - et j'ai remarqué à ce moment-là qu'elle portait Opium. C'est un de mes parfums préférés.

Molly sourit intérieurement en pensant que pas une seule fois elle n'avait eu un petit ami américain qui aurait été capable d'identifier un parfum, n'importe quel parfum, même si sa vie en dépendait. Mais son sourire s'effaça rapidement lorsqu'elle réalisa ce que signifiait la révélation de Pascal.

— Donc Camille... n'aurait pas pu assassiner Violette, dit-elle doucement.

— C'est ça, dit Pascal. Je me suis dégagé d'elle et je suis allé directement à la cave, et j'ai changé le fusible en une minute ou deux, pas plus. Le tableau électrique était bien rangé, et il y avait une boîte de nouveaux fusibles juste là. Ça n'aurait pas pu aller plus vite et plus facilement une fois que j'étais en bas.

— Et donc... quoi... est-ce qu'il y a eu une quelconque reconnaissance plus tard, entre toi et Camille, de ce qui s'était passé ?

— Non. Aucune. Heureusement.

— Merci, Pascal.

Elle soupira en secouant la tête.

— Je vais être honnête, tu viens de faire un trou béant au centre de notre affaire, mais je suis très reconnaissante que tu me l'aies dit. On ne voudrait pas accuser quelqu'un qui n'aurait pas pu commettre l'acte.

— Elle était toujours dans le hall quand je suis remonté. Impossible pour elle d'avoir fait le tour jusqu'à la bibliothèque, tué la fille, et d'être revenue, dans les quelques minutes où j'étais parti. Je... je suis désolé de ne pas te l'avoir dit plus tôt. C'est juste... c'est une histoire embarrassante pour elle, évidemment, et je ne voulais pas la raconter à qui que ce soit.

— Je comprends, dit Molly, en ajoutant quelques euros à ceux que Ben avait laissés sur la table et en se levant. Merci encore. Je dois y aller - bien sûr, je dois le dire à Ben tout de suite.

Pascal acquiesça, l'air un peu penaud, et regarda Molly sortir en trombe du restaurant, sauter sur son scooter et filer à toute allure.

❦ 40 ❧

Annoncer à Ben la nouvelle de l'alibi de Camille revenait à avaler une couleuvre. Molly n'avait aucune envie d'ajouter cela au délicieux déjeuner qu'elle venait de prendre, mais quel choix avait-elle ? Une fois rentrée, elle lui raconta ce que Pascal lui avait dit à propos du baiser dans le vestibule, pensant mieux cacher sa déception qu'elle ne le faisait réellement.

Ben n'était pas idiot et s'abstint de dire quoi que ce soit qui aurait pu ressembler à un « Je te l'avais bien dit ».

Néanmoins, Molly lui en voulait.

— Je sais que tu meurs d'envie de le dire, alors vas-y, dis-le, lança-t-elle, sachant pertinemment qu'elle se comportait comme une adolescente de treize ans et non comme une femme adulte à quelques jours de ses quarante ans.

— Je ne vois pas de quoi tu parles, répondit Ben qui, encore une fois, n'était pas idiot.

Molly soupira de manière théâtrale.

— Eh bien, beurk. Juste *beurk*. Je suppose que tout ce qu'on peut faire, c'est continuer à patauger ?

— D'après mon expérience, les affaires se résolvent généralement après un long travail. Alors, qui est le suivant sur la liste ?

Molly se dirigea vers son bureau et consulta quelques notes.

— Rex Ford ? J'ai l'impression qu'on lui avait déjà parlé. Tu ne l'as pas fait ?

— Non. J'ai eu une conversation avec Nico après les funérailles de Madame Gervais. Pour quelqu'un de malin, il n'est pas très observateur.

— Ou peut-être simplement protecteur envers ses amis ?

— Même si l'un d'eux est un meurtrier ?

Molly haussa les épaules.

—Je ne pense pas qu'il irait jusque-là, non. Mais il est *extrêmement* loyal. Mentirait-il pour protéger Frances ? Je n'en doute pas une seconde.

— As-tu remarqué que quand tu es frustrée, tu as du mal à rester concentrée sur le sujet ?

Elle prit une profonde et lente inspiration, essayant de décider si elle devait se vexer. Elle décida qu'ils ne pouvaient pas se le permettre, pas avec le meurtrier non seulement en liberté mais jusqu'ici complètement non identifié.

— Désolée, dit-elle, et elle le pensait. Tu veux t'occuper de Rex ou je m'en charge ?

— Toi, si ça ne te dérange pas. J'aimerais rattraper Lawrence et voir ce qu'il a à dire.

— Tu ne penses pas... ?

— Oh, non, bien sûr que non. Mais contrairement à Nico, il fait attention à ce que les autres font et disent, et contrairement à Pascal, il est tout à fait prêt à tout déballer.

— Est-ce que tu as eu des nouvelles de ton ami à Paris concernant l'hospitalisation de Camille ? demanda Molly.

— Non. Je vais l'appeler aussi. Même si je suppose que ça n'a plus vraiment d'importance maintenant, n'est-ce pas ?

Ils échangèrent un baiser distrait et partirent chacun de leur côté. Molly fut reconnaissante de ne croiser aucun des clients du gîte en sortant, ressentant la pression de faire des progrès dans l'affaire aussi vite que possible.

Elle arriva à l'institut Degas quinze minutes plus tard, ses cheveux formant un nuage emmêlé de frisottis à cause du temps humide, et elle parcourut le couloir du bâtiment administratif à la recherche du bureau de Ford.

L'école n'était pas grande et Molly trouva la porte sans difficulté. « Rex Ford », indiquait une plaque dorée, et en dessous, plusieurs dessins étaient collés à la porte avec de la pâte adhésive. L'un était un dessin à l'encre d'une grande bête, une sorte de monstre fantastique aux dents tordues et à la bave volant hors de sa bouche. Dans ses cinq ou six mains, il tenait de minuscules personnes — toutes des femmes, remarqua Molly - et semblait sur le point d'en jeter une dans sa bouche caverneuse. Elle chercha une signature et vit un petit « RF » dans le coin inférieur droit.

Le dessin suivant était d'un style différent et Molly vérifia d'abord la signature, constatant qu'il était signé « BN », probablement une étudiante actuelle, supposa-t-elle. Elle frappa à la porte.

Une jeune femme répondit, l'air nerveux.

— Bonjour, dit Molly, puis elle regarda par-dessus son épaule vers Rex, qui était assis derrière son bureau, renversé dans son fauteuil.

— Bonjour, Molly, dit-il, semblant agacé. Comme tu peux le voir, je suis en rendez-vous avec une étudiante en ce moment. Si tu avais seulement appelé avant, j'aurais pu libérer mon emploi du temps ou au moins te donner un créneau où j'étais libre.

— Ce n'est pas grave, dit Molly, je vais juste attendre dehors jusqu'à ce que vous ayez terminé. Le rendez-vous suivant est-il pris ?

Ford hésita un instant.

— Non, dit-il. Ça ira.

La jeune femme ferma la porte.

Molly ne croyait pas une seconde que Rex pensait que c'était bien. Elle ne prévenait presque jamais à l'avance pour les entretiens ; bien sûr, il valait mieux prendre les gens au dépourvu, ne pas leur donner l'occasion de préparer leurs histoires, ou de disparaître complètement.

Elle ne soupçonnait pas Rex Ford. Elle le connaissait depuis assez longtemps pour ne pas lui faire entièrement confiance, mais pour croire qu'elle savait, plus ou moins, quel genre d'homme il était. Elle ne pensait pas qu'il tuerait une femme qu'il venait à peine de rencontrer, et elle croyait en outre son histoire selon laquelle il était entré dans la salle à manger depuis la bibliothèque parce qu'il s'était perdu dans l'obscurité.

Molly arpenta le couloir de long en large, laissant son esprit parcourir les détails de l'affaire. À un moment donné, prise d'un excès de curiosité, elle colla son oreille à la porte et entendit Rex dire quelque chose sur le fait que l'ébauche était mauvaise et que la peinture craquait, ce qui n'avait aucun sens pour elle mais qu'elle reconnut comme étant lié à l'art et rien de sinistre. Après quelques allers-retours supplémentaires, la porte s'ouvrit et l'étudiante fila dans l'autre direction.

— Entre, dit Rex en lui faisant signe de pénétrer dans son bureau.

Il était grand et dégingandé, et son mobilier était trop petit pour lui.

— Merci de me recevoir. Je suis un peu en retard, comme tu peux probablement le constater. En fait, l'enquête allait... eh bien, elle allait dans une direction et maintenant ce n'est plus le cas. Donc Ben et moi essayons de repartir à zéro, pour ainsi dire, et...

Elle s'interrompit, ne voulant pas parler de son échec alors qu'elle tentait d'organiser ses questions.

— Est-ce que tu es hétérosexuel ? lâcha-t-elle brusquement, puis elle plaqua sa main sur sa bouche car les mots avaient jailli sans réfléchir.

Rex Ford pencha la tête.

— En quoi est-ce que ça te regarde ?

— En rien, dit Molly, déglutissant avec difficulté. C'est juste que quand une jeune femme meurt, on veut savoir... on veut savoir quels sont les enjeux pour toutes les personnes impliquées, si tu vois ce que je veux dire.

— As-tu une raison de penser que le meurtre de Mademoiselle Crespelle était de nature sexuelle ?

— Non, dit Molly d'une petite voix.

— Sais-tu quel pourcentage de tous les meurtres sont de nature sexuelle ?

— Je ne sais pas, et Rex ? J'aimerais poser les questions, si ça ne te dérange pas.

Rex eut un sourire narquois et fit un bref signe de tête en s'installant dans son fauteuil, se penchant dangereusement en arrière, les yeux fixés sur Molly.

— Pour commencer, de manière générale : est-ce que tu as remarqué quoi que ce soit le soir du meurtre ? Un commentaire en passant, un regard, n'importe quoi qui, avec le recul, pourrait avoir une certaine importance ?

— Vous n'avez rien, c'est ça ?

Molly secoua la tête avec irritation.

— S'il te plaît, contente-toi de répondre à la question.

Il leva les yeux au plafond et se caressa le menton.

— C'était une occasion gênante, comme tu le sais bien. Je n'ai apprécié ni l'hôte ni l'hôtesse. Elle était un désastre complet, ne pensant qu'à elle-même à chaque instant, et lui...

— Lui, tu veux dire Simon ?

— Oui. Il se croit tellement...

Molly attendit. Elle vit une expression familière sur le visage de Rex, un mélange d'envie et de méchanceté ; il n'était pas surprenant qu'il n'ait pas apprécié le charmant et accompli Simon Valette.

— Oui ? demanda-t-elle finalement.

— Tu sais, une drôle de coïncidence. J'y réfléchissais, je n'arrivais pas à la situer - tu sais comment c'est, une personne que tu rencontres te semble familière d'une certaine façon, et tu ne te souviens pas si tu l'as déjà rencontrée ou si elle te rappelle simplement quelqu'un. Une fois, j'ai abordé Anthony Hopkins dans la rue à Londres et je lui ai tapé dans le dos, pensant qu'il était un vieil ami - parce qu'il me semblait si familier, tu comprends. Il m'a regardé avec horreur et j'ai réalisé trop tard que nous ne nous étions jamais rencontrés, je le connaissais juste des films.

— Qui t'a semblé familier ? Camille ? Violette ?

— Violette. Et quel nom, hein ? Violette Crespelle. Tellement... *romantique*, pourrait-on dire. Tous ces sons en « e » qui s'enchaînent. Très poétique.

La patience n'avait jamais été l'une des meilleures qualités de Molly, et elle sentait qu'elle s'amenuisait de seconde en seconde.

— Et tu l'avais déjà rencontrée ? demanda-t-elle, feignant de ne pas vouloir l'étrangler.

— Oui. Ici même, à l'institut Degas.

Molly était perplexe.

— Mais les filles Valette sont beaucoup trop jeunes pour être...

— Tout à fait. Ça n'avait rien à voir avec les filles. C'était Violette elle-même. Elle a postulé pour être admise, et a passé ce que j'admets librement et plutôt fièrement être un processus de candidature rigoureux et ardu, comprenant bien sûr la préparation d'un important portfolio, ainsi que des entretiens approfondis.

— C'était quand ?

— Oh, il y a six mois, je dirais ? Assez longtemps pour que lorsque je l'ai vue au dîner, je n'aie pas pu la situer pendant un bon moment. Nous recevons plus de mille candidatures, donc on peut me pardonner de ne pas me souvenir immédiatement de tous les visages, surtout hors contexte comme ça. Tout doit être dans les dossiers quelque part, tu peux demander à Marie-Claire. Ou mieux encore, à son assistante. Elle sait où tous les cadavres sont enterrés.

Il sourit d'un air narquois en mettant ses mains derrière sa tête et en se penchant encore plus en arrière dans son fauteuil.

Curieux. Donc Violette Crespelle était à Castillac avant que les Valette n'emménagent ici, pensa Molly.

— Et Marie-Claire et toi l'aviez tous les deux interviewée ?

— En effet.

— Et vous l'aviez acceptée à l'institut ?

— Non, j'ai bien peur que non.

Quelque chose passa alors sur son visage, une inquiétude ou une hésitation, mais Molly ne put en déchiffrer le sens.

Violette avait été ici même, s'était peut-être assise dans le fauteuil même où Molly était assise. Et avait été rejetée. Les gens postulent et se font rejeter des écoles tout le temps ; c'est tout à fait banal. Mais... une coïncidence, de se retrouver dans le même village quelques mois plus tard comme nounou ?

Et si ce n'était rien, pourquoi Marie-Claire avait-elle menti à ce sujet ?

❦ 41 ❦

Il restait encore quelques invités du dîner auxquels elle n'avait pas parlé. Sa meilleure amie Frances était partie en vadrouille depuis une semaine, pour visiter des châteaux irlandais, si Molly se souvenait bien. Frances n'était pas connue pour ses capacités d'observation, ses talents se situant dans d'autres domaines, mais lui parler valait le coup d'essayer. Ne serait-ce que pour suivre le protocole d'enquête le plus élémentaire consistant à interroger toutes les personnes présentes sur la scène du crime.

Frances et Nico vivaient dans un petit appartement près du centre du village. Frances avait toujours eu de l'argent - d'abord grâce à sa famille très aisée, puis grâce à l'argent qu'elle gagnait en écrivant des jingles pour des agences de publicité. Mais après avoir déménagé en France sur un coup de tête, elle avait adopté une vie simple avec Nico qui ne consistait pas à avoir les derniers vêtements à la mode ou des voitures rapides. Ainsi, même s'ils pouvaient se permettre quelque chose de beaucoup plus grand, ils restaient dans leur petit appartement, heureux comme des coqs en pâte pour autant qu'on puisse en juger.

— Tiens, une revenante ! dit Frances en ouvrant la porte.

— Je pense que c'est toi la revenante, dit Molly. Tu as voyagé comme une folle ces derniers temps. Tu t'amuses, ou est-ce qu'il y a une autre raison que tu ne m'as pas partagée ?

Frances agita la main en l'air.

— Toujours en train d'enquêter, hein ? Nan, tu me connais, je deviens agitée. Et Nico est tellement dévoué à Alphonse qu'il ne demande pratiquement jamais de congés, alors je pars toute seule. Tout va bien.

Elle adressa à Molly un sourire éclatant, son rouge à lèvres d'un rouge foncé contrastant avec sa peau pâle. Ses cheveux d'un noir de jais avaient poussé jusqu'en dessous de ses épaules, et Molly tendit la main pour replacer une mèche derrière l'oreille de son amie.

— En tout cas, tu m'as manqué, dit Molly.

— Pareil.

— Tu as le temps pour un café et quelques questions ?

— Comment avance l'enquête ?

— Je pensais que ça allait plutôt bien, mais je viens d'apprendre que mon principal suspect a un alibi. Donc je suppose qu'on pourrait dire que les choses vont plutôt mal. Terriblement mal, en fait.

Frances se dirigea vers le coin cuisine et s'affaira avec la cafetière.

— Eh bien, tu veux mon avis ? Je pense que c'était le vieil homme, Raphael. Et j'ai entendu dire qu'il a cassé sa pipe, alors vraiment, il n'y a plus rien à faire.

Molly essaya de sourire mais n'y parvint pas. Comme Frances ne disait rien d'autre, Molly demanda :

— Tu plaisantes, n'est-ce pas ?

— Non. Pas du tout. Tu ne te souviens pas quand il est entré dans la salle à manger en brandissant cet extincteur ? Il aurait pu tuer quelqu'un avec ce truc, s'il l'avait frappé à la tête de la bonne manière. Il était *tellement* hostile. J'ai eu peur de lui. Pas toi ?

Molly réfléchit.

— Je ne peux pas dire que j'étais totalement sans crainte, dit-elle, repensant à l'entretien où elle s'était sentie menacée. Mais j'ai déjà côtoyé des personnes atteintes de démence - mon père, tu te souviens ? Beaucoup d'entre elles sont en colère, et qui peut les blâmer ?

Frances haussa les épaules.

— Tout ce que je peux faire, c'est donner mon opinion.

— Ne te vexe pas.

— Jamais.

Elle appuya sur le piston de la cafetière et versa deux tasses.

— Je suis allée lui parler. J'espérais qu'il pourrait, euh, manquer de filtres et laisser échapper quelque chose, tu vois ? Mais je n'ai pas eu de chance. Il n'arrêtait pas de parler d'une paire de ciseaux manquante. Si on avait affaire à une agression au couteau, ça aurait pu être utile...

— Comment va Ben ? Il a de grandes idées ?

— Entre nous ? On est dans l'impasse. J'étais sûre à quatre-vingt-quinze pour cent que c'était Camille, mais il s'avère que j'avais tort. Ça signifie, j'en ai peur, que l'aiguille de la culpabilité pointe vers Simon.

— « J'en ai peur » ?

— De quoi ?

— Non, je veux dire pourquoi tu viens de dire que tu avais peur que ce soit Simon ?

— Oh. Pas peur dans ce sens-là. Eh bien... hm. Je voulais juste dire que... tu poses les questions les plus agaçantes !

Frances sourit.

— J'essaie de faire de mon mieux. Toujours.

— Je ne veux pas que ce soit Simon, d'accord ?

— Un type charmant, hein ?

Molly leva les yeux au ciel.

— D'accord, oui, il l'est, pour être honnête. Mais je ne pense pas que ce soit juste ça. Peut-être... peut-être que c'est juste ma fierté ou quelque chose comme ça, mais quand j'ai rencontré

Simon pour la première fois, mon impression était qu'il est vraiment un homme très décent, au fond. Combien d'hommes quitteraient Paris comme ça, un travail qui est l'aboutissement d'années d'études et de travail, parce qu'une vie à la campagne conviendrait mieux à sa famille ? Pas beaucoup, je ne pense pas.

— Les femmes peuvent être aussi ambitieuses.

— Bien sûr, je ne dis pas qu'elles ne peuvent pas l'être. Je dis seulement que ce serait très difficile pour n'importe qui de laisser une vie comme celle-là derrière soi. Et à quoi passe-t-il son temps ? À casser des cailloux comme s'il était dans un camp de travail.

Molly sourit en pensant à Simon qui se tuait à la tâche en travaillant sur ses tas de pierres.

— Tu as un faible pour...

— Oh, tais-toi, dit Molly en lui rendant son sourire narquois. Tu n'aurais pas une pâtisserie qui traîne ? Je me sens défaillir.

— Je n'en ai pas. J'ai mangé des Haribo acides pendant que je travaillais, je pense que ça creuse des trous dans mes dents.

— Ça a l'air amusant. Bon, je suppose que je devrais rentrer chez moi. J'aimerais juste avoir une piste décente.

— Tu n'as rien ?

Molly baissa simplement la tête. Elle essaya de se rappeler que les affaires étaient parfois obstinées comme ça, et qu'il n'y avait aucun moyen d'accélérer les choses - les faits de l'affaire deviendraient apparents, au bout du compte. Mais elle savait qu'il n'y avait aucune garantie. Celui qui avait tué Violette pourrait s'en tirer, et peut-être que cette fois, il n'y aurait pas de coup de chance à venir.

Frances sourit et tapota l'épaule de son amie. Elle n'était pas non plus très enthousiaste à l'idée d'avoir des meurtriers qui se baladaient dans le village, mais au moins, elle et Nico ne se sentaient pas responsables de découvrir des preuves ou d'attraper qui que ce soit.

CHAQUE JOUR à la fin de l'école, Gisele cherchait sa sœur, ce qui n'était généralement pas facile, car Chloë pouvait être en train de grimper au mât du drapeau, de filer comme l'éclair dans une course avec ses camarades de classe, ou de se cacher dans un placard de la salle de sciences. Une fois trouvée, la petite sœur tenait la main de l'aînée et elles rentraient à la maison. Gisele ne s'inquiétait pas de devoir s'occuper de Chloë, comme auraient pu le faire d'autres frères et sœurs aînés. Leur mère avait été inconstante toute leur vie - parfois présente et parfois absente, parfois féroce et parfois douce ; il avait été naturel pour Gisele de prendre en charge certaines des tâches qu'une mère en meilleure santé aurait accomplies elle-même.

On aurait pu croire que les sœurs avaient réparti les choses de manière nette : Gisele s'occupait de toutes les inquiétudes, gardant une trace de ce qu'elles étaient censées faire et quand, tandis que Chloë n'était que liberté et sauvagerie. Ce n'était pas la répartition la plus équitable, mais c'était ainsi.

Leur grand-père avait été retrouvé mort dans le jardin, sous la fenêtre de son balcon, la veille seulement. Simon leur avait dit qu'elles n'étaient pas obligées d'aller à l'école, mais Gisele avait insisté pour qu'elles y aillent, voulant surtout s'éloigner, elle et Chloë, de leur mère. Camille se portait mieux quand la vie était plutôt ennuyeuse ; toute excitation, surtout d'ordre émotionnel comme un décès, avait tendance à aggraver les choses.

Y compris les coups.

— Faisons le tour comme la dernière fois, dit Gisele à voix basse. Papa ne s'est douté de rien. Je veux aller dans les bois aujourd'hui et ne pas rentrer à la maison avant l'heure du dîner !

Chloë était surprise. D'habitude, Gisele ne pensait qu'à se laver les mains en rentrant de l'école, à ranger leurs vêtements d'école et à d'autres activités ennuyeuses. Elles passèrent devant le manoir, se faufilant devant l'allée sans oser regarder si Simon était dehors et les avait vues, puis elles contournèrent la maison pour entrer dans les bois.

En cette fin septembre, l'air était encore chaud et les feuilles toujours vertes. Les filles marchèrent plus loin qu'elles ne l'avaient jamais fait, à la recherche d'un bon endroit pour camper le reste de l'après-midi.

— J'aimerais qu'on ait un chien, dit Chloë.

— On devrait demander à Papa. Tu lui demandes.

— Non, *toi*, répondit Chloë automatiquement. Je pense que si on avait un chien, on serait toujours en sécurité, parce que le chien nous aimerait et mordrait la cheville de quiconque essaierait quelque chose, dit Chloë.

— Peut-être, dit Gisele.

Elle s'arrêta dans une clairière et laissa tomber ses livres à côté d'un arbre tombé qui ferait un bon endroit pour s'asseoir. Chloë fit une roue maladroite et poussa un cri de joie.

— Chut ! Si tu fais du bruit, Maman va entendre et envoyer quelqu'un nous chercher !

Chloë leva les yeux au ciel.

— Je vais me tenir sur ce tronc et faire un salto arrière !

— Fais donc, marmonna Gisele alors qu'elle sortait un petit bloc-notes et un stylo de son sac.

Suspects, écrivit-elle en haut de la page, puis elle mâchouilla le capuchon en plastique du stylo.

Une heure passa tandis que Chloë se jetait d'un bout à l'autre de la clairière, s'exerçant à diverses figures de gymnastique, et que Gisele prenait quelques notes mais surtout rejouait dans sa tête la nuit du meurtre de Violette, très lentement, comme si elle regardait une bande au ralenti. N'avait-elle rien vu ou entendu qui puisse être utile à Madame Sutton ?

Chloë s'affala sur l'arbre tombé à côté de Gisele.

— Violette me manque, dit Chloë, à peine plus fort qu'un murmure.

— À moi aussi, chuchota Gisele en retour.

Finalement, elles eurent faim et se dirigèrent vers le manoir, qui ne ressemblait pas vraiment à un foyer, pas encore. Ni l'une ni l'autre ne dit un mot en traversant les bois, se sentant abattues par le manque de la nounou, ne sachant pas dans quel état d'esprit leur mère pourrait être, et n'ayant réussi ni à faire un salto arrière ni à trouver le moindre petit indice.

$\maltese$ 42 $\maltese$

olly fouillait frénétiquement dans les tiroirs de son bureau, à la recherche du petit carnet qu'elle avait emporté lors de son entretien avec Marie-Claire Lévy. Cela semblait remonter à des siècles - et c'était le cas, dans l'étrange monde d'une enquête, où le temps était tour à tour compressé, étiré, et totalement différent de la vie réelle. Des papiers volaient dans une mini-tornade et elle renversa une tasse de café restée du matin... et juste au moment où elle était sur le point d'abandonner, elle aperçut le haut spiralé du carnet qui dépassait d'une pile de factures qu'elle avait ignorées simplement parce qu'il n'y avait pas assez d'heures dans la journée pour tout faire.

Elle feuilleta des pages de pensées et de notes aléatoires jusqu'à ce qu'elle arrive à l'entretien avec Marie-Claire, daté du 22 septembre. Les notes n'étaient pas exhaustives mais semblaient couvrir l'entretien du début à la fin.

aucun lien VC

Voilà. Marie-Claire avait catégoriquement affirmé qu'elle ne connaissait pas et n'avait pas rencontré Violette Crespelle avant la soirée chez les Valette.

Soit elle, soit Ford mentait.

— Ben ! cria Molly, sans s'arrêter pour vérifier s'il était à la maison.

Il était assis sur la terrasse, en train de finir une tartine de jambon-beurre et de boire un verre de cidre.

— Qu'est-ce qui se passe ? demanda-t-il, devinant à son expression qu'elle avait du nouveau.

— C'est... c'est Marie-Claire. Ou Rex Ford, je ne suis pas sûre. Marie-Claire a insisté sur le fait qu'elle n'avait aucun lien avec Violette, mais j'ai appris aujourd'hui, de Rex, que Violette avait postulé à l'institut Degas au printemps dernier. Elle est venue à Castillac pour des entretiens - apparemment, le processus est complexe, pas juste une question de formulaire envoyé. Elle était déjà venue ici, Ben.

Il hocha lentement la tête.

— Auraient-ils pu simplement l'oublier ?

Molly le regarda de travers.

— Une jeune femme a été étranglée lors d'un dîner auquel tu assistais - une jeune femme que tu as rencontrée, à qui tu as parlé, dont tu as évalué l'art - et ça t'échappe juste de l'esprit ?

— D'accord. Mais on ne sait toujours pas lequel—

— On ne sait rien, ne nous emballons pas.

— J'ai envie de te dire de te calmer, mais j'ai peur que tu me frappes, dit Ben avec un lent sourire.

— Je suis tellement frustrée ! Et en colère contre moi-même de ne pas avoir décelé les mensonges. Je pense que je suis allée dans le bureau de Marie-Claire ce jour-là pour lui parler sans aucune objectivité. Je pensais à elle et à toi, si je veux être vraiment honnête, à essayer de m'empêcher d'être jalouse de votre relation.

— Molly, je—

— Ne dis rien. S'il te plaît. C'était ridicule et je ne mérite pas de me qualifier de détective. Je me suis ridiculisée.

Ben se leva et la prit dans ses bras, sans rien dire.

— Donc on a ce mensonge, mais qu'est-ce qu'on en fait ? dit-elle après quelques instants. N'importe lequel d'entre nous aurait pu la tuer. Tout ce qu'on peut faire, c'est se concentrer sur le mobile. Pourquoi diable Marie-Claire ou Rex voudraient-ils tuer une étudiante potentielle de l'institut ?

— L'ont-ils acceptée ?

— Non, en fait.

Ben poussa un soupir.

— Cette affaire est impénétrable, dit-il.

Molly arpenta le salon, alla dans la cuisine, ouvrit le réfrigérateur, le referma, revint à son bureau.

— Pourquoi mentirait-elle si elle n'avait rien à cacher ? C'est la question centrale ici.

— Parce qu'elle avait peur d'admettre connaître une femme qui a été assassinée ? Peut-être que ce n'était rien de plus qu'une décision extraordinairement mauvaise prise par peur.

— Mais pourquoi... ça n'a aucun sens pour moi, et tu prends sa défense ?

— Non. J'essaie d'expliquer pourquoi...

— J'ai fait l'erreur de ne pas la prendre au sérieux et voilà que tu fais exactement la même chose. Ce n'est pas étonnant que la gendarmerie déplace si souvent ses officiers - c'est absolument vrai qu'on ne veut pas suspecter nos amis. Ou nos petites amies, ajouta-t-elle, sachant pertinemment qu'elle se comportait mal mais incapable de s'arrêter.

— Oh, Molly.

— Ne me fais pas ton « oh, Molly ». Je ne t'accuse de rien que je n'aie pas fait moi-même. On échoue dans cette affaire, Ben. On échoue lamentablement.

Elle se dirigea vers la porte de la terrasse.

— Je vais vérifier la rénovation et faire une promenade pour m'éclaircir les idées. En attendant, essaie de comprendre ce que Lévy manigance, tu veux bien ?

Elle essaya de sourire mais cela lui donna un air un peu étrange, puis elle appela Bobo et partit vers la vieille grange délabrée, se sentant malade à l'idée de ce qu'elle avait pu manquer d'autre.

❧

BEN PRIT le temps de finir son verre de cidre sans se presser, tout en réfléchissant à Molly et à ce qu'elle avait dit. Il était sorti brièvement avec Marie-Claire - pas longtemps, mais c'était juste avant qu'il ne commence à fréquenter Molly. Ce n'était pas la jalousie de Molly qui le dérangeait ; il savait qu'elle s'en remettrait bientôt. C'était Marie-Claire et son mensonge.

La connaissait-il comme il le pensait ?

Est-ce qu'on se connaissait vraiment les uns les autres ?

Ben vida son verre et l'emporta avec son assiette dans la cuisine pour les mettre dans le lave-vaisselle avant de partir à la suite de Molly. Il aurait aimé avoir un ou deux éléments alléchants à lui présenter, quelque chose qui dirigerait son attention dans la direction que Ben pensait être la bonne : Simon Valette. Jusqu'à présent, il n'avait pas réussi à déterrer quoi que ce soit de légèrement louche à son sujet, mais cela ne signifiait pas que ce n'était pas là.

Il pouvait voir Molly de loin alors qu'elle parlait à l'un des ouvriers près de la vieille grange, ses mains s'agitant dans les airs et Bobo sautant avec excitation sur l'homme.

Elle a un angle mort quand il s'agit d'hommes charmants, elle l'avait montré maintes et maintes fois, pensa Ben. Et maintenant que son premier cheval dans la course s'était avéré boiteux, elle était déterminée à éviter de regarder Simon et à s'en prendre plutôt à Marie-Claire qui, pour autant que Ben le sache, était aussi inoffensive qu'un chat d'intérieur.

— Chérie, appela-t-il en s'approchant, alors que Molly regardait un mur magnifiquement restauré et que les maçons se remettaient au travail.

— Elle a menti, dit Molly en haussant les épaules. Que dirais-tu de te charger de découvrir pourquoi ?

— D'accord, dit Ben en essayant de croiser son regard.

Mais Molly secoua rapidement la tête, remercia l'ouvrier et agita la main en l'air avant de se diriger vers la maison. Mon Dieu, qu'elle peut être têtue, pensa-t-il en la suivant.

— Je vais voir Paul-Henri, lança-t-il, assez fort pour qu'elle l'entende.

— Je croyais que tu l'avais déjà fait.

Molly s'arrêta pour lui permettre de la rattraper.

— J'ai été distrait. Je vais lui parler de l'alibi de Camille ? Il me semble juste de partager toute information disculpatoire...

— Oui, bien sûr. Mais laisse de côté l'histoire avec Marie-Claire, tu veux ? J'aimerais d'abord comprendre ce qui se passe.

Ben hésita, puis acquiesça.

— Si je devais deviner, je dirais que maintenant que Lapin est hors de danger et que Camille est rayée de la liste... l'attention de la gendarmerie sera dirigée vers Simon. Il est le plus—

Mais Molly n'était pas d'humeur.

— Fais-moi savoir s'il a du nouveau, dit-elle, et elle se dirigea rapidement vers les bois, Bobo bondissant derrière elle.

❧ 43 ☙

Paul-Henri venait de rentrer au poste après avoir parlé avec Merla, Ophélie, Edmond Nugent et Nico. Il s'enfonçait avec gratitude dans sa chaise, très content d'avoir l'endroit pour lui seul, quand Ben arriva d'un pas nonchalant.

— Ben, dit-il, les dents serrées, même s'il voulait parler à l'ancien chef.

— Elle n'est pas là ? demanda Ben en faisant un geste vers son ancien bureau.

— Non. Aucune idée d'où elle est, ni de quand elle reviendra. Vous voulez parler ? Je pense qu'on devrait aller ailleurs. Je n'ose même pas imaginer ce qu'elle ferait si elle nous voyait en train de discuter comme si de rien n'était.

— Ça me va. J'ai quelque chose pour vous cette fois. Je ne veux pas que vous ayez l'impression de tout donner.

Il sourit, voyant la peur traverser le visage de Paul-Henri.

— Les choses sont... sont-elles si terribles ? demanda-t-il doucement.

Paul-Henri secoua la tête.

— Rien que je ne puisse gérer, répondit-il. Que diriez-vous de l'allée qui donne sur la rue Malbec ? Il y a un garage vide par là...

Les hommes quittèrent le poste et se faufilèrent dans l'allée puis dans le garage. Ça sentait le renfermé et ils pouvaient voir la poussière en suspension dans l'air.

— C'est à propos de Camille, dit Ben. Il s'avère qu'elle a un alibi. Je sais que c'était la suspecte sur laquelle on insistait le plus, mais Molly et moi avons dû lâcher l'affaire. Elle ne l'a pas fait.

Paul-Henri épousseta le devant de son uniforme.

— Quel genre d'alibi ?

— Je préférerais ne pas le dire.

— Si vous voulez être utile, vous devez me le dire, Monsieur Dufort.

— S'il vous plaît, gardez ça pour vous. Je veux dire, pour la gendarmerie - je sais que vous devrez le dire à la chef. Camille... elle a attrapé quelqu'un et l'a embrassé, dans le vestibule, au moment précis où Violette était en train de se faire étrangler.

— Quel quelqu'un ?

— Est-ce vraiment nécess—

— Bien sûr que ça l'est ! dit Paul-Henri, perdant presque son sang-froid. Donnez-moi tous les faits, s'il vous plaît !

— Pascal Longhale.

Les sourcils de Paul-Henri se levèrent d'un coup.

— *Elle* l'a attrapé *lui*, précisa Ben. Et il n'est pas du genre à colporter des ragots, même s'il a grandi à Castillac, donc il n'a rien dit au début. Molly a dû lui arracher l'information.

Les deux hommes restèrent songeurs pendant un instant.

— À la lumière de ces faits, je parierais une assez grosse somme que Charlot va s'en prendre à Simon, dit Paul-Henri.

— Je m'en doutais.

Paul-Henri haussa les épaules.

— Il la fait se sentir inférieure. Elle ressent la pression de n'avoir aucun suspect alors que le village devient agité. Peut-être qu'elle pense même que Simon s'est lancé dans une vraie série de meurtres, ayant aussi tué son père parce qu'il était gênant.

— Quoi ? Comment peut—

— Je n'ai pas dit qu'elle avait la moindre preuve de tout cela. Mais de toutes les choses qui excitent la chef, les preuves concrètes ne semblent pas figurer sur la liste.

— Que pensez-vous de Simon ?

Paul-Henri fut momentanément pris au dépourvu qu'on lui demande son avis.

— Eh bien, je... c'est certainement possible, vous ne croyez pas ? Peut-être que Camille l'a découvert avec la nounou dans une position compromettante.

— Mais pourquoi la tuer ? Le pot-aux-roses aurait déjà été découvert.

Paul-Henri ouvrit la bouche pour dire quelque chose mais s'arrêta.

— Peut-être qu'elle le faisait chanter, dit Ben.

— C'est ce que je voulais dire.

— Je ne pense pas que Simon l'ait fait.

— Moi non plus ! Il aurait dû être très rapide, entre autres, pour aller du vestibule à la bibliothèque. Malheureusement, Merla et Ophélie ne peuvent pas lui donner un alibi solide. Elles n'étaient pas dans la cuisine toute la soirée, comme on aurait pu l'espérer. Elles sont sorties prendre l'air même pendant l'orage, disant que la cuisine était mal ventilée et devenait inconfortable-ment étouffante, et Ophélie dit qu'elles sont aussi allées dans le grand garde-manger de temps en temps - bref, il y avait des occa-sions pour quelqu'un de traverser la cuisine et d'atteindre la bibliothèque et Violette. Sans avoir à passer par la salle à manger du tout.

Ben hocha la tête, essayant d'imaginer la scène. C'était si étrange, sachant qu'il avait lui-même été présent sur les lieux. Chaque fois qu'il essayait de se souvenir, tout ce qu'il voyait était cette terrible obscurité, impénétrable comme un linceul du velours le plus noir.

— Que disiez-vous à propos de la mort de Raphael ?

Paul-Henri leva les yeux au ciel.

— Eh bien, sur ordre de la chef, j'ai parlé à Florian Nagrand. Il dit qu'il est possible que le vieux Valette ait été poussé du balcon, mais il n'y a aucun moyen d'en être sûr. La chef Charlot interprète cela comme une possibilité décente, et a une théorie selon laquelle le vieil homme a vu quelque chose - soit la nuit du meurtre, soit à un autre moment - et que Simon avait besoin de s'en débarrasser.

— Mais Simon a déménagé sa famille à Castillac en partie pour sauver son père d'une maison de retraite. Ça n'a aucun sens.

— Si, si vous comprenez qu'il joue sur le long terme, dit Paul-Henri. Si vous dites à tout le monde que vous faites cet acte désintéressé de déménager votre père mentalement malade chez vous, personne ne va vous soupçonner si le vieux bonhomme finit avec le cou brisé.

Ben prit une longue inspiration par le nez et éternua. Il pensait à Gisele et Chloë, et à quel point les choses iraient mal pour elles si leur père était arrêté.

Les deux hommes se serrèrent la main, promirent de se revoir si l'un d'eux obtenait de nouvelles informations, et partirent dans des directions différentes.

৯৯

UNE FOIS LE SOLEIL COUCHÉ, l'air se rafraîchissait rapidement. Gisele et Chloë étaient rentrées de l'école depuis des heures, et elles jouaient dans la chambre de Gisele. Elles avaient laissé la porte ouverte parce qu'une porte fermée était l'un des déclencheurs de leur mère, et elles avaient appris depuis longtemps que fermer une porte ne valait pas un passage à tabac.

Elles étaient penchées sur un jeu de société, jamais l'activité préférée de Chloë, mais Gisele avait eu gain de cause. Elles sursautèrent en entendant frapper à la porte ouverte et levèrent les yeux pour voir leur mère dans l'embrasure.

— Bonsoir, Maman, dit Gisele.

Camille soupira.

— Dites-moi la vérité, dit-elle. Vous aimez votre nouvelle maison à Castillac ? Vous pensez qu'on devrait rester ici, ou retourner à Paris ?

Chloë se raidit. Elle détestait quand sa mère lui posait des questions comme celle-ci, des questions qui, pour Chloë, appartenaient aux parents, pas à elle. Elle haussa les épaules, espérant que sa mère accepterait cela comme une réponse.

— J'aime bien, dit Gisele. Mais mes amis me manquent.

— Bien sûr qu'ils te manquent, dit Camille, sa voix empreinte de gentillesse.

Puis elle disparut de vue dans le couloir, et les filles l'entendirent descendre les escaliers.

La gentillesse soudaine et imprévisible de leur mère mit Gisele en colère. Si seulement elle pouvait rester la même, pensa la fille, alors on pourrait tous savoir quoi faire. Mais elle change comme ça, si vite, c'est impossible.

— Chloë, dit-elle, prenant les dés et les lançant. Tu voudrais partir à l'aventure ?

Chloë bondit du sol et renversa les pièces du jeu de société.

— Oui ! Partons tout de suite ! Où allons-nous ?

— Je pense que nous sommes assez grandes pour être seules, tu ne crois pas ? Juste pour un petit moment ?

— Oui, bien sûr ! On va à New York ?

— Je ne pense pas que nous ayons assez d'argent pour les billets d'avion.

— Bon, alors l'Afrique ?

Gisele sourit.

— Et si on se contentait de sortir d'ici, de cette maison, et qu'on s'inquiétait de notre destination finale plus tard ?

— Et Papa ?

Gisele haussa les épaules.

— Il se débrouillera sans nous. Il continuera juste à construire ce stupide mur.

Chloë avait rarement entendu sa sœur parler avec une pointe d'amertume et elle trouvait cela fascinant.

— Faisons nos bagages ! dit-elle en bondissant dans la pièce et en jetant les affaires de Gisele en l'air.

Ce n'était pas une solution parfaite, pensait Gisele en tirant un petit sac de sport de sous son lit. Mais il y avait eu deux morts en moins de deux semaines, et si elle le pouvait, elle n'allait pas laisser l'une d'entre elles être la suivante.

$\mathscr{H}$ 44 $\mathscr{H}$

La chef Charlot roulait rapidement sur la route secondaire qui serpentait de Bergerac à Castillac. Elle avait passé la matinée en réunions avec le chef de la gendarmerie de Bergerac, supportant toutes sortes de piques d'un homme qu'elle ne jugeait même pas digne de cirer ses chaussures. Mais Charlot n'était pas plus surprise par son incompétence que par sa simple existence ; c'était la norme, tristement, pour l'état du pays, pensait-elle en négociant un virage serré avant d'accélérer sur une ligne droite.

Le temps d'arriver à Castillac, elle avait complètement oublié le chef de Bergerac et se préparait mentalement à une confrontation avec le laboratoire de Florian Nagrand. C'était inadmissible d'attendre si longtemps pour de simples tests. Elle commençait à croire qu'elle ne pouvait compter sur rien de fonctionnel dans ce trou perdu où la gendarmerie l'avait envoyée. Serrant les dents, elle se gara proprement et sortit de la voiture de police, sans s'avouer qu'elle se délectait à l'idée d'une prise de bec avec quelqu'un du laboratoire.

— Paul-Henri ! s'exclama-t-elle en entrant dans le poste. Je ne m'attendais pas à ce que vous soyez encore là. Il est plutôt tard, après tout.

— Je voulais vous remettre ceci en personne, dit-il en lui tendant une enveloppe.

— N'ont-ils jamais entendu parler d'Internet par ici ? marmonna-t-elle pour elle-même.

Après avoir déchiré l'enveloppe, elle plissa les yeux en lisant les résultats, ce qui amena Paul-Henri à se demander comment il n'avait jamais remarqué à quel point la chef ressemblait à un rongeur en colère.

Le rongeur en colère laissa échapper un son étouffé - était-ce un rire ou une toux ? Paul-Henri n'en était pas sûr.

— Alors ? dit-il.

Charlot lui tendit le rapport.

— Ils nous donnent enfin quelque chose d'exploitable. Deux correspondances ADN. On y va.

— Où ça ? Je ne vois pas...

— Non ? Vous avez une explication pour la présence de sa peau sous les ongles d'une jeune femme qui a été étranglée ?

— Bien sûr que cela mérite une enquête plus approfondie. Mais je...

— Vous conduisez.

Elle lui lança les clés et ses yeux brillaient de plaisir à l'idée de menotter l'un des hommes de la liste, qui l'avait regardée de haut depuis le tout début.

Sous prétexte d'un passage rapide aux toilettes, Paul-Henri réussit à envoyer un message à Ben pour l'informer, bien qu'il n'eût aucune confiance que cela aiderait le moins du monde.

❧ 45 ❧

Molly sirotait un kir après une longue journée de frustration et de manque de progrès. Assise à son bureau, elle naviguait sur Internet avec acharnement. Les questions affluaient : pourquoi Violette avait-elle choisi de postuler à l'institut Degas, entre tous ? Le rejet avait-il été une expérience terrible, pire que d'habitude en quelque sorte, et cela avait-il un rapport avec sa mort ? Marie-Claire était-elle impliquée ? Molly parcourait les pages de publications Facebook de Violette, et même si elle commençait à avoir l'impression de connaître un peu la jeune femme, elle ne trouvait rien sur l'école d'art ni quoi que ce soit de suspect.

Elle se pencha en arrière dans sa chaise et regarda par la fenêtre. Peut-être devrait-elle retourner à la gestion de son gîte et au jardinage, et abandonner toute cette folie d'enquêtrice privée. De toute évidence, elle avait simplement eu de la chance avec les affaires précédentes, et maintenant qu'un meurtre était vraiment épineux, elle était perdue.

Ben passa la porte d'entrée en regardant son téléphone.

— Message de Paul-Henri. Le rapport du laboratoire ADN est enfin arrivé.

Il tourna son téléphone pour qu'elle puisse lire le message de Paul-Henri.

— Ce n'est pas Simon, dit rapidement Molly.

Les sourcils de Ben se levèrent d'un coup.

— Eh bien, ils vivaient dans la même maison, dit-elle. Elle aurait pu l'égratigner en jouant avec les filles ou quelque chose comme ça. Ce n'est pas bizarre d'avoir l'ADN de quelqu'un d'autre sur soi quand on partage une maison.

Ben pencha la tête sur le côté.

— Vraiment ? Ça ne te fait pas te poser des questions, ne serait-ce qu'un peu ? Tu es si convaincue de son innocence ?

— Je le suis.

Elle avait envie de jeter quelque chose, de casser quelque chose. Maintenant, ce n'était pas seulement qu'elle n'avait pas attrapé le meurtrier, mais un homme innocent risquait d'être arrêté, parce qu'elle n'arrivait pas à comprendre ce qui s'était passé.

— Bon sang, Ben ! Si seulement je savais où chercher, mais je suis... je suis aussi dans le noir que nous l'étions tous la nuit du meurtre !

Il vint derrière elle et lui massa les épaules, ce qu'elle adorait habituellement mais pas à ce moment-là. Elle bondit de sa chaise et arpenta le salon.

— Charlot va certainement s'en prendre à Simon, n'est-ce pas ?

— Je ne sais pas. Je n'ai rien entendu d'autre de la part de Paul-Henri.

— Ils sont probablement en train de se garer devant chez les Valette en ce moment même. Elle est exaspérante !

— Tu veux un autre kir ?

— Oui ! Je veux cinq kirs ! Mais je ne peux pas, il n'y a pas un instant à perdre, seulement... seulement je n'ai aucune idée où aller ni quoi faire.

— Molly, écoute-moi. Si Simon n'est pas coupable, alors même si Charlot l'arrête prématurément, cela n'aboutira à rien. L'ADN sous les ongles de Violette est une preuve, ne faisons pas semblant que ce n'en est pas une. Mais c'est circonstanciel. Ça ne va pas l'envoyer en prison, pas à moins que Charlot n'ait quelque chose d'autre qu'elle n'a dit à personne.

Molly se retourna vers son ordinateur, passant distraitement d'un site web à l'autre.

— Oh.

Molly sembla soudain frappée d'horreur.

— Oh !

Et elle attrapa son manteau et était dehors avant que Ben n'ait eu le temps de dire un mot de plus.

❦   46   ❦

Il lui manquait la moitié de ce qu'elle devait savoir, Molly en était parfaitement consciente. Tout ce qu'elle avait, c'était un lambeau, un fil, un filament à peine visible reliant le meurtrier à la victime.

Mais il était là. C'était bien mieux que rien. Et Molly allait devoir en tirer parti d'une manière ou d'une autre.

Elle sonna à la porte du cabinet du Dr Vernay, et comme d'habitude, Robinette ouvrit rapidement.

— Bonjour, Molly ! Vous avez l'air un peu agitée, puis-je vous offrir une tasse de thé ?

— Ça va, Robinette. J'aimerais parler à Gérard, s'il vous plaît.

— Il est avec un patient en ce moment.

Molly entra et les deux femmes se regardèrent un instant avant que l'attention de Molly ne s'envole et qu'elle ne se perde dans ses pensées.

Au bout de dix minutes, Robinette toucha le coude de Molly.

— Molly ? dit-elle doucement. Vous êtes à des milliers de kilomètres. Je ne pense pas que vous ayez même vu le dernier patient de Gérard partir. Vous pouvez entrer maintenant.

— Merci.

Molly entra dans le bureau du Dr Vernay, frappée comme à chaque fois par son aspect chaleureux et intéressant : les portraits, la civette empaillée, toute l'entreprise si différente des cabinets médicaux visuellement stériles des États-Unis.

— Molly, dit le docteur avec un large sourire. Quel plaisir de vous voir en si bonne forme. Vous rayonnez !

Molly hocha brièvement la tête. Elle ne savait pas quoi dire.

— Je vais vous dire, Gérard, je suis surprise de vous entendre dire ça, parce que cette affaire sur laquelle je travaille me fait perdre le sommeil comme jamais auparavant.

— Pas de pistes ? demanda-t-il.

— Aucune. J'étais tellement sûre que Camille était coupable, mais ça s'est avéré complètement faux. Je suppose que je... doute vraiment de mes capacités de détective.

Le Dr Vernay se pencha en arrière dans son fauteuil et mit ses mains derrière sa tête.

— Vous êtes sûre pour Camille ? Comme je vous l'ai dit, j'avais quelques réserves...

— Elle a un alibi. En béton.

— Je vois. Ah, bien, je suis sûr que quand la prochaine affaire se présentera, vous retrouverez toutes vos capacités !

Molly laissa son regard errer sur le mur derrière le docteur, jusqu'aux diplômes encadrés.

— Alors, parlez-moi un peu plus de l'université de Nice. Vous étiez heureux là-bas ?

Le Dr Vernay ne répondit pas immédiatement. Pour la première fois, Molly crut le voir réfléchir à ce qu'il allait dire.

— C'était il y a longtemps maintenant, répondit-il finalement, essayant d'adopter un ton léger qui ne passa pas tout à fait.

— Vous avez gardé contact avec beaucoup de vos amis de cette époque ?

— Comme je l'ai dit, c'était il y a longtemps.

— J'espère que vous ne trouverez pas ça impardonnable d'être indiscrète, mais je me demande... je suis tellement perdue dans cette affaire, et vous êtes la seule personne que j'ai découverte jusqu'à présent qui a un quelconque lien avec les Crespelle.

Elle glissa une main dans la manche de son manteau et croisa les doigts.

— Et vous savez, il s'avère si souvent que les crimes d'aujourd'hui ont leurs origines dans quelque chose qui s'est passé il y a longtemps.

Vernay sourit à nouveau, tambourinant des doigts sur sa jambe.

— Un lien ? demanda-t-il. Je ne vois pas ce que vous voulez dire.

— Oui. Eh bien, votre université, dit Molly en désignant le diplôme. C'est un emblème tellement intéressant que l'école a, vous ne trouvez pas ? Les couleurs sont si parfaites pour Nice, ce turquoise et ce jaune, si ensoleillé et charmant. Je n'y suis jamais allée, mais cet emblème semble bien convenir à la ville, du moins telle que je l'imagine. C'est pour ça qu'il a attiré mon attention.

— Je ne fais pas attention aux emblèmes des écoles.

— Je comprends ce que vous voulez dire. Qui s'en soucie, vraiment ? C'est l'éducation qu'on recherche, n'est-ce pas ?

— Ma réputation...

— Vous m'avez guérie de cette horrible maladie de Lyme, et je ne l'ai pas oublié une seconde, dit Molly en gardant un ton léger.

Le visage de Vernay se détendit un peu, mais ses doigts continuaient de tambouriner.

— C'était le père de Violette, n'est-ce pas, dont vous étiez ami ? Biagio Crespelle ? Il y a longtemps, comme vous dites. Trente ans, à peu près ?

— Je ne vois pas du tout où vous voulez en venir, Molly. Je suis désolé de ne pas pouvoir vous aider dans votre enquête, mais j'ai peur d'avoir des patients à voir...

— J'ai jeté un coup d'œil à l'agenda de Robinette en passant, on dirait que vous êtes libre pour les prochaines heures. Vous savez, bien sûr, j'ai moi aussi été étudiante autrefois. Vous pouvez imaginer Frances et moi à cet âge ? Oh, on faisait toutes sortes de bêtises. Je me souviens d'une fête où on mélangeait des boissons dans une poubelle, vous pouvez le croire ? Quelque chose de tellement américain en plus - c'était de la crème glacée, de la vodka, du sirop de chocolat et du Kahlua, si je me souviens bien.

Molly semblait perdue dans ses heureux souvenirs, mais elle observait attentivement Vernay.

— On pensait qu'on était plus intelligents que tout le monde, surtout que ceux qui étaient plus âgés que nous, ricana-t-elle. C'était pareil en France, ou peut-être que ça l'est toujours ? Je veux dire, à cet âge-là, on croit tout savoir ?

Vernay haussa les épaules et regarda par la fenêtre.

— Juste des gamins, murmura-t-il.

— Quel genre d'homme était Monsieur Crespelle ?

— Il n'était rien du tout ! lâcha Vernay. Je le connaissais à peine ! Ce n'est pas... c'était un imbécile agaçant, si vous voulez tout savoir. Il n'a rien à voir avec quoi que ce soit, c'est pour ça que je n'ai même pas pensé à le mentionner.

— Mais vous l'avez mentionné à Violette, le soir de la fête, n'est-ce pas ?

Vernay cligna rapidement des yeux.

— Non. Je ne sais pas. Peut-être. Et alors ?

— C'est un nom inhabituel, Crespelle. Un nom savoureux, si je puis dire. Même si Biagio, pour mon oreille américaine, c'est très exotique. Vous avez dû être surpris de rencontrer la fille de votre vieil ami comme ça, à l'improviste.

— Je n'ai rien dit à propos de connaître qui que ce soit.

Il rit sans conviction.

— C'est certainement intéressant de vous voir travailler, Molly. Je n'avais jamais réalisé le degré d'imagination impliqué... de la pure fantaisie dans ce cas. Maintenant, encore une fois, je ne veux pas être impoli, vous savez que vous avez toujours été l'une de mes préférées... mais j'ai des choses à faire cet après-midi, plusieurs... trucs...

— Vous mentez très mal.

Le visage de Vernay s'affaissa.

— Je suis sûre que c'était une impulsion soudaine, quelque chose que vous avez immédiatement souhaité pouvoir effacer ?

Elle pensait l'avoir coincé. Pendant un instant, elle crut presque entendre sa confession, les mots se précipitant avant qu'il ne puisse les arrêter, comblant tous les vides dans ce qu'elle avait imaginé.

Mais Vernay se ressaisit. Il réarrangea son visage pour afficher une expression s'apparentant à de la politesse et refusa d'en dire davantage. Molly posa encore quelques questions, essayant de montrer à l'homme autant de sympathie qu'elle pouvait rassembler, mais finit par abandonner et quitta le cabinet, car quelle autre option avait-elle ?

❧

EN SORTANT SUR LE TROTTOIR, Molly aperçut immédiatement Ben de l'autre côté de la rue, qui ne faisait pas un très bon travail pour avoir l'air discret. Lui et Paul-Henri faisaient semblant de lire le même journal, à moitié cachés derrière un arbre.

— Mais qu'est-ce que vous faites, dit Molly, incapable de s'empêcher de sourire en traversant la rue pour les rejoindre.

Ben haussa les épaules.

— Je suis juste content que tu ailles bien. Tu es partie avec un regard particulier que j'ai reconnu.

— De quoi tu parles ? Quel regard ?

— Comme si tu fonçais tête baissée vers un meurtrier. *Ce* regard-là. J'ai envoyé un message à Paul-Henri et on t'a suivie jusqu'au cabinet du médecin. Ce n'était pas dans le top dix des endroits où je pensais que tu irais, je l'admets. Est-ce que tu... tu penses vraiment que le Dr Vernay... ?

— Que s'est-il passé là-dedans ? demanda Paul-Henri.

— Marchons, dit Molly, et tous les trois se dirigèrent vers

Chez Papa. Pour être honnête, je pense... bon, je sais que c'est un choc, et il est pratiquement comme un membre de la famille pour la plupart des villageois et tout... mais je suis presque certaine...

— Que c'est le tueur ? Le Dr Vernay ? demanda Ben, incrédule.

Molly acquiesça.

—Je sais que ça a l'air fou. Mais suivez mon raisonnement : il *devait* y avoir un lien quelque part. Ça n'a aucun sens qu'un étranger soit venu en ville et ait été brutalement assassiné quelqu'un comme ça, sans motif. Soit il se passait quelque chose de vraiment grave dans cette famille, et donc c'était l'un des Valette, soit l'un des villageois connaissait Violette avant la soirée de la fête. Avait un lien avec elle, d'une manière ou d'une autre.

Paul-Henri hocha la tête.

— C'est le genre de travail policier qui—

— Comment tout cela mène-t-il à Vernay ? demanda Ben.

— Il connaissait le père de Violette, il l'a au moins admis. J'espérais pouvoir le déstabiliser, peut-être qu'il lâcherait quelque chose, qu'il expliquerait ce qui s'était mal passé dans leur amitié ou quoi que ce soit d'autre qui aurait conduit au meurtre toutes ces années plus tard. Mais il n'a rien voulu admettre d'autre. J'étais proche. Vraiment proche. Mais je... je n'ai pas trouvé comment faire plus pression sur lui, alors j'ai fini par partir.

— Plus de détails, Molly, dit Ben. Comment les as-tu connectés ?

Ils étaient à un demi-pâté de maisons de Chez Papa. Molly eut soudain envie d'une assiette de frites chaudes et salées, mais ne voulait pas avoir cette conversation dans le bistrot où n'importe qui pourrait les entendre. Elle s'arrêta et entraîna les deux autres dans l'espace étroit entre deux bâtiments.

— Voilà comment. Vernay est allé à l'Université de Nice. Apparemment, ils ont une bonne école de médecine là-bas, le diplôme est accroché sur son mur. Il a un emblème scolaire jaune et bleu.

Ben et Paul-Henri attendaient, l'air perplexe.

— Violette avait une page Facebook active, où elle gardait contact avec beaucoup de vieux amis et de la famille. Je ne sais pas si vous utilisez Facebook, mais les gens ont leurs propres pages, et la plupart d'entre elles ont une grande photo en haut. Violette est sur la photo, souriante - et derrière elle, sur le mur, il y a un drapeau de l'Université de Nice, ou peu importe comment on l'appelle - le même insigne jaune et bleu. Mais elle n'est pas allée dans cette école - son père oui. Et exactement au moment où Vernay y était.

— Excuse-moi, Molly. Une coïncidence intéressante, on pourrait dire, mais n'est-ce pas un grand saut de penser que c'est significatif ? Des milliers d'étudiants vont dans cette école chaque année, non ? dit Paul-Henri.

— Oui, oui, sans doute. Mais il y a encore une chose. Ça peut ne pas sembler grand-chose, mais les gars, vous devez admettre que les indices ont été plutôt rares jusqu'à présent. On doit s'accrocher à n'importe quel petit fil qu'on trouve, aussi ténu qu'il puisse paraître.

— Je ne vois toujours pas, Molly, dit Ben, frustré de ne pas pouvoir saisir complètement l'histoire que Molly essayait de raconter.

— Saviez-vous que Gisele et Chloë étaient sous la table de la salle à manger le soir de la fête ? Pendant qu'on mangeait, elles faisaient un pique-nique en dessous.

—Je ne vois pas... commença Paul-Henri.

— ...et Gisele est une fille réfléchie. Le genre d'enfant qui fait attention aux adultes et à ce qu'ils se disent. Elle remarque les choses. Et donc elle m'a raconté ce qu'elle avait entendu, soit avant qu'on s'assoie à table, soit pendant le repas. Une grande partie était inutile, comme vous pouvez l'imaginer. Mais il y avait un bout, juste un fragment qu'elle a entendu - je n'y ai pas fait attention au début, j'étais distraite par Camille - que Vernay a dit à Violette alors qu'elle traversait la salle à manger en cherchant les filles. Quelque chose à propos du bon vieux temps, et d'histoires sur des étudiants turbulents.

Ben et Paul-Henri ne dirent rien. Ils attendaient.

— C'est tout ? dit finalement Paul-Henri.

Molly regarda Ben.

— Tu ne vois pas ? Le « bon vieux temps », ce sont les jours d'étudiants de Vernay et du père de Violette, qui étaient ensemble à l'Université de Nice. Vernay a fait le lien parce que le nom « Crespelle » est, sinon étrange, du moins un peu accrocheur ? Dieu sait que Vernay l'a assez mentionné, en parlant des crêpes italiennes. Je pense qu'il essayait de dissimuler...

— De dissimuler quoi ? demanda Ben.

— C'est ça le truc - je ne sais pas ! Il sait que je le soupçonne, c'était évident... mais il n'a pas craqué. Même s'il n'est pas doué pour mentir. Même s'il ne l'a pas fait, il cache *quelque chose*.

— Donc j'avais raison, tu te dirigeais droit dans les bras d'un meurtrier.

— Qu'allait-il faire, m'étrangler dans son cabinet avec Robinette juste à côté ? Je ne pense pas qu'il soit si fou que ça.

— Molly, si tu as raison à son sujet, il a étranglé une jeune femme qu'il venait de rencontrer à quelques pas de quatorze personnes assises à table.

— Tu marques un point.

— Je vais me précipiter au poste pour dire à Charlot ce que vous nous avez raconté, dit Paul-Henri. Ça la ralentira peut-être au moins dans sa hâte d'arrêter Monsieur Valette.

Molly expira un grand coup.

— Désolée de ne pas avoir réussi à conclure, dit-elle à Ben alors qu'ils regardaient Paul-Henri partir en courant vers le poste.

— Peut-être que tout ça n'est qu'un malentendu, et qu'il n'a pas avoué parce qu'il n'y a rien à avouer, dit Ben. Marie-Claire et Rex Ford n'étaient pas non plus pressés de dire qu'ils avaient rencontré Violette auparavant. Mais j'accepte leur explication d'avoir été choqués par la coïncidence et de vouloir protéger l'institut Degas d'un nouveau scandale. C'était certainement un manque de jugement. En tout cas, je comprends ton désir de chercher des liens... et je pense que tu as raison de le faire, dit-il rapidement en voyant son expression. Si on allait manger des frites et discuter un peu plus ? poursuivit-il en lui prenant le bras et en la guidant vers Chez Papa.

La chef Charlot avait appelé Paul-Henri sans obtenir de réponse immédiate, ce qui était clairement un problème dont il devrait répondre une fois qu'elle aurait procédé à l'arrestation. Elle engagea la voiture de police dans l'allée des Valette, impatiente de confronter Simon. Pas pour l'arrêter, elle n'était pas si impulsive... mais qui sait comment l'interrogatoire se déroulerait cette fois-ci, quand elle exercerait un peu plus de pression ?

Simon ouvrit la porte à son coup, l'expression impassible.

— Je tombe à un mauvais moment ? dit-elle d'un ton douce-reux. Parfait. C'est généralement très utile.

Elle se glissa dans la maison bien que Simon ne l'ait pas invitée à entrer ni même n'ait bougé du centre de l'embrasure.

— N'ai-je pas répondu à toutes vos questions ? dit-il.

— Oh, vous devez comprendre, Monsieur Valette, que dans une enquête pour meurtre en cours, il n'y a littéralement pas de fin aux questions. Pas de fin du tout, jusqu'à ce que nous attra-pions le coupable. Mais nous allons commencer cette session par quelque chose d'un peu différent : j'ai reçu des nouvelles à partager avec vous.

Simon se dirigea lourdement vers le salon. Il n'y avait aucun bruit de bavardage féminin, aucun cliquetis venant de la cuisine ; la maison ressemblait à une morgue, silencieuse et froide.

— Votre ADN a été retrouvé sous les ongles de Violette, lui annonça Charlot d'un air triomphant. Voudriez-vous nous expliquer comment cela a pu se produire ? Je vais me mettre à l'aise, dit-elle en s'asseyant sur un énorme fauteuil recouvert de velours qui faisait paraître son petit corps presque comme une poupée.

Elle observa attentivement Valette mais ne vit aucun signe de peur ou de culpabilité, plutôt une profonde lassitude.

— Très bien, dit-il à Charlot.

Elle remarqua à quel point son visage paraissait différent maintenant qu'il n'essayait pas d'être charmant. Simon n'avait pas l'air beau et viril, mais plutôt usé, diminué. C'était épuisant de vivre avec une femme qui se jetait littéralement sur les couteaux chaque fois qu'elle était stressée. Quand elle l'avait attaqué sous la douche, il avait facilement attrapé le poignet de Camille et personne n'avait été blessé cette fois-là. Il n'y avait pas eu de situation critique. Mais l'effet de son imprévisibilité violente et de ne pas savoir quoi faire à ce sujet était débilitant.

Avec un certain effort, Charlot parvint à ne pas caresser les menottes à sa ceinture par anticipation.

— Continuez, l'encouragea-t-elle.

Simon s'assit sur le canapé en face d'elle.

— J'ai effectivement omis quelque chose auparavant, dit-il d'une voix atone. Il est vrai que Violette et moi... nous n'avions pas de liaison. Nous n'étions pas amants.

Charlot réussit à ne pas laisser transparaître sa déception.

— Quoi alors ? dit-elle finalement.

— Nous n'étions pas *encore* amants. Nous étions dans cette délicieuse phase de séduction, où l'un s'approche et l'autre s'éloigne, puis les positions s'inversent, à chaque fois nous nous rapprochions de plus en plus, presque assez près pour que nos lèvres se touchent... puis nous nous éloignions à nouveau, l'excitation montant tout du long...

Il fixa le tapis du regard. Charlot se demanda pourquoi il n'avait pas insisté pour avoir cette conversation dans un endroit plus privé.

— Le jour de la fête, j'ai croisé Violette par hasard plusieurs fois. Non, vraiment, c'*était* par hasard. Il n'y avait pas besoin d'intention spécifique, dit-il avec l'ombre d'un sourire. Je veux dire seulement que dans le cours de nos déplacements dans la maison, faisant ce qui était nécessaire ce jour-là, nous nous sommes rencontrés au moins deux fois dans le couloir à l'étage. Seuls.

— La première fois, rien ne s'est passé. Un regard brûlant, rien de plus. Excitant, certes. Presque douloureusement. Mais nous ne nous sommes pas touchés. Cependant, la deuxième fois...

Charlot se pencha au bord de son siège.

— Oui, Monsieur ? murmura-t-elle.

— Vous devez comprendre. Je connais ma femme presque depuis toujours. C'était l'un de ces mariages qui se font parce que le monde dans lequel on vit s'y attend, ne peut voir aucune autre possibilité pour les deux personnes que de réaliser le rêve du monde dans lequel elles sont. Et dans l'ensemble, Camille et moi... nous nous en sommes bien sortis. Nous avons essayé.

— Et comment Violette s'inscrit-elle dans ces essais ? dit Charlot.

Le visage de Simon s'illumina un instant lorsqu'il lui raconta comment il avait rencontré la nounou dans le couloir la deuxième fois, l'avait enlacée, serrée fort, embrassée dans le cou, sur l'oreille, et enfin - extatiquement - sur la bouche. Comment la jeune femme passionnée avait glissé sa main sous sa chemise et l'avait griffé presque assez fort pour faire couler le sang.

— Une tigresse, murmura-t-il, submergé par l'une des vagues de chagrin qui ne semblaient jamais s'arrêter longtemps.

Charlot le détesta pour ce dernier commentaire. Comment osait-il ?

— Cela ne fait pas tant de jours. Je suppose que vous pouvez me montrer les griffures ?

Simon se leva et déboutonna sa chemise. Ses muscles étaient bien formés et sa peau d'un brun foncé à cause de tout son travail sur les ruines, mais Charlot ne remarqua rien de tout cela. Elle était concentrée sur les marques de griffures, quatre rayures parallèles de chaque côté de son dos, là où les ongles avaient lacéré la peau sans tout juste le faire saigner.

Une tigresse, en effet, pensa Charlot avec dégoût, et non sans une certaine insatisfaction.

— Et montrez-moi vos bras et vos mains ?

Le visage de Simon était toujours impassible lorsqu'il présenta ses bras nus, paumes vers le bas, puis les retourna pour qu'elle puisse voir les deux côtés. Il y avait des égratignures ici et là, une coupure sur son avant-bras gauche, mais Charlot pouvait voir qu'il serait difficile de prouver qu'elles avaient été faites par des ongles et non par les pierres avec lesquelles il travaillait jour après jour.

Peut-être que le laboratoire avait fait une erreur. Peut-être que si elle ne trouvait pas le coupable, son séjour à Castillac serait écourté, la gendarmerie la rétrogradant une fois de plus. Elle applaudirait la première possibilité, mais la seconde...

Elle avait besoin de Molly. Il n'y avait plus moyen de l'éviter.

— MAIS N'A-T-ELLE pas plein de locataires ? Ils ne vont pas nous voir et le dire ? dit Chloë alors qu'elle et sa sœur passaient devant le cimetière lors de leur longue marche vers La Baraque.

— On ne va pas s'introduire dans l'un des gîtes ! dit Gisele en secouant la tête devant la bêtise de Chloë. Elle m'a dit qu'elle en faisait rénover une partie. C'est une ruine, comme celle sur laquelle Papa travaille, et elle la transforme en plus de gîtes, mais ils ne sont pas encore finis. Et c'est après la tombée de la nuit un vendredi, donc personne ne sera là maintenant. On peut camper pendant le week-end pendant qu'on réfléchit à notre prochaine étape.

— Je croyais que tu étais une grande copine de Madame Sutton.

— C'est une amie. Je pense que tu l'aimeras bien, toi aussi.

— Alors pourquoi on se cache ? On ne peut pas simplement sonner à la porte et elle nous donnera à dîner ?

Chloë n'aimait jamais manquer un repas.

— Je ne veux pas qu'elle ait des ennuis. Tu imagines ce que Maman ferait si elle découvrait qu'on s'était enfuies chez Madame Sutton ? Elle la...

— Hacherait en morceaux ? dit Chloë.

— Au minimum, elle nous torturerait à ce sujet pendant des mois. Et ici à Castillac, ce n'est pas comme si elle devait s'inquiéter de ce que ses amis pourraient penser, puisqu'elle n'en a pas.

Chloë changea de sujet. Elle demanda à sa sœur quelle était sa pâtisserie préférée à la pâtisserie Bujold, et si elle pensait que le professeur d'histoire était stupide. Peu après, La Baraque apparut à l'horizon, bien qu'il ne semblât y avoir personne à la maison.

— On va passer devant et faire demi-tour, comme on fait à la maison. Ça devrait être assez facile de trouver le site de rénovation, ce sera un gros tas de pierres, comme chez nous.

Chloë n'aimait jamais admettre qu'elle avait peur, et elle garda la bouche fermée. Mais elle se permit de glisser sa main dans celle de Gisele tandis qu'elles s'enfonçaient davantage dans l'obscurité.

❊ 48 ❊

Sur le chemin du retour vers le poste, la chef Charlot regarda à travers la grande vitre de Chez Papa et vit Molly et Ben assis au bar. Bien qu'elle n'ait jamais changé d'avis sur le fait que le duo n'aurait pas dû accepter l'enquête sur le meurtre alors qu'ils étaient invités chez les Valette cette terrible nuit, la chef s'avoua à elle-même qu'elle était coincée.

Terriblement coincée, ce qui était une situation pénible à vivre, dans un nouveau poste, son emploi précaire, où tout le monde au village et à la gendarmerie nationale jugerait chacun de ses mouvements.

Et quel endroit fou Castillac s'avérait être : un brocanteur qui avait fui la scène, n'était pas réapparu pendant plus de dix jours, et autant qu'elle puisse en juger, n'avait aucun lien avec l'affaire. Un pâtissier qui criait comme un bébé quand les lumières s'éteignaient. Un couple d'universitaires snobs, une paire d'enquêteurs privés qui se croyaient meilleurs que tous les gendarmes réunis, un barman frivole et sa partenaire encore plus frivole qui se maquillait toujours les lèvres comme si elle était une star de cinéma.

Un couple de Parisiens chics qui regardaient tout le monde de haut. Un médecin.

Charlot poussa la porte et se dirigea vers le bar. Elle ne voulait pas le faire, mais quel choix avait-elle ? Si elle voulait éviter d'être renvoyée de la gendarmerie, elle avait besoin de Sutton. Mieux valait y faire face et en finir.

— Je dirais « bonsoir » mais il n'est pas particulièrement *bon*, n'est-ce pas, dit brusquement Charlot à Molly. Et je parierais que vous ressentez la même chose.

C'était la chose la plus humaine que Molly ait jamais entendue de la part de Charlot, et elle sourit tout en restant méfiante.

— Excusez-moi d'aller droit au but, mais par hasard, vous revenez juste de chez les Valette ?

— En effet, dit Charlot. Apportez-moi un martini, très sec, avec des olives, dit-elle à Nico, dont les sourcils montèrent en flèche tandis qu'il acquiesçait.

Les commandes de boissons, comme tout barman le confirmera, en disent long sur le caractère, et il était rarement surpris par le choix d'un client.

Charlot soupira.

— Je veux que le tueur soit Simon Valette, dit-elle simplement.

Molly fut presque convaincue par cela.

— Je comprends totalement, dit-elle, et avec un certain effort, elle ne dit rien d'autre, espérant que la chef continuerait à parler.

Ben jugea la situation un moment puis se leva. Il se dirigea nonchalamment vers le bout du bar et engagea une conversation avec Nico sur le rugby.

— J'avoue, je ne voulais pas que le tueur soit Simon, dit Molly, dans la confidence. Comme vous le savez, mon choix était Camille. Et j'ai été anéantie de découvrir que j'avais tort.

— Nous avons l'ADN de seulement deux personnes. Mais Simon a des preuves convaincantes qui pointent vers un autre type de relation. Pas celle d'un tueur et sa victime, dit Charlot.

— Plus comme... des amants ? demanda Molly.

Charlot la repoussa d'un geste, ne voulant pas revivre la vision du dos griffé de Simon.

— Bien sûr, ajouta Molly, l'ADN n'est pas totalement concluant.

— Vous voulez dire que Violette n'a peut-être jamais eu l'occasion de griffer la personne qui l'a tuée.

— Oui. Et elle a peut-être griffé quelqu'un qui ne l'a pas tuée, comme Simon, apparemment. Pourtant, ce n'est pas rien non plus. Nous avons deux échantillons positifs, et un homme a été rayé de la liste...

— Correct, dit Charlot en hochant la tête.

C'était une conversation où une grande partie de ce qui était dit n'était pas prononcé à voix haute. Des phrases étaient commencées et non terminées, et des regards significatifs échangés. Elles découvrirent qu'elles se comprenaient mieux qu'elles ne l'avaient prévu.

Finalement, Charlot dit :

— Je pense que nous devrions aller de l'avant, Madame Sutton. J'aurais seulement aimé que nous nous asseyions comme ça il y a plusieurs jours.

Molly hocha la tête.

— Moi aussi. Après tout, nous voulons la même chose.

— Que diriez-vous d'aller rendre visite au bon docteur, juste nous deux ? proposa Charlot.

Molly rayonna. Paul-Henri serait furieux d'être snobé, mais elle devrait arranger ça plus tard.

— Couvre nos arrières, dit rapidement Molly à Ben alors qu'elles quittaient le bistrot. Je ne pense pas qu'il y ait un réel danger, mais on ne sait jamais, pas vrai ?

❦ 49 ❦

Il faisait noir. Elles s'attendaient à ce que le Dr Vernay soit chez lui avec sa femme, comme n'importe quel soir normal. La chef Charlot et la détective la plus célèbre de Castillac traversaient les rues calmes du village, chacune essayant de penser à une astuce de conversation qui pourrait faire trébucher le médecin.

Dans un coin de son esprit, Molly s'inquiétait que Ben ne semblât pas convaincu qu'elle avait raison ; c'était *vraiment* peu de choses sur lesquelles se baser, et de toute façon, le docteur était un membre si respecté de la communauté. Était-ce arrogant de sa part de le soupçonner ? Injuste ? Cela accordait-il trop d'importance à un test médico-légal alors que les laboratoires pouvaient se tromper et se trompaient tout le temps ?

Elle n'avait plus qu'à voir comment cela se passerait. Et si elle pouvait le déstabiliser juste assez longtemps pour découvrir la vérité.

Elles sonnèrent à la porte. Robinette apparut si rapidement qu'on aurait dit qu'elle les attendait.

— Bonsoir ! dit Molly. Désolée de faire irruption à cette heure-ci, j'espère que nous n'interrompons pas votre dîner ?

Robinette regarda Molly d'un air étrange, car pour un Français, il était loin d'être assez tard pour dîner.

— Nous prenions l'apéritif au salon. Voulez-vous vous joindre à nous ?

— Ce n'est pas une visite de courtoisie, dit la commissaire en passant devant Robinette pour entrer dans la maison.

Le docteur vint à leur rencontre dans le vestibule. Il se reprit rapidement, mais Molly crut apercevoir un éclair de peur traverser son visage lorsqu'il vit qui c'était.

— J'ai des nouvelles, docteur, dit Charlot. Votre ADN a été retrouvé sous les ongles de Violette Crespelle. Je sais que vous l'avez examinée une fois son corps découvert, mais à moins que vous n'ayez pris une de ses mains sans vie pour la traîner le long de votre peau, cela mérite une explication.

— Bien sûr que je n'ai pas pris de telles libertés avec son corps, et je suis consterné que vous puissiez le suggérer.

— Je ne m'attends pas à ce que vous l'ayez fait. J'ai seulement énoncé le seul cas d'innocence pour souligner à quel point c'est absurde. Alors s'il vous plaît, expliquez-le autrement. Comment exactement votre ADN s'est-il retrouvé sous les ongles de la jeune femme ?

Charlot savourait son malaise.

Molly regarda Vernay et pouvait pratiquement voir son armure se mettre en place. Elles n'obtiendraient rien de lui de cette façon.

— Dr Vernay, puis-je vous demander un verre d'eau ?

Il sursauta, puis lui sourit.

— Quoi, vous voulez dire que cet interrogatoire vous a donné soif ?

Il commença à appeler Robinette mais décida d'aller chercher l'eau lui-même. La cuisine était juste à côté du salon, avec l'évier bien en vue.

Molly chuchota rapidement à Charlot.

—J'ai une idée. Suivez mon exemple ?

Charlot fut prise au dépourvu. Suivre l'exemple d'une civile, et une arrogante qui plus est ? Ses épais sourcils se froncèrent et sa bouche se plissa.

Vernay revint avec un verre d'eau et le tendit à Molly.

— Vous êtes sûres que je ne peux pas vous offrir un apéritif à toutes les deux ? Ordonnance du médecin ? ajouta-t-il avec un faux sourire.

— Non, merci, dit Charlot.

Elle ouvrit la bouche pour continuer, sur le point de demander au docteur de montrer ses mains, ses poignets et ses bras pour voir s'ils étaient griffés.

Mais elle fit une pause. Peut-être y avait-il le temps pour cela, et elle pouvait d'abord voir ce que Sutton mijotait. Si c'était un échec, alors Charlot pourrait le lui rappeler pour l'éternité. Et si ça marchait, eh bien, elles étaient dans le même bateau, n'est-ce pas ?

Et c'était aussi vrai : la commissaire était curieuse.

Vernay continuait à bavarder d'un apéritif fait maison qu'il avait obtenu lors d'un voyage, et à quel point c'était bon pour une mauvaise digestion.

Molly l'interrompit.

— C'est bon à savoir, docteur, mais nous sommes ici pour une affaire assez urgente. Je sais que la commissaire vous interrogeait sur votre ADN, mais c'est en fait l'ADN de Simon Valette qui nous préoccupe le plus.

— Pouvons-nous compter sur votre discrétion ? intervint Charlot. Simon est notre principal suspect.

Elle regarda Molly pour s'assurer qu'elle était sur la bonne voie.

Molly acquiesça.

— Mais nous réfléchissons à ce qui suit après l'arrestation, et il y a des complications.

— Il y en a presque toujours, ajouta Charlot.

Vernay hocha la tête bien qu'il ne comprît pas du tout où elles voulaient en venir.

— Le problème est le suivant, expliqua Molly. Si nous arrêtons Simon Valette, les deux filles resteront à la maison avec Camille. Vous avez vous-même dit que vous pensiez qu'elle avait un trouble de la personnalité, n'est-ce pas ? Qu'elle a été ou pourrait être violente ?

Vernay acquiesça à nouveau. Son estomac se nouait.

— Donc évidemment, nous ne pouvons pas laisser les enfants seules avec elle, sans nounou ni père pour les protéger. Camille devra être correctement diagnostiquée et les filles retirées du foyer.

— Mais où iront-elles ? demanda Vernay.

Molly haussa les épaules.

— C'est à la chef Charlot de décider, je ne connais pas bien le système français. Un orphelinat, je suppose, ou une sorte de famille d'accueil ? Situation terrible, sans aucun doute. Un parent trop malade mentalement pour s'occuper d'elles, et l'autre en prison.

Charlot ne put s'empêcher d'éprouver de la satisfaction en voyant l'effet de la ruse de Molly. Le docteur semblait à la fois bouleversé et anxieux.

— Voici donc comment vous pourriez nous aider, Gérard, dit Molly. Nous savons que vous avez mis au monde la plupart des bébés de Castillac après tout, et que vous avez consacré votre vie à soigner les gens, surtout les enfants. Nous savons que vous aimeriez aider Gisele et Chloë même si elles sont nouvelles à Castillac.

— Bien sûr, bien sûr, dit le docteur d'une voix rauque.

— Nous aurons besoin d'une certification officielle de l'état mental de Camille Valette. Vous devrez peut-être témoigner devant le tribunal, mais cela ne posera aucun problème, n'est-ce pas ? dit Charlot en jouant magnifiquement son rôle.

Le Dr Vernay alla s'asseoir sur le canapé. Puis il se leva.

— Vous êtes sûres que c'est Simon qui a commis le meurtre ? Camille...

— Camille n'aurait pas pu le faire, dit Molly. On ne peut pas être à deux endroits à la fois.

Un long silence. Puis Molly dit, partagée à l'idée de trahir la confiance de Gisèle :

— L'aînée m'a confié certaines choses... Je sais que beaucoup d'enfants sont battus par leurs parents. Ce n'est plus à la mode, mais bien sûr, des millions ont grandi sans être brisés pour autant. Je crains cependant que Camille ne se contente pas de perdre son sang-froid et de donner la fessée. Il y a plus, le genre de choses qui peuvent causer de profonds problèmes émotionnels chez les enfants. Mais..., ajouta-t-elle, illuminée par une soudaine inspiration, je n'ai pas besoin de vous expliquer ce que c'est que d'être élevé par quelqu'un de perturbé.

Le Dr Vernay releva brusquement la tête.

— Que savez-vous de cela ? demanda-t-il.

Molly poursuivit sur sa lancée :

— À propos des mères avec une touche de folie ?

Il rit durement.

— Une touche ? Ma mère était bien plus atteinte que ça, je peux vous l'assurer.

Charlot était impressionnée de voir Molly réagir avec autant d'agilité.

— Et Camille est également mal en point, n'était-ce pas votre opinion professionnelle dès le départ ?

— Ces filles..., la voix de Vernay se brisa, presque imperceptiblement.

Les femmes attendirent. Elles observèrent avec fascination le Dr Vernay faire les cent pas dans la pièce, paraissant furieux un instant et au bord des larmes le suivant.

— Les filles sont jeunes, mais qui sait, peut-être qu'au moins l'une d'entre elles sera résiliente et que sa vie ne sera pas un désastre complet, dit Molly pour le pousser à parler.

— Non, murmura-t-il, s'asseyant finalement sur une chaise et prenant sa tête dans ses mains. Non. Je ne peux pas.

Charlot s'approcha de lui et lui toucha l'épaule.

— C'était impulsif de ma part, dit-il, à peine audible. Je... je reviendrais en arrière si je le pouvais.

— Je comprends, dit Molly. J'en suis sûre.

Elle fut soudain submergée par la tristesse de ce qui s'était passé et du nombre de vies qui avaient été affectées.

Et pour quoi ?

Charlot tira sur le col de la veste du médecin. La tête baissée, il l'enleva, puis remonta les manches de sa chemise.

Sur un poignet et un avant-bras se trouvaient les griffures que Violette avait faites en essayant d'arrêter son agresseur. Les griffures étaient profondes, traçant des lignes de sang juste sous la peau du médecin comme si quelqu'un l'avait attaqué avec un marqueur rouge foncé.

❧ 50 ❧

La nuit suivante était un samedi, un peu plus de deux semaines après le dîner désastreux des Valette. Molly avait passé l'après-midi à faire une longue promenade avec Bobo dans la forêt profonde au nord de Castillac. Elle avait besoin de se vider la tête des visions de mauvaises mères et d'enfants en souffrance, de l'agonie de la maladie mentale, de la mort. Bien sûr, le fait d'avoir attrapé le meurtrier et d'avoir obtenu ses aveux avait beaucoup aidé, mais cela faisait quand même du bien à Molly de voir Bobo joyeuse comme seul un chien pouvait l'être, bondissant en avant et revenant en cercle pour vérifier qu'elle allait bien, lapant furieusement l'eau des ruisseaux et n'aboyant qu'occasionnellement lorsque l'excitation la submergeait.

La nuit commençait à tomber plus tôt, juste à l'orée d'octobre. Certaines personnes redoutaient les mois sombres de l'hiver, mais cette année, Molly attendait avec impatience de passer beaucoup de temps tranquille à la maison avec Ben ; peut-être penserait-elle à organiser quelques fêtes pour animer un peu le village. Elle rentra fatiguée de la longue promenade, boueuse et en sueur.

Elle entra dans la maison par la terrasse, ce qui fut une chance pour tout le monde car cela signifiait qu'elle n'avait pas vu toutes les voitures garées le long de la rue des Chênes, ce qui aurait pu tout révéler.

— Surprise ! crièrent trente-cinq personnes - trente-six si l'on comptait le jeune homme du traiteur, qui était resté après avoir fait la livraison même s'il ne connaissait ni l'hôte ni l'invitée d'honneur.

Les Mertens et les Jenkins étaient là, l'air joyeux et tenant des cadeaux d'anniversaire.

Molly laissa tomber la pomme de pin qu'elle portait, les yeux écarquillés.

— Quoi ? dit-elle.

Les trente-six personnes entonnèrent un « Joyeux anniversaire » tonitruant, et elle eut les larmes aux yeux. Ben vint l'embrasser et elle le serra dans ses bras, enfouissant sa tête dans son épaule le temps de se ressaisir.

— Joyeux quarantième anniversaire, dit-il en embrassant le haut de sa tête frisée.

— Comment est-ce que tu as su ? demanda-t-elle avec étonnement.

— Tu es fiancée à un détective privé, dit Ben en levant les yeux au ciel. Tu as vraiment si peu d'estime pour mes capacités ?

Tout le monde rit.

— Et laissez-moi profiter de ce moment, ajouta-t-il en resserrant ses bras autour de Molly, pour annoncer à tout le monde que Molly a accepté de faire de moi un homme heureux. Nous allons nous marier !

Des cris de joie fusèrent de la part de Constance et de plusieurs autres, et le couple fut brièvement assailli par des invités voulant les féliciter. Molly se rendit compte que cela faisait du bien d'avoir la nouvelle au grand jour, sans que des superstitions persistantes ne causent de problèmes.

La fête démarra, Lawrence préparant des Negronis pour tous ceux qui le voulaient, Frances et Constance servant des hors-d'œuvre copieux, et tout le monde parlant de chaque détail de l'affaire Violette Crespelle.

— Je n'arrive toujours pas à croire que Gérard soit coupable de quoi que ce soit, dit Manette, son amie la marchande de légumes. Tu sais qu'il a mis au monde tous mes enfants, et qu'il devait faire naître celui-ci aussi ?

Elle tapota son ventre énorme et secoua la tête.

— Je sais, dit Molly. Il a été si merveilleux quand j'étais malade de la maladie de Lyme que j'ai mis longtemps à penser à lui avec objectivité. Si j'avais su plus tôt dans quel genre de foyer il avait grandi, connaissant l'effet que cela peut avoir sur un enfant, peut-être que ça aurait pu aider ? Mais honnêtement, j'en doute. Il est très difficile de passer outre son expérience avec quelqu'un, qu'elle soit bonne ou mauvaise. Peut-être surtout quand elle est bonne.

— Mais pourquoi l'a-t-il fait - c'est ce que tout le monde veut savoir, dit Lapin, une bière dans une main et son autre bras autour d'Anne-Marie.

— C'est une longue histoire, dit Molly.

— Eh bien, raconte-nous donc ! dit Marie-Claire, debout à côté de Pascal.

Molly prit une gorgée de son kir. Il était absolument délicieux, comme toujours.

— Il s'est en quelque sorte effondré quand Charlot et moi lui avons dit que les filles Valette allaient dans un orphelinat.

— Elles y vont ? dit Lapin, horrifié.

— Non, non, c'était juste quelque chose que j'ai dit pour faire pression sur lui.

— Tu es très méchante, Molly, dit Lapin. Un peu effrayante, pour être honnête.

— Les filles se sont bien enfuies de chez elles - cet horrible Boris Machin-chose les a trouvées sur le chantier hier soir, mais elles étaient indemnes, juste affamées. Même si je m'inquiète encore beaucoup pour elles. Leur mère...

— Allez, Molly, tu y reviendras dans une minute ; on veut savoir pour Vernay —

— Ce qui s'est passé était... toute l'affaire était une combinaison très malheureuse d'erreurs et de mauvais timing. Voyez-vous, Vernay est allé à l'Université de Nice avec le père de Violette. Quelque chose s'est passé pendant leur temps là-bas, quelque chose dont Vernay avait profondément honte.

— Si tu penses pouvoir t'en tirer sans nous dire ce que c'est, tu te trompes lourdement, dit Lawrence.

— Il a échoué à l'école de médecine, dit Molly.

La pièce devint silencieuse.

Le premier son fut celui de près de trente-six personnes en train de prendre une gorgée de leur boisson, toutes en même temps.

— Échoué à l'école de médecine ? dit Edmond Nugent. Mais il m'a opéré ! C'était en ambulatoire, certes, mais il y avait un scalpel impliqué ! Oh mon Dieu, dit-il en cherchant un endroit où s'asseoir.

— Donc il a tout simulé pendant tout ce temps ? dit Lawrence.

— Plus ou moins, dit Molly. Mais c'est un simulateur avec des connaissances et du talent, je pense que nous sommes tous d'accord.

— Je suppose qu'il a étudié d'autant plus dur pour compenser, dit Ben. Il s'est tenu au courant des sciences et techniques actuelles, ce genre de choses.

— Quelle ironie, que le meilleur médecin du village soit un menteur et un imposteur, dit Lawrence.

— Et un meurtrier, ajouta Molly.

— Je ne vois toujours pas - quel rapport Violette avait-elle avec tout ça ? demanda Constance.

— Donc... poursuivit Molly, après avoir attrapé une gougère du plateau que Frances tenait. Évidemment, Vernay a passé sa vie dans la peur que son secret soit découvert. Très peu de gens étaient au courant, et l'un d'eux était son ancien ami de l'Université de Nice, Biagio Crespelle.

— Le père de la nounou, dit Ben.

— Exact. Vernay a dit qu'il avait réussi à cacher son échec à la plupart des gens qu'il connaissait, mais Biagio l'a découvert de toute manière. Il a promis de ne le dire à personne, mais bien sûr, Vernay était quand même mal à l'aise à ce sujet.

— Violette a-t-elle fait le lien entre son père et Vernay ? demanda Lawrence.

— Je ne pense pas que nous ayons un moyen de le savoir, dit Molly. Biagio est mort il y a cinq ans. Nous ne savons pas s'il en avait parlé à sa fille ou s'il a emporté le secret de Vernay dans sa tombe.

— Donc, tu dis que le meurtre aurait pu être pour rien, dit Edmond.

Molly et Ben hochèrent la tête à l'unisson.

— J'ai encore des questions, dit Marie-Claire. Comment diable a-t-il réussi ? L'obscurité n'a pas duré si longtemps. Ça semble tellement invraisemblable qu'il ait pu se glisser dans la bibliothèque et commettre l'acte si rapidement.

— Il faut comprendre que Gérard vivait avec cette peur depuis des décennies. Une sorte de panique constante et contrôlée juste sous la surface, il savait que tout serait perdu si quelqu'un découvrait la vérité.

— Alors quand il a réalisé que Violette était la fille de Biagio, il a complètement perdu les pédales. Intérieurement, je veux dire – il a été submergé par la peur. D'une manière ou d'une autre, comme nous l'avons tous vu ce soir-là, il a réussi à garder son sang-froid pendant la première partie du dîner. Je n'ai rien remarqué d'anormal, et vous ?

Les amis qui étaient présents secouèrent la tête.

— Mais le Dr Vernay planifiait. Tout au long des rillettes de saumon et de l'agneau, il planifiait. Il a dit à la chef Charlot et à moi-même qu'en début de soirée, il avait ramassé un bout de ficelle par terre, à moitié sous la table de la salle à manger. Peut-être que les enfants l'utilisaient pour un jeu, qui sait, juste un bout de ficelle, inoffensif en soi. Et pendant qu'il mangeait, il avait une main dans sa poche, et il enroulait cette ficelle autour de son doigt. En pensant à Violette, et à comment elle avait le pouvoir de briser sa vie en mille morceaux. Il l'a observée attentivement alors qu'elle entrait et sortait de la salle à manger, à la recherche des filles. Il l'a vue entrer dans la bibliothèque juste avant que les lumières ne s'éteignent. Et donc, à l'instant même où nous étions tous dans l'obscurité, il s'est levé d'un bond et l'a rejointe en quelques secondes.

Molly fit une pause, regardant autour d'elle les invités.

— Ce n'est pas vraiment une conversation festive, n'est-ce pas ? dit-elle, se sentant triste pour Violette, le village, et même pour le docteur.

— Molly ! crièrent au moins quatre personnes.

— D'accord. Eh bien, il est arrivé jusqu'à elle, s'est placé derrière elle, a appuyé sur son artère carotide. Pendant ce temps, les gens dans la salle à manger appelaient, criaient même - il n'y avait absolument aucun risque qu'un bruit le trahisse. Violette s'est débattue – elle l'a pas mal griffé sur un bras - mais arrêter le flux sanguin vers le cerveau agit rapidement, et elle s'est évanouie. Au moment où Gérard a sorti la ficelle de sa poche, elle était inconsciente. Toute l'affaire, aussi incroyable que cela puisse paraître, n'a pris que quelques minutes. Le docteur a eu le temps de retourner dans la salle à manger et de reprendre sa place avant que Pascal ne rallume les lumières. Et voilà. J'ai simplement eu la chance de remarquer cet insigne scolaire sur la page Facebook de Violette, et de faire le lien avec celui sur le diplôme de Vernay.

La foule murmura son accord, et après quelques instants, quelqu'un mit de la musique - du blues, ce que Molly préférait.

— Eh bien, joyeux anniversaire, dit Lawrence, en faisant la bise à Molly. Ça s'est avéré être un sacré coup de chance de t'avoir à Castillac. Nous aurions tous été massacrés dans nos lits maintenant, avec tous les tueurs que nous semblons attirer.

Tout le monde rit et se resservit un verre, mais la pensée était un peu troublante, si on se permettait d'y réfléchir longtemps.

FIN

Pas prêts à quitter Castillac ?

ÉGALEMENT PAR NELL GODDIN

La troisième fille (les mystères de Molly Sutton 1)
La reine de la chance (les mystères de Molly Sutton 2)
Le prisonnier de Castillac (les mystères de Molly Sutton 3)
L'amour assassin (les mystères de Molly Sutton 4)
Le meurtre du château (les mystères de Molly Sutton 5)
Vacances mortelle (les mystères de Molly Sutton 6)
Un meurtre officiel (les mystères de Molly Sutton 7)
Ténèbres fatales (les mystères de Molly Sutton 8)
Pas d'honneur chez les voleurs (les mystères de Molly Sutton 9)
Œil pour oeil (les mystères de Molly Sutton 10)
L'oubli doux-amer (les mystères de Molly Sutton 11)
Sept morts sur un rang (les mystères de Molly Sutton 12)
Madame Tessier, la femme qui savait tout (les mystères de Molly Sutton 13)

REMERCIEMENTS

L'équipe de choc composée de Thomas Glass et Nancy Kelley continue de fournir d'excellentes critiques des premières ébauches. Et Joan Cramer de .com a fait un travail extraordinaire d'édition et de relecture.

Kathy Church a trouvé quelques incohérences à la toute dernière minute - merci ! Je lève mon verre bien rempli à vous tous !

À PROPOS DE L'AUTEURE

Nell Goddin a travaillé comme journaliste radio, tutrice pour le baccalauréat, chef d'omelettes minute et boulangère. Elle a essayé d'être serveuse mais a été licenciée deux fois.

Nell a grandi à Richmond, en Virginie, et a vécu en Nouvelle-Angleterre, à New York et en France. Elle est diplômée du Dartmouth College et de l'Université Columbia.

www.ingramcontent.com/pod-product-compliance
Lightning Source LLC
Chambersburg PA
CBHW021240190726
48289CB00005B/1420